Franziska Franz

Frankfurt Hunters

Thriller

mainbook

ISBN 978-3-948987-84-8
Copyright © 2024 mainbook Verlag
Alle Rechte vorbehalten
Lektorat: Gerd Fischer
Covergestaltung und Bildrechte: Lukas Hüttner

Auf der Verlagshomepage finden Sie weitere spannende Bücher:
www.mainbook.de

Die Autorin

Franziska Franz veröffentlicht seit 2018 mit Begeisterung Krimis. Sie ist Mitglied im Syndikat, dem Verein für deutschsprachige Kriminalliteratur. Dank ihrer Schauspielausbildung hält sie spannende Lesungen. Franziska Franz lebt und arbeitet in Frankfurt.

Letzte Veröffentlichungen: „Blutmain" (Gmeiner 2020), „Blutzeilen" (Edition Krimi 2022), „Maingrab" (Gmeiner 2023).

Gemeinsam mit Professor Marcel Verhoff, Direktor der Frankfurter Rechtsmedizin, erscheint alle 14 Tage ihr gemeinsamer TrueCrime Podcast „SpurenElemente". Zu hören auf allen Online-Plattformen, die Podcasts anbieten.

Am 26. Oktober 2024 sticht der Podcast erstmals in See. An Bord der Crime-Cruise auf dem Weg nach Island wird sie den Passagieren gemeinsam mit Professor Verhoff von wahren Verbrechen berichten. Dabei wird auch die Arbeit der Rechtsmedizin spannend beleuchtet.

Prolog

März 2023. Das Ende der Pandemie zeigt in ganzer Tragweite seine drastischen Folgen. Das unbeschwerte Leben der Jahre davor scheint in weite Ferne gerückt. Die Arbeitslosigkeit steigt wie auch die psychischen Folgen von Angst und Isolation. Menschen streben nach Normalität und sozialen Kontakten. Besonders junge Menschen suchen Anschluss.

Ein Psychopath nutzt diese Lage erbarmungslos aus und heuert für ein schauriges Vorhaben junge Männer an. Bald geschehen in Frankfurt Ereignisse, die selbst die Pandemie harmlos erscheinen lassen.

1

Der alte Mann

Der alte Mann streifte durch seinen Stadtwald. Seiner Meinung nach gehörte er ihm allein. Nicht den Förstern, nicht den Jägern, nicht den Spaziergängern. Er kannte jeden Weg, jede Lichtung, jedes Stück Wild, alles, was im Wald lebte. Das Damwild respektierte ihn und war kaum mehr scheu. Die Tiere hatten sich längst mit ihm arrangiert. Kein Wunder, er verbrachte seit Jahren jeden Tag und jede Nacht, zumindest im Sommer, im Wald. Manchmal bis in den Herbst hinein. Den Winter mochte er nicht, denn er musste sich zwangsläufig um eine andere Bleibe kümmern, um nicht zu erfrieren. Ein Obdachlosenheim in der Stadt. Manchmal schlief er aber auch in der B-Ebene. Oft wurde er von anderen Wohnsitzlosen verjagt, denn er unterschied sich. War nicht gesprächig, trank nicht, schlug sich nicht. Er wollte seine Ruhe haben, nicht mehr, nicht weniger. Dabei hatten sie alle eine Gemeinsamkeit. Ein Schicksal, das so einschneidend war, dass sie daran zugrunde gegangen waren.

Zweimal in der Woche ging der Alte gezwungenermaßen zu Obdachlosentreffen in Kirchengemeinden, zumindest im Winter. Dort bekam man ein reichhaltiges Frühstück, heißen Kaffee und vor allem konnte man sich aufwärmen, bis die schmerzenden Glieder geschmeidiger wurden. Und man konnte eine Toilette benutzen. Aber auch bei diesen Treffen sprach er mit niemandem, auch nicht mit den Helfern. Deshalb nannte man ihn den Stummen. Dabei waren die Helfer sehr freundlich. Doch derartige Zwangsgemeinschaften waren für ihn eine quälende Herausforderung. Er hatte viel erlebt in seinen weit über 70 Lebensjahren. Grauenvolles, das er versuchte zu verdrängen, das ihn jedoch nie losließ und täglich beschäftigte. Gern hätte er in der Wildnis gelebt, in der er eins sein konnte mit der Natur. Einer der wenigen Träume, die er hatte. Da ihm jedoch kein Geld geblieben war, konnte er die Stadt und erst recht das Land nicht verlassen. So machte er das Beste aus dem, was ihm in seinem Leben zur Verfügung stand. Und das war die Natur. In einer Stadt wie Frankfurt also der große Stadtwald. Deshalb war das weitläufige Gebiet zu seinem Revier geworden, zu seiner Heimat. Mit den Tieren des Waldes kommunizierte er. Tag für Tag besuchte er das Damwild, sah nach dem Rechten. Einmal hatte er ein Kitz von einer Schlinge befreit, in die es geraten war. Das Tier zeigte noch heute seine Dankbarkeit. Mittlerweile war aus ihm ein Rehbock geworden, der ihn hin und wieder am Wegesrand abzupassen schien. Der Alte durfte ihn sogar berühren. Abends zog er sich in einen Verschlag zurück, der Spaziergängern Schutz vor Unwettern bieten sollte. Deswegen konnte er sich dort erst bei Einbruch der Dunkelheit aufhalten, wenn sich niemand mehr im Wald befand. Und das war in den Sommermonaten natürlich der späte Abend. Auch aus diesem Grund war er stets auf der Suche nach einer passenden Alternative. Einem Schlafplatz, den er rund um die Uhr aufsuchen konnte, denn er wurde zunehmend gebrechlicher. Außerdem musste er sich vor Wildschweinrotten in Acht nehmen, die durchs nächtliche Dickicht stöberten. Da sich die Bachen im Frühling um ihren Nachwuchs kümmerten, musste er um diese Jahreszeit besonders achtsam sein. Durch seine täglichen Waldgänge war ihm kürzlich die Idee gekommen, sich in der Holzhütte der Försterei umzusehen. Dort tauchte selten jemand vom Forstamt auf und schon gar nicht nachts. Umgeben von hohen Kaisertannen blieb sie außerdem verschont von unwetterartigen Regenfällen. Das Dach war massiv und befand sich in unmittelbarer Nähe der Futterstellen. Das Damwild würde nachts in der Nähe schlafen, hoffte er. Er war also nicht einsam. Als er eines Tages das Haus in Augenschein nahm, stellte er fest, dass die Holztür der Hütte unverschlossen war. Im Innern stand an der Wand zusammengerollter Maschendraht. Einige Holzpflöcke lagen über den Boden verteilt. Seine wenigen Habseligkeiten, einen Rucksack, gefüllt mit ein paar aus Kleidercontainern gestohlenen Kleidungsstücken, Gummimatte, modrigem Schlafsack, Klappstuhl, Wasserkanister und Trinkbecher, versteckte er im dichtbewachsenen Dickicht in unmittelbarer Nähe der Hütte. Hier würde er es einige Zeit aushalten. Und wenn die Leute vom Forstamt kamen, würde er sich rechtzeitig davonstehlen.

Da sein Wasservorrat zur Neige ging, machte er sich wie so oft auf den Weg zum Königsbrünnchen, das auf der anderen Seite des Stadtwaldes lag. Seine verkratzte Armbanduhr zeigte kurz vor fünf in der Frühe. Er lief über den breiten Schotterweg bis zum Holztor vor der Babenhäuser Landstraße und überquerte von dort die Holzbrücke, um nicht die Fahrbahn betreten zu müssen. Dann ging er geraden Weges durch den Wald. Nach einer Weile musste er pausieren, denn er hatte in der Nacht einen schweren Rheumaschub gehabt. Er setzte sich neben dem Weg auf einen Holzstumpf, stellte den Kanister ab und schlüpfte aus den Schlappen, die er an den Füßen trug. Es dämmerte, doch aus den Augenwinkeln nahm er einen Schatten wahr. Wegen des beklemmenden Gefühls, einer Wildschweinrotte in die Quere geraten zu sein, drehte er sich vorsichtig um. Was er zu sehen bekam, ließ ihn an seinem Verstand zweifeln. Im Dickicht, vielleicht dreißig Schritte von ihm entfernt, stand ein Tier, das ihn unweigerlich an einen Wolf erinnerte. Er kniff die Augen zusammen, öffnete sie wieder. Das Tier stand noch immer dort und starrte ihn aus dunklen Augen und mit angelegten Ohren an. Trugschluss? Was suchte ein Wolf im Stadtwald? Er traute sich kaum, zu atmen, während sein Verstand eine plausible Lösung für die Sichtung suchte. Das Tier stand immer noch unbeweglich da, fast wie eine Statue. Er wusste, dass er sich ruhig verhalten musste. Keine hektischen Bewegungen. Außerdem sollte er sich möglichst groß machen. So richtete er sich auf und wendete sich dem Tier zu, das deutlich größer als ein Schäferhund war. Es hatte eher die Größe eines irischen Wolfshundes. Die Zeichnung aber war eindeutig die eines Wolfes und mit erschreckender Gewissheit fiel ihm die Sichtung 2020 ein. Damals wurde ein Tier auf der Babenhäuser Landstraße von einer Autofahrerin erfasst und getötet. Er hatte das tote Tier mit eigenen Augen gesehen, denn er selbst hatte die Straße überquert, kurz nachdem der Unfall geschah. Wochen später stand in allen Zeitungen, dass die DNA-Untersuchungen bestätigen konnten, dass es sich bei dem Kadaver zweifellos um einen Wolf gehandelt hatte. Warum sollte das ein Einzelfall gewesen sein? Die Tiere vermehrten sich in allen Landesteilen. Durchaus möglich, dass sich das Tier auf der Durchreise in den Spessart oder den Odenwald befand. Zu seiner Beruhigung schien es keinerlei Interesse an ihm zu haben und zog sich geräuschlos zurück, als wäre es nie dagewesen. Der alte Mann setzte sich erschöpft wieder auf den Stamm und harrte eine Ewigkeit aus, bis er sich traute seinen Weg fortzusetzen. Er hätte mit allem gerechnet, aber einmal in den Fängen eines Wolfes zu enden, war eine Vorstellung, die ihn schaudern ließ. Er brauchte viel länger zum Königsbrünnchen als sonst, denn er war auf der Hut und blieb alle paar Meter stehen. Doch das Tier tauchte zum Glück nicht mehr auf. Er konnte den Kanister an diesem Tag nur halb mit dem schwefelhaltigen Wasser füllen, da er sich durch den Schrecken und das Rheuma erschöpft fühlte. Als er schließlich seine neue Unterkunft erreichte, den Kanister abstellte und seine Habe aus dem Dickicht holte, war er so ermattet, dass er glaubte, einen Berggipfel erklommen zu haben. Er breitete die Matte in der Hütte aus, ließ sich ächzend niedersinken und fiel fast sofort in einen tiefen Schlaf. Als er am folgenden Tag aufwachte, konnte er zunächst nicht zwischen Traum und Wirklichkeit unterscheiden. Erst der Blick auf den nur halbgefüllten Kanister bestätigte, dass das gestrige Erlebnis kein Traum gewesen war. Außerdem blieb sein geliebtes Damwild weiterhin fern. Das war in all den Jahren nie geschehen.

2

Sarah

Oft dachte er an den einen Moment und an Sarah, wie sie sich wand und verzweifelt mit den Händen nach ihm zu schlagen versuchte. Die blauen Augen unnatürlich geweitet, dunkler als sonst, größer. Ungläubige, hilflose, panische Blicke. Sie ruderte ungelenk mit den Armen. Doch gegen ihn kam sie nicht an. Sein Krafttraining hatte seine Armmuskulatur gestärkt. Dennoch zitterten seine Muskeln nun vor Anstrengung, Speichel tropfte ihm aus dem Mund und auf ihr Gesicht, wie Regentropfen. Sie atmete noch immer, keuchend. Unwillkürlich dachte er an die Redensart: einen langen Atem haben. Ob der beim Würgen erfunden worden war? So anstrengend hätte er sich das nicht vorgestellt. Wenn er jetzt aber nachgab, war alles umsonst. Sie würde nach Luft schnappen und wieder zu Kräften kommen. So presste er weiter, seine Fingernägel gruben sich tief in das Fleisch ihres Halses. Kaum zu fassen, dass ein so schlanker Körper so lange Zeit ...

Doch da ließ urplötzlich ihr Widerstand nach. Ein letzter erschrockener Ausdruck, ein letztes Zucken, ihr Blick noch immer auf ihn gerichtet glitt ins Leere. Ihr Mund öffnete sich, das Kinn fiel zurück. Er lockerte den Griff. Wartete, tastete ihre Halsschlagader. Kein Puls mehr. Sie regte sich nicht. Er hielt die Hand vor ihren Mund. Kein Atemzug. Es war geschafft, das Miststück erledigt. Er rieb sich die schmerzenden Arme. Das morgige Krafttraining würde flachfallen. Er bog seine Finger nach außen, bis sie knackten. Als seine Muskeln sich entspannten, packte er sie bei den Schultern und zog ihren Oberkörper hoch. Ihr Kopf fiel weit ins Genick. Wie bei einer schlaffen Puppe. In ihren Augen viele geplatzte Gefäße. Wie hässliche Spinnweben. Er wischte die blutigen Fingernägel an ihrem nackten Bauch ab, schleifte sie zum Bett, das er vor weniger als einer Stunde mit ihr geteilt hatte. Da hatte er noch geglaubt, sie zurückgewonnen zu haben, doch das war ein Irrtum. Die letzte Chance, die er ihr zu geben bereit war, hatte sie vertan. Sie hatte ihm unverwandt in die Augen gesehen und gesagt, dass es aus sei. Sie hatte bloß noch einmal Sex gewollt. Wie hätte er sich anders verhalten sollen, wie hätte er sie am Leben lassen können? Sie hatte die Höchststrafe verdient. Es war ihre eigene Schuld. Doch dann, als sie wehrlos vor ihm lag, war seine Wut verraucht. Er bettete ihren Kopf sanft auf das Kissen. Sie schien ihn aus toten Augen anzustarren.

„Haste dir selbst zuzuschreiben", flüsterte er, in Gedanken an die alte Erinnerung. „Ich hätte alles für dich getan. Wollte mit dir alt werden. Ich dacht, du bist anders als die anderen.

Ich hätt mir mein Herz für dich aus'm Körper gerissen. Das hast du davon. Aber ich kann nicht zulassen, dass'n anderer Kerl dich anfasst." Er zeichnete liebevoll mit den Fingern ihre Gesichtskonturen nach. Drückte ihr einen Kuss auf die fahlen Lippen. „Du gehörst für immer mir. Jetzt verstehste mich, oder?" Er begann über ihr Haar zu streichen. Das Haar, das immer so gut nach ihr geduftet hatte. Selbst jetzt duftete es. „Ich werd's dir morgen abrasieren, bevor ich dich in den See werf. tut mir echt leid." Er ließ eine Strähne durch seine Finger gleiten. „Fühlt sich an wie Seide. Ich glaub, dein Haar war's Schönste an dir. Ich werd's hüten wie einen Schatz." Er schmiegte sich eng an sie, umschlang ihren schlanken Körper mit seinen Armen. „Keine Angst, ich bin bei dir", flüsterte er und griff ihre steife Hand. Er brach ihre Finger, um seine dazwischenzuschieben. Er dachte an den kommenden Morgen und die kreischende Kettensäge. Das Blut würde bis dahin geronnen sein, hoffte er. Er fragte sich, ob die Müllsäcke ausreichten, die er gekauft hatte. Schließlich war das sein erstes Mal. Das erste Mal. Er ließ es sich auf der Zunge zergehen. Ein mächtiges Erlebnis. Ein Glücksgefühl, wie er es nie zuvor empfunden hatte. Er hatte sich neu erschaffen, war Herrscher über Leben und Tod, denn er hatte seine eigene göttliche Ader entdeckt. Als er aus tiefem, zufriedenem Schlaf erwachte, war Sarah kalt genug, um zerteilt zu werden.

3

Sam

Seit einer halben Stunde apportierte Sam, der Golden Retriever, unermüdlich Stöckchen aus dem Jacobiweiher, die sein Besitzer für ihn ins Wasser warf. Eine Übung, die die beiden bei gutem Wetter täglich praktizierten. Der Mann wusste, dass Schwimmen dem Arthrose geplagten Hund das Leben erleichterte. Obwohl Sam schon acht Jahre auf dem Buckel hatte, strotzte er trotz seiner Schmerzen vor Energie, wenn er in seinem Element, dem Wasser, war. Heute schien er besonders gut beieinander zu sein. Die höher dosierten Schmerztabletten zeigten ihre Wirkung. Sam jagte um sein Herrchen herum und jaulte vor lauter Begeisterung. Immer wieder versuchte er, ihn anzuspringen. Was sein Herrchen mit einer wirschen Abwehrbewegung zu verhindern suchte. Dieses Mal war der Stock besonders weit geflogen und der Hund entschwand dem Blick seines Herrn. Nach einer Weile seufzte der Mann und rief den Hund. „Sam, komm zurück." Er trat ans Ufer. „Sam!" Doch Sam blieb verschwunden. Der Mann zückte seine Trillerpfeife, da schwamm der Hund auf ihn zu. Im Fang einen großen Stock.

„Nun übertreib mal nicht, den habe ich doch gar nicht geworfen, alter Junge. Deine Augen machen auch nicht mehr so richtig mit, was? Wo hast du den Prügel denn gefunden?"

Sam sprang aus dem Wasser und schüttelte sich, ohne den Stock aus dem Fang zu lassen.

„Pfui Teufel", schimpfte der Mann, dem der schlammige Stock mehrfach gegen die Beine schlug. „Kannst du dich denn nicht woanders schütteln?"

Sam legte den Stock voller Stolz direkt zu Füßen seines Besitzers ab und setzte sich erwartungsvoll wedelnd vor ihn. Der Mann hob den Stock auf, wollte ihn werfen und stutzte. Dann verschlug es ihm den Atem. Er schob die Brille dicht vor seine Augen, starrte ungläubig auf das, was er sah. Galle stieg in ihm auf. Er schluckte. Sein Gehirn versuchte für das, was er identifizierte, eine vernünftige Erklärung zu finden. Als alter Mediziner jedoch gelang es ihm nicht. Er drehte und wendete den Fund und befreite ihn vom Schlamm. Wenn er sich nicht restlos täuschte, war das, was Sam aus dem Wasser gezogen hatte, der Größe nach ein menschlicher Unterschenkel.

4

Fünf Monate zuvor

Mike

Die Suche hatte sich gelohnt. Vielleicht hatte er den perfekten Ort gefunden. The Place to be, zentral und direkt an der Kennedyallee gelegen. Jeder kannte ihn, keiner schenkte ihm Beachtung. Auffällig unauffällig. Genau das machte den Reiz aus. Die vierspurige Kennedyallee verschlang alle Geräusche, die aus dem Inneren des Gebäudes nach außen dringen konnten. Eines der wichtigsten Kriterien. Dazu kam der große Parkplatz. Auch er fiel nicht auf, denn er lag hinter wild wucherndem Gestrüpp. Das Gebäude selbst, eine ehemalige Stallung, besser gesagt die Baracke, stand direkt an der Straße, seit Monaten von einem Baugerüst und einem Netz ummantelt. Im Juli 2021 war das Dach des Gebäudes durch Brandstiftung komplett zerstört worden, der gesamte Komplex einsturzgefährdet. Er hatte den Brand auf seiner Reise im Internet verfolgt. Zu schade, dass er zu der Zeit nicht dort gewesen war. Er liebte Feuer und wilde Brände, aber er liebte auch Wasser, je tiefer desto besser. Man konnte dort einiges abtauchen lassen.

Da das Oberforsthaus unter Denkmalschutz stand, sollte es saniert werden. Die Kosten waren immens. Er hatte spannende Fotos des Innenbereichs im Internet gefunden. Wenn es tatsächlich so aussah, dann war diese Location perfekt für sein Projekt. Mit Sicherheit kam niemand außer Mike auf die absurde Idee, sich darin aufzuhalten. Ein unheimlicher Platz. So nah am Leben, so nah dem Tod. Niemand würde vermuten, dass sich ausgerechnet hier jemand aufhalten würde. Allerdings war es noch zu früh, sich zu freuen. Erst musste er das Innere inspizieren. Der Parkplatz bot genügend Fläche für Motorräder und Autos. Mystisch, märchenhaft wirkte das Gebäude, wenn man durch die Außennetze einen Blick auf die baufällige Fassade warf. Abenteuer pur. Das Haupthaus, das einst neben dem Stallgebäude gestanden hatte, existierte längst nicht mehr. Es war ein bedeutendes Hotel gewesen, hatte er im Netz gelesen, in dem Goethe mal seinen Geburtstag gefeiert haben soll. Doch wer war schon Goethe? Auch Mike würde über seinen Tod hinaus für Gesprächsstoff sorgen, obwohl er nicht dichten konnte. Er blieb unmittelbar vor der Baracke stehen und blickte daran empor. Er war kein Experte, doch da die Stadt es nicht abgerissen hatte, war anzunehmen, dass es mittlerweile genügend gesichert war. In seiner Fantasie spielte sich schon jetzt seine beeindruckende Zukunft hier ab. Eine wohlige Gänsehaut kroch ihm bis in die Haarspitzen. Nicht auszumalen, wenn ihn das Innere enttäuschte. Er neigte nun einmal dazu, sich in Fantasien hineinzusteigern. Das war seit seiner Kindheit der Schutz vor der Realität gewesen.

Er sah sich um, suchte nach einer Möglichkeit in das Gebäude einzudringen. Der Eingangsbereich war gesichert und vernagelt. Hier würde man Werkzeug benötigen. Er lief um den Bau herum, entdeckte einen Seiteneingang und daneben eine offene Fenstereinfassung.

„Na also", murmelte er und grinste breit. „Jetzt wird's richtig spannend."

Mit dem Ärmel seiner Lederjacke beseitigte er geborstenes Holz, Splitter und Späne, lugte ins Innere, horchte und schwang sich schließlich über den Sims. Es roch feucht und modrig. Er brauchte eine Weile, bis sich seine Augen an die Dunkelheit gewöhnt hatten. Diffuses Licht schien durch die Fugen der Holzlatten in den Fenstereinfassungen in den breiten Korridor. Ein Bild, das er sich schöner nicht hätte ausmalen können. Steine, Schotter und Stahlträger lagen in der ehemaligen Stallgasse herum. Dunkle Schatten und dicke Spinnweben verbreiteten eine gruselige Atmosphäre. Besser als in jeder dämlichen Geisterbahn. Er zog die Stirnlampe, die er extra mitgenommen hatte, aus seiner Lederjacke, streifte sich das Gummi über den Kopf und knipste die Lampe an. Das LED-Licht durchdrang grell jeden Winkel des verfallenen Hausinneren. Der Seiteneingang war zu seiner Überraschung bloß mit einem einfachen Riegel von innen versperrt. Er brauchte nur ein paarmal daran zu rütteln, bis das rostige Metall nachgab und sich der Riegel zur Seite schieben ließ. Bisher schien alles wie für ihn gemacht. Die Tür war der

Straßenseite abgewandt und somit vor unliebsamen Blicken geschützt. Sein Augenmerk richtete sich auf die Deckenbalken. Die hölzernen Streben waren auch dort von Stahlträgern gesichert. Eine stabile Konstruktion. Musste es auch sein, wenn das Gebäude erhalten werden sollte. Achtsam schritt er voran. Die Hand an der Gürteltasche, in der sein Fox Messer steckte. Doch die unzähligen dichten Spinnweben sprachen ihre eigene Sprache. Hier hatte sich längere Zeit niemand aufgehalten. Ständig wischte er sich die Netze aus dem Gesicht und spuckte dünne Spinnfäden aus. Am Ende der Stallgasse stieß er auf drei verschlossene Boxen mit massiven Holzgattern. Offensichtlich ehemalige Pferdeboxen. Sie waren ebenfalls mit schweren Riegeln versehen. Die Scharniere zwar eingerostet, dennoch ließen sie sich öffnen wie der Riegel der Seitentür. Die erste Box, die Mike betrat, barg eine willkommene Überraschung. Der Lichtschacht war, wie auch draußen die meisten Fensteröffnungen, mit Holzlatten vernagelt.

Die der Nachbarboxen ebenfalls. Besser hätten sie sich für seine Zwecke nicht darstellen können. Mike war euphorisch. Dieser Platz enttäuschte ihn nicht. Etwas Besseres konnte er sich kaum vorstellen. Dieses Gebäude würde die Herberge der Hunters werden. Ja, er würde die Gruppe Hunters nennen und das nicht nur wegen seines eigenen Nachnamens, Jäger. An diesem Ort würde er die nötige Inspiration bekommen und die Jagden vorbereiten. Zumindest für die erste Saison. Im nächsten Jahr würden sie weitersehen. Je nachdem, ob Bauarbeiten ausgeführt würden und wie die Stimmung der Jäger es zuließ. Nur nichts übereilen, stattdessen systematisch vorgehen.

*

Mike zückte sein Handy und suchte unter seinen Kontakten die Nummer seines alten Bekannten Peter Lewandowsky. Er zögerte – sollte er wirklich anrufen, alte Wunden aufbrechen? Andererseits war er neugierig. Außerdem wusste er, dass Lewandowsky sich für keine Arbeit zu schade war. Deswegen tippte er auf den Anrufbutton. Nach nur zweimaligem Ton meldete sich der alte Weggefährte.

„Hallo?"

„Freut mich, Mann, du hast noch deine alte Handynummer, Schwein gehabt."

Für einen Moment blieb es am anderen Ende der Leitung still, bevor Lewandowsky fragte: „Wer ist dran?"

„Nun mach mal halblang Pete, du hast mich unter deinen Kontakten nicht gespeichert? Nach dem Motto: aus'en Augen, aus'em Ohr? Haha. Dabei habe ich gehört, dass Stimmen sich nicht so schnell verändern und solange isses doch gar nicht her, Pete!"

„Moment mal, so spricht doch nur Mike?"

„Na also, geht doch, klar wer sonst?"

„Das nenn ich mal eine Überraschung. Ich dachte schon, du bist für immer abgetaucht. Neulich sprach ich gerade mit `nem alten Bekannten aus unserer Kneipenzeit über dich. Elvis. Erinnerst du dich noch?"

„Der Typ mit der Tolle?", fragte Mike.

„Genau, den richtigen Namen kennt noch immer keiner. Ist auch Schnuppe. Jedenfalls glaubte er, die hätten dich abgemurkst."

„Die? Wer soll das sein?"

„Die Jungs von den Wild Panthers. Da wolltest du doch damals unbedingt rein, oder?"

„Und weshalb sollten die mich kaltmachen?"

„Weil du schon immer ein schräger Typ warst. Keine Ahnung. Hat Elvis gesagt, nicht ich. Ich hab dir mal geschrieben, hast mir aber nicht geantwortet, da hab ich deine Nummer gelöscht. Dachte mir, vielleicht hat der recht."

„Quatsch, wollte mir 'ne Auszeit nehmen, um meine grauen Zellen zu adjektivieren."

„Adjekti was?" Lewandowsky lachte.

„Scheiß drauf, du weißt, was ich meine, Lewy."

„Lewy hat mich ewig keiner mehr genannt. Erinnert mich an sehr alte Zeiten. Heute nennen mich alle bloß Pete. Wo warst du denn eigentlich die ganze Zeit?"

„Ich musste mal raus hier. War im Ausland."

„Im Ausland? Etwa weit weg?"

„Nee, bisschen durch Europa."

„Mit meiner alten Harley etwa?"

„Träumst du? Die hätte das nicht gepackt. Verdammt viel Geld hast du mir für den Schrotthaufen abgenommen, alter Fuchs. Musste da noch dran schrauben ohne Ende."

„Hättest sie ja nicht kaufen müssen. Aber du warst ja wie gekniffen drauf."

„Klar, hast damit 'ne alte Freundin geködert, Sarah."

„Sarah? Lange nicht an die gedacht. Die alte Schlampe hat mich versetzt. Ist abgetaucht, nie mehr was von ihr gehört."

„Soll's geben. Die fand dich wahrscheinlich bescheuert."

„Spinnst du? Die hat mich geliebt."

Das glaubst auch nur du, dachte Mike. „Jedenfalls hab ich mir für die Europa-Tour 'n altes Auto gekauft und bin durch'n paar Länder gereist."

„Hast du 'ne Bank ausgeraubt? Oder wie hast du das finanziert?"

„Mal was von Jobs gehört? Ist doch kein Problem Mann, wenn de willst, kriegste immer was. Was machst du so?"

„Nichts Genaues. Ich arbeite in einem Getränkemarkt, Schichtdienst."

„Und wenn du nicht arbeitest?"

„Nichts Genaues. Und du?"

„Kaiserstraße."

„Als Lude oder Stricher?"

„Klar, ich steh auf Kerle, weißte doch. Nee, in 'ner Kneipe, besser gesagt in der Eckkneipe. Da warn wir früher 'n paarmal saufen, weißte noch? Bin da Barkeeper, Rausschmeißer und Sorgenonkel, was de willst. Verdienst ist okay und was viel besser ist, komm günstig an Stoff."

„Ja, ich erinnere mich. Besonders an den Tag, als ein paar Jungs von den Holy Graves reinkamen und uns zu Brei geschlagen haben. Die haben dich für'n Zuhälter gehalten und gedacht, wir zocken ihr Gebiet ab."

„Nicht nur mich, dich auch, Bruder. Du hast damals 'ne ziemlich dicke Lippe riskiert. Scheiß Rocker haste die genannt. Dann ham die dir die Nase eingedroschen. Hätt ich mich nicht eingemischt, wärste heute gaga oder tot."

„Schon gut, mach mal halblang."

„Ich sag bloß die Wahrheit."

„Und weshalb rufst du an? Dass ich dich als Lebensretter feier?"

„Bleib mal cool! Ich ruf an, weil ich 'ne Wahnsinnsidee hab. Haste eigentlich wieder 'ne Alte?"

„Nee, seit damals keinen Bock mehr, du?"

„Bin doch nich dämlich, nerven bloß, die Dummbratzen. Ich hätt da aber was Genaues für dich, wenn du mich fragst. Bisschen Gaudi muss sein. Du warst doch schon immer für Spaß zu haben, oder?"

„Kommt auf den Spaß drauf an."

„Ich wette, das trifft deinen Geschmack. Näheres mündlich. Wie wär's heute Abend? Muss arbeiten, komm doch vorbei."

5

Peter

Peter Lewandowsky erschien, kurz nachdem Mike das Lokal aufgeschlossen hatte. Dennoch saßen bereits ein paar Typen am Tresen, die wirkten, als hätten sie es eilig, endlich einen Kurzen zu bekommen. Mike kam auf Lewandowsky zu, umarmte ihn und schlug ihm auf die Schulter.

„Das Tattoo kenn ich ja gar nicht, neu?", fragte Mike den alten Weggefährten, der den Hals wie einen Rollkragen schwarz tätowiert hatte.

„Sonst hättest du's sicher früher schon gesehen. Braun bist du geworden. Ich sollt auch mal Urlaub machen."

„Setz dich hinten in die Ecke, da könn' wir ungestört sprechen. Ich bring dir`n Pils."

„Und `nen Kurzen", sagte Pete. „Natürlich nur, wenn`s aufs Haus geht."

Pete war der klassische Kleinkriminelle. Schon im Grundschulalter hatte er geklaut, gelogen und betrogen. In gewisser Weise war er Mike immer ein Vorbild gewesen. Ein brutaler Schläger und Draufgänger. Hatte bereits in frühen Jahren mehrfach in der JVA gesessen.

„Was hast du in den letzten Jahren getrieben?", fragte Mike, nachdem sie beide einen gekippt hatten. „Ich meine, du musst doch was. Krummes gemacht haben. Oder bist du servös geworden?"

„Hä?"

„Na, wenn man ordentlich wird oder so."

„Ach seriös meinst du? Nee, ich nicht. Ich dachte, du wolltest mir 'nen Vorschlag machen?"

„Schon gut, wir ham beide viel Mist gebaut, das bleibt ei'm im Blut, Mann", sagte Mike. „Kurz und knapp. Ich will'n Bikerclub gründen. Lust dabei zu sein? Ist 'ne ziemlich coole Sache. Hab'n paar irre Ideen. Hör zu." Mike erzählte in knappen Sätzen von seinem Projekt, das Pete für einige Sekunden verdauen musste. „Was gewinnt man dabei?", fragte er schließlich.

Mike äffte ihn nach: „Was gewinnt man? Hört sich dämlich an. Aber von mir aus. Ansehen."

Pete höhnte: „Von Ansehen kann ich nicht leben. Ich glaub, du hast auf deiner Reise zu viel Sonne abbekommen, oder was? Ist 'ne total abgefahrene Nummer."

„Ich sagte nicht, dass du deinen Job kündigen sollst. Es ist'n Hobby. Ein ziemlich Durchgeknalltes zugegeben, aber eins, was zu dir und mir passt. Es geht dir auch nicht von der Arbeitszeit ab. Ich hab'n eigenes Clubhaus, wir treffen uns hin und wieder, planen Touren und das jeweilige Projekt. Nicht mehr als einmal im Monat. Bleibt also genug Zeit für dein normales Leben. Ich dacht an dich, weil ich jemand brauch, auf den ich mich verlassen kann. Und der sich für nichts zu schade ist. Komm schon, Mann, das wird die Gaudi. Du wirst mein rechter Arm, verstehste?"

Pete grinste breit. „Hand, Idiot, du meinst deine rechte Hand."

Mike verdrehte die Augen. „Du weißt eh, was ich mein. Aber was hältst du davon? Wir räum'n bisschen auf in der Stadt. Das gefällt dir doch, oder? Du wirst die andern später überwachen."

„Welche anderen?"

„Na, 'n paar Typen brauchen wir noch mit im Boot, bevor wir starten. Wir werden zwar nicht so groß wie die Wild Panthers, aber ganz allein macht das keine Laune. Ich wollt aber zuerst dich fragen, dann suchen wir advokate Mitglieder."

„Advokat? Meinst du adäquat?"

„Klugscheißer. Also sag schon, was hältst du davon?"

„Klingt ziemlich schräg, glaubst du, ich will in den Bau?"

„Knast? Nee, ich sicher das ab. Aber ich glaub, du traust mir nicht."

„Was heißt trauen? Risiko ist Risiko!"

„Was nun, ja oder nein? Gegen uns sind die Wild Panthers Loser. Wir sind Family, verstehste? Jeder Hunter is'n Verwandter."

„Was heißt Hunter?", fragte Pete.

„So nenn' ich den Club. Frankfurt Hunters."

„Hm, passt."

„Bei mir passt alles. Musst mir nur vertrauen. Wir helfen uns gegenseitig, ham Spaß und koksen. Ham wir alle verdient. Verdammt viel Stress überall, oder?"

„Wie meinst du das?"

„Na, die Pandemie hat doch alle ganz schön ausgehebelt, oder? Wird Zeit für'n bisschen Gaudi."

„Okay, klingt nicht schlecht. Ich bin dabei."

„Auf Fun und auf die Jagd." Mike hob die flache Hand und Pete schlug ein.

Mike war zufrieden. So konnte es weiterlaufen. Genauso hatte er sich das vorgestellt. Pete war ein fieser Hund, aber für sein Projekt gut zu gebrauchen. Der Nächste auf Mikes Liste war Ben, sein damaliger Arbeitgeber und Junkie. Zumindest war er es, bevor Mike verschwunden war. Aber erfahrungsgemäß blieben die meisten das, was sie waren. Ben war wie geschaffen für sein neues Projekt, wenn er sich nicht verändert hatte. Für ein paar Joints wäre der zur Hure geworden. Den würde er morgen besuchen. Mike brachte Pete ein neues Bier und einen Schnaps.

„Was denkst du, wo Sarah heute ist?", fragte Pete.

„Mir egal. In der Hölle wahrscheinlich. Du hast sie mir ausgespannt. Weißte, oder?"

Pete machte ein erstauntes Gesicht. „Ist nicht dein Ernst. Wusste ich nicht."

„Komm, tu doch nicht so! Sie hat mich geliebt, musste doch bemerkt haben. Klar hatt'ses nich an die große Krichenglocke gehängt."

„What?"

Mike winkte ab. „Egal Mann. Hatte Schiss vor den Eltern. Aber du musst es bemerkt haben. Wir wollten zusammenbleiben. Dann bist du aufgetaucht und hast so getan, als wär ich Luft. Ich hätt dir die Fresse polieren sollen."

„Sie hat dich nie erwähnt, Mann. Hat sie dir gesagt, dass wir was hatten?"

„Nee, aber hältst du mich für dämlich?"

„Bloß'n bisschen … nee war Spaß."

„Ich weiß, dass sie mehrfach hinten auf deiner Harley saß", sagte Mike. „Und dann hat sie dir'n paar vieldeutige Blicke zugeworfen. Jedenfalls war mir klar, dass ihr nicht bloß ins Kino fahrt. Is aber auch egal. Mittlerweile is Gras drüber gewachsen. Die hat halt jeden angemacht. Selbst Typen wie dich", sagte Mike und hätte Lewy am liebsten seine Faust ins Gesicht gedroschen, aber das verriet seine gespielt freundliche Mimik nicht.

6

Ben

Mike lenkte die Harley in den Hof der kleinen Werkstatt in Bockenheim. Ben war noch immer der Inhaber, wie Mike im Internet recherchiert hatte. Er parkte die Harley und sah sich um. Ein paar Fahrräder standen im Hof und eine beeindruckende Harley Davidson. Im Inneren der Werkstatt, dessen gläsernes Sektionaltor geschlossen war, stand aufgebockt ein roter Alfa Romeo.

„Hallo?", rief er.

„Gleich fertig. Kleinen Moment Geduld", drang eine männliche Stimme aus dem Inneren.

„Nur mit der Ruhe", antwortete Mike. „Kann warten."

Kurz darauf glitt das Tor nach oben und sein alter Freund Ben trat heraus, wischte sich die Hände an seinen Hosen ab und richtete den Blick neugierig auf Mikes Maschine. „Wie kann ich helfen?"

„Schau mir in die Augen, Kleiner."

Ben musterte Mike und stutzte ungläubig. „Das gibt's doch nicht, du, Mike Jäger? Das ist ein Ding. Ich glaub's ja nicht. Du bist's wirklich. Wo kommst du denn so plötzlich her? Ich glaub, ich träume. Ey Mann, was war los mit dir? Ich muss schon sagen, ich hatte einen ziemlichen Hals auf dich. Du hast mich auf der Arbeit einfach hängen lassen. Weißt du, was hier los war und wie oft ich versucht habe, dich zu erreichen?"

„Tut mir leid, Alter, mach kein Fass auf. Es waren Umstände, die mich dazu gezwungen haben. Lange Geschichte, die heute keinen interessiert."

Ben steckte sich einen Joint an. „Umstände, na wie man's nimmt. Ich hätte dir damals gern ein paar warme Worte gesagt. Hast mich verarscht, kann man sagen."

„Schon gut, schon gut. War dumm von mir einfach so abzuhauen. Tut mir leid. Du kiffst noch, wie ich sehe?"

„Was Besseres kann ich mir nicht leisten."

„Doch, könntest du. Ich komm günstig an fast alles dran. Krieg ich auch einen?"

Ben ging zurück zur Werkstatt und kehrte mit einem weiteren Joint zurück. Mike ließ sich von Ben Feuer geben und inhalierte. „Das Kraut ist okay, aber du bekommst von mir'n paar Lines, davon träumste nur. Da würdest du nie wieder kiffen."

„Du willst mit mir Geschäfte machen? Mal ehrlich, du hast mich damals im Regen stehen lassen. Und Geld schuldest du mir auch noch. Ich wusste nicht, wo mir der Kopf stand. Und jetzt kommst du, um mir Stoff anzubieten? Weißt du was? Du müsstest mir normalerweise deinen Monatslohn zurückzahlen. Blöd wie ich bin, habe ich trotzdem nach dir gesucht, bin sogar mal zu deiner Wohnung gefahren. Willst du wissen, warum? Ich dachte, dass du krank bist. Hab mir um dich Idiot Sorgen gemacht."

„Du bist zur WG-Wohnung gefahren?"

„Genau. Die haben mir gesagt, dass du dich vom Acker gemacht hast. Mit deinem ganzen Krempel. Mann, wo hast du dich bloß rumgetrieben? Wie lange ist das her? Drei Jahre?"

„Dreieinhalb, genau genommen. Wollte mich'n bisschen in Europa umsehen. Frankreich, Spanien, Italien, Portugal. Länder, in denen's sich zu leben lohnt. Nicht wie hier, in einer City wie Frankfurt, wo nur die Reichen 'ne Schangse ham. Und jetzt auch noch die Inflation ...“

„Du sagst es. Ich wünschte, ich könnte mir auch mal eine Auszeit leisten, aber ich muss jeden Tag malochen. Na ja, eigentlich mach ich es ganz gern, aber du weißt, was ich meine.“

„Ja ja, ich weiß, nicht die feine Art, ohne zu kündigen. Ich dacht mir, du wirst schon Ersatz finden.“

„Komm schon, du hast mich um den Monatslohn betrogen, Mike.“

„Hör auf, war doch nur'n Hungerlohn. Aber ich will's wieder gutmachen. Wer konnte schon ahnen, dass sich die Zeiten didaktisch ändern.“

„Hä?“

„Na ja, so hart ändern halt. Weißt schon, was ich mein.“

„Halbwegs“, antwortete Ben und deutete auf Mikes Maschine. „Warst du mit der alten Harley unterwegs?“

„Besitze mittlerweile zwei. Die eine ist von dir, vergessen?“

„Gefallen, die ich tue, vergesse ich nie. Woher hast du die andere Maschine?“

„Von 'nem alten Kameraden. Ich häng dran. Freuste dich denn gar nicht, mich zu sehen?“

„Äh, hallo? Tickst du noch richtig. Falls du wieder hier arbeiten willst, keine Chance, Mike.“

„Will ich nicht. Will ich sicher nicht. Komme mit guten Absichten. Hab unterwegs'n bisschen was verdient. In ganz Europa findest du schneller Jobs als hier in Deutschland. Und kaum war ich zurück, hab ich 'n Job in 'ner Kneipe bekommen. Das reicht mir. Wenn du willst, zahl ich dir den Schotter zurück, wenn ich was auf die Seite geschafft hab.“

„Und weshalb bist du zurückgekommen, wenn es im Ausland so schön ist? Heimweh?“

„Nee, nicht die richtige Bleibe gefunden."

„Nach was hast du gesucht?"

Mike zog an seinem Joint. „Ich wusst's nicht. Ich musste einfach raus. Mir ging's nicht besonders."

„Wo wohnst du?"

„So'n Hinterhaus irgendwo in Rödelheim. Groß und günstig. Man muss allerdings handwerklich was draufhaben. Steckt viel Arbeit drin. Hat aber Spaß gemacht. Ich kenn mich mittlerweile mit Renovierungen aus. Ist so'ne Art Hobby."

„Na dann. Super Frisur, steht dir, ich habe selbst schon über so einen Man Bun nachgedacht."

„Ja, mir gefällt's. Ich bin im Übrigen dabei, `nen Motorradclub zu gründen. Für die Freizeit. Du weißt, einmal Motorradfahrer, immer Motorradfahrer. Außerdem will ich jagen. Ich glaub, das macht Bock."

Ben grinste. „Jäger mit Motorrad. Exotisch."

„Wolltest du nicht auch mal `nen Jagdschein machen, Ben? Haben wir uns mal drüber unterhalten."

„Wenn ich am Wald leben würde, irgendwo auf dem Land. Es gibt hier im Raum kein Jagdgebiet, darüber haben wir doch gesprochen. Ich müsste jedes Mal in den Taunus oder Spessart fahren. Dafür reicht meine Zeit nicht. Und mal ehrlich – so ein Jagdschein ist nicht nur teuer, sondern kompliziert. Dagegen ist Abitur gar nichts. Nee, da würde ich mir lieber ein anderes Hobby suchen."

„Wenn ich dir sag, dass de für das, was ich jagen will, keinen Schein brauchst, auch kein Abi, nur `n bisschen hier oben!" Er tippte sich lachend an die Stirn.

„Und wie soll das gehen?"

„Hast du Lust auf'n Treffen an `nem geheimen Ort? Dort erzähle ich dir gern'n paar Details. Und `ne Line gibt's aufs Haus."

„Wieso muss ich dazu irgendwohin kommen? Mach's doch nicht so spannend. Kannst du mir nicht hier und jetzt sagen, worum es geht?"

„Ich kann das nicht zwischen Tür und Klinke erklären."

„Angel."

„Nee, ich will jagen, da braucht man keine Angel."

„Ach Mike, ich mein Tür und Angel."

„Schon gut. Weißt doch, was ich mein. Komm Bruder, es gibt so viel zu erzählen. Wär klasse, wenn wir unsere alte Freundschaft wieder aufwärmen." Mike blickte zu dem Auto, das in der Werkstatt stand. „Was willste an Alfas reparieren? Die rosten dir doch unterm Arsch weg."

„Nee. Ich krieg die wieder hin. Sind meine Lieblingsautos. Aber ich repariere auch jedes andere Modell."

„Wenn man sowas Langweiliges macht, braucht man zum Ausgleich `n Hobby, ich garantier dir, das ist was für dich. Und vor allem organisier ich Treffen mit andern Motorradfreaks. Spritztouren inkluvise oder wie das heißt. Kerle wie wir brauchen Spaß. Mach was aus'em Leben, so lang de jung bist oder haste Familie?"

„Nö."

„Na dann, ich kenn dich doch. Und du weißt, ich hab's hier oben", wieder tippte sich Mike an die Stirn.

„Wie man's nimmt, Mike. Aber hast mich neugierig gemacht und `ne Line reizt mich irgendwie."

„Bekommst die Erste geschenkt und die anderen zum super Freundschaftspreis. Okay, zum besseren Verständnis, ich gründe `nen Club, `ne Bruderschaft mit `ner genialen Idee. Ich will Frankfurt aufpoppen. Wie klingt das?"

„Komisch oder meinst du aufpeppen?" Ben lachte.

„Logo."

„Irre. Nur Männer? Wie willst du das denn machen?"

„Ich sage nur Bikerclub. Und dazu jagen wir. Machen die andern Gangs nicht."

„Ehrlich, ich versteh gar nichts. Wann hast du dir denn das einfallen lassen?"

„Reisen bildet halt. Da kommt man auf `ne Menge cooler Ideen."

„Hmm, jede Wette, du wirst dir mächtig Stress mit den Wild Panthers einhandeln, Junge, wenn du mit denen mithalten willst. Auf Schießereien steh ich nicht. Ganz ehrlich nicht. Ich reparier denen hin und wieder mal eine Maschine. Aber Ärger, nee du, lass mal stecken."

„Wir streiten mit niemandem. Wir ziehen nur unser Ding durch. Was die andern tun, ist uns schnuppe. Früher wollt ich zu denen gehören. Aber ich bin besser. Ich will was andres, Mann. Mit guten Leuten, so wie dir, und `ner Menge Spaß."

Das Knattern einer schweren Maschine, die in den Hof einfuhr, unterbrach das Gespräch. „Da kommt mein Kollege."

„Kenn ich den?", fragte Mike.

„Nein, ich habe ihn eingestellt, nachdem du dich vom Acker gemacht hast. Ich brauchte Hilfe, wie du dir denken kannst. Wir haben nach der Pandemie zum Glück wieder genug zu tun. Ich dachte schon, dass ich schließen muss. Aber wir haben die Kurve gekriegt. Und Sammy ist ein Mann, auf den ich mich verlassen kann. Nicht so`n Windei wie du."

„Hör auf, Mann", sagte Mike.

Der Typ stieg von seiner Harley und nahm den Helm vom Kopf. Blonde lange Haare kamen zum Vorschein. „Sorry, ist bisschen später geworden, das alte Mädchen wollte nicht anspringen."

„Tolle Maschine", sagte Mike. „Kann man neidisch werden."

Der Blonde lächelte. „Tüftelarbeit. Außerdem macht der Anlasser hin und wieder Probleme."

„Samuel, das ist Mike", stellte Ben die beiden einander vor. „Mike hat vor deiner Zeit hier gearbeitet."

Samuel nickte Ben zu. „Ach nee, der Mike, von dem du mir erzählt hast?"

Ben nickte.

„Muss dir dankbar sein. Hast mir einen richtig guten Job überlassen. Nenn mich Sammy."

„Na dann, Sammy. Ben und ich ham uns ewig nich gesehn, dacht, ich schau mal vorbei."

Sammy richtete seinen Blick auf das, direkt vor dem Eingang geparkte Motorrad. „Nette Harley, deine?"

Mike nickte. „Bin früher manchmal mit Ben gefahren, vielleicht hat er's erzählt."

„Hat er."

„Mittlerweile besitze ich zwei. Übrigens: Wenn ihr jemanden kennt, der `ne alte Harley will, ich gebe die günstig ab. Man muss da nur'n paar Teile austauschen, dann hält die noch Jahre. Wir waren mit dieser hier auch im Elsaß damals. Erinnerste dich, Ben?"

„Bis nach Straßburg." Ben nickte. „Warum behältst du die andere nicht?"

„Zwei brauch ich nicht und mein Herz hängt nicht mehr dran." Mike wandte sich an Sammy. „Ich gründe `nen Motorradclub und wollte deinen Chef überreden, einzutreten. Haste vielleicht auch Bock? Touren machen in der Gruppe und so."

Sammy machte ein überraschtes Gesicht. „Motorradclub, was meinst du damit?"

„Na ja, bin dabei coole Jungs für meine Gang zu begeistern. Ich könnt mir vorstellen, dass ihr beide gut zu uns passt. Kiffst du gern?"

„Na klar. Aber was heißt, wir passen gut?", fragte Sammy.

„Na ja, ich brauch schlaue Jungs, hab Großes vor, also außer den Touren. Ich will jagen."

„Jagen? Hier in Frankfurt? Gehst du auf Taubenjagd?" Sammy lachte. „Da gibt's doch solche Vergrämungsnetze, um die Biester von den Dächern zu bekommen. Muss man nicht gleich abschießen."

Mike grinste. „Mit Tauben hab ich nichts am Hut."

„Klingt komisch. Was willst du denn jagen und hast du überhaupt einen Schein? Ich will deinetwegen nicht in Schwierigkeiten kommen, lass mal gut sein", wehrte Ben ab.

Sammy zog die Augenbrauen zusammen. „Du willst nicht etwa behaupten, dass du ein Wilddieb bist? Das wird hart bestraft, Mann."

„Glaubst du etwa, ich bin blöd?"

„Keine Ahnung, ich kenne dich nicht", antwortete Sammy. „Ich sage nur, dass Wilderei bestraft wird."

„Ich sag doch, dass ich's erst erklären muss, deswegen lad ich euch ein."

„Aber sag mal, wann beginnt denn bei dir die Jagdsaison?"

„Wenn's warm genug ist."

Sammy zuckte verdattert die Schultern.

„Kommt zu mir, dann erfahrt ihr's. Ich garantiere, sowas habt ihr noch nie gemacht. Ihr könnt's euch überlegen. Wenn ihr Lust habt auf Zusammenarbeit und vor allem Zusammenhalt, mit allem, was dazu gehört, dann kommt. 'Ne Bruderschaft ersetzt 'ne Familie. Vielleicht habt ihr Ideen für gemeinsame Motorradtouren, campen, rauchen, koksen? War doch schön damals, Ben, oder?"

„Klar, hat Spaß gemacht."

„Überlegt euch schon mal ein paar spannende Routen."

„Und wo willst du uns treffen?"

„Da, wo man Motorräder und Autos gut abstellen kann. Ihr wisst, in Frankfurt sind Parkplätze rar."

„Doch nicht für Maschinen. Sag schon, wo willst du uns treffen?"

„Bleibt das unter uns?"

„Klar, wem sollen wir das sagen?"

„Kennt ihr das alte Oberforsthaus?"

„Hä? Du meinst die Baracke an der Kennedyallee?"

„Genau die."

„Ja klar, und wo kann man sich da treffen?"

„Na da drin."

„Moment mal, das ist eine Baustelle. Da kannst du doch nicht ernsthaft rein."

„Da treibt sich niemand rum. Grusellocation, aber spannend." Mike lachte.

„Da wird doch gebaut", setzte Ben nach.

„Nee, momentan nicht."

„Und wieso dann das Gerüst?"

„Steht da seit Monaten. Die Stadt hat kein Geld, das Ding zu strukturieren."

„Zu was?"

„Na, wieder aufzubauen."

„Du meinst restaurieren, nehme ich an", entgegnete Ben.

„Ist ja gut, Mann."

„Sag mal, bist du etwa da reingegangen?", hakte Sammy nach.

„Klar. Ist ein genialer Ort, spannend, kann ich euch sagen, sehr spannend."

„Würde mal sagen, die Baracke ist baufällig. Kann jederzeit einstürzen. Das ist lebensgefährlich", sagte Ben.

„Unsinn, ist alles gecheckt. Kann nix passieren. Ich sagte dir doch schon, dass ich mich mit Renovierungsarbeiten auskenn. Die haben drinnen Stahlträger. Ist super und schön nah am Wald gelegen. Überlegt's euch halt. Ich verschwinde."

„Coole Jacke", sagte Sammy, der das Wolfsgesicht auf Mikes Rücken entdeckt hatte. „Hast deinen Nachnamen verewigt?"

Mike lachte. „So ungefähr. So soll mein Club heißen. Hunters."

„Nicht schlecht. Mike Jäger und seine Jäger. Wo kriegt man sowas? Spezialanfertigung?"

„Klar. Ich kenn da jemand, der solche Dinger herstellt, für kleines Geld. Komm vorbei, wenn du's genau wissen willst. Heut in einer Woche. So gegen acht abends. Bier ist genug da. Wenn ihr'n paar coole Jungs kennt, könnt ihr sie gern mitbringen. Ich verlass mich auf deine Menschenkenne, Ben. Bis dann." Mike ging zu seiner Harley, drehte sich dann aber noch mal um. „Der Stalleingang ist versperrt, aber es gibt an der linken Seite 'ne Tür. Kommt dahin." Er stieg auf seine Maschine, startete und lenkte sie vom Hof. Draußen ließ er den Motor aufheulen und jagte davon.

„Ich verlass mich auf deine Menschenkenne." Sammy hielt sich den Bauch vor Lachen. „Was ist denn das für ein merkwürdiger Typ?"

Ben zuckte die Achseln. „Ich kann's dir nicht sagen, weiß bis heute nicht, was damals los war. Ich glaube, da steckte 'ne Frau dahinter. Er war übel drauf, hat aber nie über Privates geredet. Der hatte schon immer Geheimnisse. Würde mich schon interessieren, was der plant. Hast du Lust, da mal vorbeizuschauen? Außerdem kriegen wir 'ne Line."

„Klingt gut."

„Ablehnen kann man immer, oder etwa nicht?"

„Ablehnen? Du meinst damit einzusteigen?"

„Klar."

„Kommt mir alles komisch vor, aber von mir aus fahren wir hin. Wollte schon lange Mal wieder koksen. Warum lädt er uns nicht zu sich nach Hause ein?"

Ben zuckte die Schultern. „Der renoviert da noch. Wahrscheinlich 'ne Bruchbude."

„Also noch schlimmer als das Oberforsthaus?"

„Du weißt doch, schlimmer geht immer." Mike lachte.

„Crazy, der Typ!"

Ben deutete mit dem Kopf zur Werkstatt. „Da drüben steht Arbeit für dich, falls du das vergessen hast. Feierabend fällt heute aus."

7

Der alte Mann

Am frühen Morgen vor einer Bäckerei am Schweizer Platz hatte der alte Mann zwei Käsebrötchen geschenkt bekommen. Nun kehrte er zufrieden mit seiner Ausbeute in den Stadtwald zurück. Dieses Mal lief er am Waldweg der Babenhäuser Landstraße entlang. Da er seit dem letzten Rheumaschub schmerzfrei war, genoss er die Bewegung. So lief er stadtauswärts auf der rechten Seite, nicht weit davon entfernt hatte er kürzlich den Wolf gesehen. Nicht dass er erpicht auf ein Wiedersehen war, im Gegenteil. Solange sein Damwild verborgen blieb, war jedoch Vorsicht geboten.

Auch wenn ihm sein Menschenverstand sagte, dass Wölfe scheu waren und menschliche Kontakte mieden, so war ihm dennoch wohler, wenn er sich selbst davon überzeugen konnte, dass im Wald Ruhe eingekehrt war. So spazierte er bis zur hölzernen Brücke, bog dort nicht links über die Straße ab, sondern hielt sich rechts, Richtung Königsbrünnchen. Aufmerksam richtete er seine Blicke dabei in den Wald. Kurz vorm Jacobiweiher, wurden seine Beine schwer. Er fand einen Holzstapel am Wegesrand und setzte sich erschöpft auf einen dicken Stamm. Er nahm eines der Käsebrötchen aus dem Rucksack, biss hinein und seufzte zufrieden. Was konnte es Schöneres geben, als ein einsames Fleckchen Erde und etwas Gutes zu essen. Früher hätte er darüber gelacht. Doch da war er noch ein anderer Mensch. Nachdem er das Brötchen bis auf den letzten Bissen verzehrt und sich in der Einsamkeit erholt hatte, trat er den Rückweg zu seiner Unterkunft an. Doch augenblicklich wurde er gewahr, dass die Idylle trügerisch war. Der Wolf war nicht weitergezogen. Furchtlos stand das Tier da, viel zu nah und starrte ihn an. Nachdem sowohl das Tier als auch er geraume Zeit bewegungslos blieben, erhob er die Stimme.

„Verschwinde!" Er klatschte in die Hände.

Der Lärm und die Gestik störten das Tier nicht im Geringsten. Es schien menschliche Begegnungen gewöhnt zu sein. Sollte er es drauf ankommen lassen und einfach weitergehen? Er wollte sich schon in Bewegung setzen, da hörte er einen Pfiff in der Ferne. Das Tier richtete die Ohren auf, drehte um und verschwand. Eigentümlich. Ein Wolf, der auf ein Kommando reagierte? Wer sollte das Tier rufen oder Moment, sah das Tier einem Wolf nur zum Verwechseln ähnlich? Natürlich, das war die einzig plausible Erklärung. Der alte Mann atmete auf. Wie konnte er das vergessen? Es gab sogar Rassehunde, die mit Wölfen gekreuzt wurden. Man könnte dem Besitzer allerdings Fahrlässigkeit unterstellen. Nicht nur, weil Hunde im Stadtwald angeleint werden mussten. Ein Hund, der einem Wolf zum Verwechseln ähnelte, durfte nicht frei herumlaufen. Er konnte Spaziergänger in Angst und Schrecken versetzen. Doch das war nicht seine Angelegenheit. Auf dem Rückweg schmunzelte er ein ums andere Mal. Selbst das Damwild war auf den vermeintlichen Wolf reingefallen, das war tröstlich. Dass man im Alter ängstlich und wunderlich wurde, hatte ihm schon sein Großvater prophezeit. Ein Beweis mehr dafür, dass es langsam Zeit für ihn wurde, von dieser Welt abzutreten.

Obwohl die aktuellen Sorgen von ihm abgefallen waren, fand der Alte keine Ruhe. Erst weit nach Mitternacht war er in unruhigen Schlaf gefallen. Als er erwachte, lag der Wald noch immer in tiefer Finsternis. Er wischte sich den Schweiß von der Stirn, sein Herz schlug heftig. Er hatte von seinem geliebten Kind geträumt, das mitten im Wald gestanden und nach ihm gerufen hatte. Sie war ihm so deutlich erschienen, dass es ihm die Kehle zuschnürte, wenn er an den Traum dachte. Sie hatte die Arme ausgebreitet, ihn angelächelt und gerufen: „Papi, hier bin ich, rette mich, ich will leben! Rette mich! Ich bin zu klein, um tot zu sein!"

Und er, er wollte sie auffangen, stürzte ihr entgegen, streckte die Arme aus, rief: „Vertrau mir, ich fange dich auf." Doch seine Beine sackten ein und als er an sich herabblickte, da bemerkte er, dass seine Füße in tiefem Morast steckten und er sich nicht bewegen konnte. Als er wieder aufsah, war sein Mädchen fort. Er schluckte seine Tränen. Er hätte alles dafür getan, sein Leben noch einmal neu beginnen zu können. Doch nichts und niemand konnte ihm je seine Last nehmen.

8

Erik

Erik Steiner studierte seit Stunden die Kleinanzeigen im Internet und fand schließlich etwas, das sein Interesse erweckte. Da er gerade seinen Einser-Führerschein bestanden hatte, interessierte er sich für alles, was mit Motorrädern in Zusammenhang stand.

'Kleine Werkstatt in Frankfurt Bockenheim sucht Aushilfe auf Mini-Job-Basis. Voraussetzung sind Grundkenntnisse an Karosserien und Motoren von Zwei- und Vierrädern und ein Motorradführerschein. Bitte wenden Sie sich an: www.benjamins-werkstatt.de.

Er speicherte das Jobangebot auf seinem Handy. Es entsprach dem, was er sich vorgestellt hatte. Seit Wochen durchforstete er täglich das Internet in der Hoffnung, einen Minijob zu finden, den er kurz nach dem Abitur im Sommer beginnen wollte.

Erik war der einzige Sohn aus einer Ehe, die vor langer Zeit gescheitert war und an dessen Zerrüttung er eine massive Mitschuld trug, wenn er den Worten seiner Mutter Glauben schenken sollte. Dennoch hatte er nach der Scheidung der Eltern bei seiner Mutter in Heidelberg gelebt. Die Streitereien ebbten aber nicht ab, sondern steigerten sich annähernd täglich. „Du warst von Anfang an ein Problemkind", hatte sie ihm kürzlich vorgeworfen. „Immer hast du geplärrt. Ich habe mir deinetwegen die Nächte um die Ohren gehauen. Ohne dich würde ich heute nicht so alt aussehen. Und wie dankst du es mir? Du bist frech und vorlaut. Ich denke, es ist an der

Zeit, dass sich dein Vater um dich kümmert. Vielleicht kann der einen Mann aus dir machen."

Erik war es recht, deswegen nahm er es wortlos zur Kenntnis. Er kannte zwar Frankfurt nicht, aber die Stadt war bestimmt spannender als Heidelberg. Und schlimmer als bei der Mutter konnte es beim Vater kaum werden. So war er vor Kurzem nach Frankfurt gezogen. Erik konnte nicht einmal leugnen, kompliziert geworden zu sein, wenn man den Protest gegen die Härte der Mutter so nennen wollte. Er konnte sich zwar nicht mehr richtig an seinen Vater erinnern, aber die Männer-WG würde beiden eine Chance bieten, sich einander anzunähern. Schnell bemerkte er jedoch, dass seinem Vater nicht an einer freundschaftlichen Verbindung gelegen war. „Dass ich dich hier aufnehmen soll, kommt allzu plötzlich. Deswegen rate ich dir, dich an meine Auflagen zu halten. Ich verlange, dass du zur Schule gehst und ein ordentliches Abitur machst. Danach wirst du ein vernünftiges Studium anhängen", sagte er beim ersten Gespräch. „Du kannst so lange in mein Arbeitszimmer ziehen. Die Zeit bis zum Abi ist zum Glück begrenzt."

„Vielleicht könnten wir noch einmal drüber reden", schlug Erik vor. „Ich weiß nicht, ob du dich noch erinnerst, aber mein Traum war schon immer etwas mit Holz zu machen. Ich glaube, dass ich ein guter Schreiner wäre."

„Eine Schreinerlehre? Bist du verrückt?", sagte der Vater und schlug mit der flachen Hand auf den Tisch. „Alle studieren heute nach dem Abitur und du willst Schreiner werden? Das kommt überhaupt nicht infrage. Jedenfalls nicht, solange du hier wohnst. Schlimm genug, dass ich dich finanzieren soll. Aber dafür wirst du das tun, was ich verlange, verstanden?"

„Warst du eigentlich glücklich in deinem Leben?", fragte Erik.

Der Vater sah ihn irritiert an. „Was soll das heißen? Ah verstehe, Provokation, was? Die Jugend von heute. Weißt du was, mein Freund? So hätte ich mit meinem Vater nicht reden dürfen."

„Du hättest ihn nicht fragen dürfen, ob er glücklich war? Ich verstehe nicht, weshalb du das als Provokation auffasst."

„Wie ist es denn sonst gemeint, Klugscheißer? Ich wurde nicht nach meinen Bedürfnissen gefragt. Ich wurde dazu gezwungen eine vernünftige Ausbildung zu machen. Warum? Weil ich mich später ernähren musste. Aber ihr denkt ja heute, das Leben ist zu kurz, um hart zu arbeiten, stimmt's? Du willst eine Schreinerlehre machen, träum weiter."

„Ich begreif nicht. Gute Handwerker werden gesucht, Mann. Wenn du gut bist, kannst du damit einen Arsch voll Geld verdienen."

Für diesen Satz kassierte Erik eine Ohrfeige.

„Nenn mich nie wieder Mann, mein Freund. Und deinen Arsch voll Geld musst du dir woanders verdienen, wenn du nicht tust, was ich sage. Und jetzt ist Schluss mit der Unterhaltung!"

Erik hätte allzu gern seine Sachen gepackt und wäre ausgezogen. Solange er denken konnte, hatte er aus allen Materialien, die ihm in die Hände fielen, kleine Möbelstücke zu bauen versucht, und seien es Streichhölzer gewesen, aus denen er als Kind ganze Dörfer gebaut hatte. Dabei war er überaus geschickt gewesen. Etwas Haptisches entstehen zu lassen, war nun einmal seine große Leidenschaft. Seine zweite große Leidenschaft waren Motorräder. Seit Langem träumte er von einer eigenen Maschine.

Was nützte ihm die Hochschulreife, wenn er nicht studieren wollte? Seinem Vater einen Gefallen zu tun, um dann ein langweiliges BWL-Studium anzuhängen, oder was immer ihm vorschwebte? Einen Beruf auszuüben, in dem er sich sein Leben lang quälen würde, den er halbherzig und schlecht erfüllen würde? Das waren düstere Zukunftsaussichten. „Blamier mich nicht, wenn du schon mein Sohn bist", hatte der Vater gesagt, nachdem er ihn im Lessing-Gymnasium angemeldet hatte. „Wenn du das Abi machst, finanzier ich dir einen Führerschein. Ums Auto musst du dich selbst kümmern", hatte der Vater ergänzt.

„Ich wollte auf ein Motorrad sparen."

Der Vater schüttelte den Kopf. „Kein Wunder, dass sie dich nicht mehr wollte, du Trotzkopf. Aber in Gottes Namen, dann ein Motorradführerschein. Sag's dir jetzt schon – mehr bekommst du von mir nicht. Kein Motorrad, nicht einmal ein Moped. Mach dein Abi und fang was Vernünftiges mit deinem Leben an. Sonst brauchst du mich nie wieder anzusprechen, mein Freund!"

Erik war also weder beim Vater noch bei der Mutter in Heidelberg willkommen. Er fügte sich notgedrungen, denn er konnte sich natürlich nicht selbst finanzieren. Ob er das Abi am Ende machen würde, ließ er in seinen Plänen offen. Die Anzeige kam ihm also wie gerufen.

Wenn dort auch Motorräder repariert wurden, kam er möglicherweise sogar günstig an eine gebrauchte Maschine, die er vielleicht abstottern konnte.

Er brauchte nicht lange zu warten, bis Benjamin Hegmann ihm auf seine Mail antwortete. Noch heute nach Schulschluss würden sie sich in dessen Bockenheimer Werkstatt treffen. Sie lag in einem Hinterhof nahe der Leipziger Straße und Erik wäre um ein Haar daran vorbeigelaufen, hätte dort nicht die beeindruckende Harley Davidson geparkt. Er betrat den Hof. Die Maschine war ein Schmuckstück. Stumpfer schwarzer Lack, extra breite Reifen, polierter Stahl. Er strich ehrfürchtig mit der Hand über den edlen Ledersattel.

„Kann ich helfen?" Der etwa 25-jährige Mann, der aus der dahinterliegenden Halle trat, kam auf ihn zu.

„Erik Steiner, ich bin mit Benjamin Hegmann verabredet." Der Mann mit den hellbraunen Haaren und den Tunnelohrringen grinste. „Sag Ben zu mir." Er musterte Erik neugierig. „Du kennst dich mit Maschinen aus?"

„Ich hatte mal ein altes Moped, an dem habe ich häufig rumgeschraubt." Erik deutete auf die Maschine. „Sowas werde ich mir hoffentlich auch mal leisten können. Ein Traum."

„Ich habe sie umgebaut. Ist eine Custom Chopper."

„Sie gehört dir?", fragte Erik.

„Klar."

„Verkauft ihr Maschinen?"

Ben schüttelte den Kopf.

„War nur so eine Idee."

„Wann könntest du loslegen? Hier ist gerade viel zu tun."

„Ich suche etwas ab Juli, dann bin ich durch mit dem Abi."

„Oh sorry. Ich brauche sofort jemanden."

„Schade. Im Moment geht's noch nicht. Ich will gleich im Anschluss ans Abi jobben, bis ich einen Ausbildungsplatz gefunden habe."

Ein Mann mit blondem Haar und Pferdeschwanz kam aus der Werkstatt. „Kundschaft?"

„Nein", sagte Ben. „Das ist Erik. Er wollte hier ein bisschen aushelfen. Mein Kollege, Sammy", stellte Ben vor.

„Willst du Automechaniker werden?"

„Nein Schreiner. Schade, ich hätte gern geholfen. Spare nämlich für ein Motorrad."

„Von einem Minijob wirst du dir keins leisten können."

„Ich suche was Gebrauchtes zum abstottern."

Ben überlegte: „Hast du vielleicht Lust auf einen Motorradclub?"

„Wie meinst du das?"

„Na, `ne Motorradgang. Nette Ausflüge und so. Du könntest vielleicht eine Maschine borgen. Also ich will dir nichts versprechen, aber möglich wär's."

Sammy wandte sich verwundert an Ben. „Du redest von Mike? Ist er der Richtige?"

Erik machte ein verdutztes Gesicht. „Der Richtige für was?"

„Ein Bekannter von mir will einen Motorradclub gründen. Er hat uns zu einem Treffen eingeladen. Ich dachte, weil du dich für Bikes interessierst." Und an Sammy gewandt sagte er: „Warum nicht? Mike hat gesagt, wir sollen Leute mitbringen." Er wandte sich wieder Erik zu. „Wir treffen uns Ende der Woche. Ich weiß selbst nichts Genaueres. Kannst es dir noch überlegen. Ich würde dich mitnehmen, komm Freitag vorbei, so um halb acht. Kann sein, dass du durch ihn günstig an eine Maschine rankommst. Das kann ich dir nicht versprechen. Aber möglich wäre es."

„Ich schlaf drüber. Brauche Geld dafür. Aber mitkommen könnte ich schon. Klingt spannend. So ein Club würde mir schon gefallen. Ihr seid coole Typen."

9

Der alte Mann

Nie wieder wollte er schlafen, wenn die Gedanken ihn nun auch nachts so quälten. Immer und immer wieder. Als wollten ihn die Geister der Vergangenheit ersticken. Der Alte wischte sich die Nase am Ärmel ab, fuhr sich mit zitternder Hand über sein faltiges Gesicht. Mehr als fünfunddreißig Jahre lagen zwischen seinem alten, glücklichen Leben und dem Dasein, das er heute fristete. Er hatte sein Glück mit Füßen getreten und alles zerstört, wofür es sich zu leben gelohnt hatte. Jeden Tag, gefühlt jeden Moment dachte er an jenen verhängnisvollen Tag, an dem sich sein Leben in einen Albtraum verwandelt hatte. Er war mit Frau und Tochter in die Toskana gereist. Ein Urlaub, den sie lange geplant, und auf den sie sich alle drei gefreut hatten. Die Kleine war vier und sehr aufgeweckt. Ein unkompliziertes, kluges und fröhliches Kind. An jenem verhängnisvollen Abend waren sie zum Essen in die Berge gefahren. Seine Kleine hatte gerade das Schwimmen gelernt. Das musste gefeiert werden. Sie hatten ein reizendes Lokal gefunden. Die Kleine wollte unbedingt mit seiner wertvollen Kamera ein paar Fotos schießen. Und natürlich dauerte es nicht lange, da hatte sie ihren Vater um den Finger gewickelt und die Kamera bekommen. Er sah vor seinem geistigen Auge, wie sie in ihrem hellen Sommerkleidchen um ihn und seine Frau herumtollte, die Linse auf ihn und ihre Mama gerichtet. „Ihr müsst lächeln" oder: „Nehmt euch in die Arme", hatte sie gerufen. Sie knipste und knipste, bis der Film leer war. Und zu seiner Überraschung hatte sie sich dabei äußerst geschickt angestellt. „Wenn ich groß bin, werde ich Fotografin."

Es war ein wundervoller Abend gewesen. Bis zum Sonnenuntergang waren sie auf der Terrasse des Lokals sitzengeblieben. „Halt die Sonne auf", hatte die Kleine gerufen. „Sie wird unten im Meer ertrinken."

„Sie kann genauso gut schwimmen wie du", hatte er gesagt. „Du wirst sehen, morgen früh ist sie wieder da."

Nein, nicht jetzt, nicht weiterdenken. Ihm war schwindelig. Er presste die Hände gegen die Schläfen, versuchte sich auf das Hier und Jetzt zu konzentrieren. Doch das Jetzt war ebenfalls durcheinandergeraten. Die Ruhe, der Frieden des Waldes, den er so sehr brauchte. Er war gestört. Selbst die Vögel schienen nicht mehr zu zwitschern. Einbildung? Wurde er langsam paranoid? Er richtete sich auf und trat aus der Hütte. Um diese Zeit war das Damwild immer hier gewesen. In der Nähe der Futterstellen. Hatte er sich auch das nur eingebildet?

10

Mike

Mike saß gegen die Wand gelehnt, die Arme um die angezogenen Beine geschlungen direkt neben den Pferdeboxen. Er war angespannt. Würden die beiden seiner Einladung folgen? In eine der Boxen hatte er ein paar Kästen Bier gestellt. Er betrachtete seine beiden stattlichen Tiere. Die Mitbringsel aus Portugal. Er hatte den Jungs nichts von ihnen gesagt. Und er würde sie im Unklaren darüber lassen, um welche Gattung es sich bei ihnen handelte. Unweigerlich dachte er an die die Tour in seinem Bulli, die ihn quer durch Europa geführt hatte. 2019 war er mit seinem VW-Bus auf eine Reise gestartet, von der er nicht wusste, ob er je zurückkommen würde. Im Ausland stets nach einer langfristigen Bleibe suchend, hatte er von Gelegenheitsjobs gelebt. Ein kleiner Fischerort vielleicht oder eine winzige Finca in den Bergen. Davon hatte er geträumt. Zunächst glaubte er, Spanien sei seine Ersatzheimat geworden, dann jedoch zog es ihn weiter nach Portugal. Gern wollte er sich einer Gruppe von Männern anschließen, die ähnlich tickten wie er. Er hatte vor Jahren bereits eine Affinität zu Rockern entwickelt, hätte sich gern zwei namhaften Rockerbanden, die ständig in den Schlagzeilen waren, den Wild Panthers oder den Holy Graves, angeschlossen. Bevor er sich ins Ausland orientierte, hatte er es bei den Frankfurter Wild Panthers versucht. Er wollte wissen, wie er sich damit fühlte, wenn er seine Vergangenheit hinter sich lassen und zu den harten Jungs gehören würde. Denn auch er war kein Weichei. Doch was schon in Frankfurt gescheitert war, schien auch im Ausland aussichtslos. Sie ließen ihn nicht beitreten. Obwohl er einmal zu einem Treffen geladen worden war. Er durfte sogar noch ein weiteres Mal kommen. Doch zu mehr als zum Supporter hatte es nicht gereicht. Ein Supporter war jedoch nichts weiter als ein Fan des Clubs. Um echtes Mitglied zu werden, musste man sich im Verein beweisen, aufsteigen. Ansehen gewinnen. Mit Glück konnte man so nach dem Supporter zum Prospect werden. Damit bekam man eine gewisse Aussicht auf eine Mitgliedschaft. Wenn es dann gut lief, stieg man weiter auf. Das allerdings dauerte verdammt lang. Zu viel vergeudete Zeit in seinen Augen. Bisher hatte er sein ganzes Leben vertrödelt. Außerdem war er nicht zum Handlanger geboren. Er wollte ganz oben mitmischen. Entscheidungen treffen, Anweisungen geben. Endlich ein Ziel vor Augen haben. Was ihn an den Clubs am meisten reizte, dass jeder eine eigene Kutte besaß. Die Motorradjacke, die jeder Rocker trug. Eine Art Trophäe, ein Aushängeschild, das man erhielt, wenn man dazugehörte. Es kam einem Ausweis gleich. Die Kutte der Wild Panthers gefiel ihm besonders gut. Sie war gleichermaßen aggressiv und auffällig. Ein zähnefletschender schwarzer Panther mit ausgefahrenen Krallen war in die Rückseite der Jacke geprägt. Wirklich gut gemacht. Man hätte meinen können, das Tier würde jeden Moment aus der Kutte springen. Eine eigene Maschine war ebenfalls unerlässlich. Üblicherweise eine Harley Davidson. Kein Rocker ohne Motorrad. Die Wild Panthers waren legendär und gehörten weltweit zu einer der wichtigsten und bekanntesten Rockergruppierungen. Viele der Mitglieder waren berühmtberüchtigt. Berüchtigt weil sie straffällig geworden waren, berühmt aus ähnlichen Gründen. Einer wie Mike hätte dort schnell aufsteigen können. Er war furchtlos und loyal und er war kriminell. Außerdem war er der geborene Manipulator mit bizarren Fantasien und einem dunklen Geheimnis. Doch sie ließen ihm nicht die Möglichkeit, es zu beweisen.

Ein Verein war eine Bruderschaft. Bruderschaften waren bedeutsamer als die eigene Familie. Da Rocker in Problembezirken für eine gewisse Ordnung sorgten, drückte selbst die Polizei bei handfesten Krawallen schon mal ein Auge zu. Mit Dealern, Zuhältern, Huren und Kriminellen kannten sich die Banden bestens aus. Natürlich war sich jeder, der Mitglied wurde, darüber im Klaren, dass er ein persönliches Risiko einging, das nicht selten mit dem Tod endete. Es gab Bandenkriege. Schießereien, Messerstechereien waren an der

Tagesordnung. Drogenhandel und Prostitution gehörten zum Standard.

Für Mike wäre das alles kein Problem. Er hing weder am Leben noch hatte er Respekt davor. Nur in den Knast wollte er nicht. Doch in einem Verein stand man stets mit einem Bein drin. Es war immer und jederzeit mit dem Schlimmsten zu rechnen. Wenn er sich also nach den Motiven fragte, die ihn drängten, sich einem solchen Verein anzuschließen, dann war es das eigene gescheiterte Familienkonstrukt. Er suchte eine beständige Familie. Eine, die er selbst nie hatte, die ihn respektierte, ihn überhaupt wahrnahm. In seiner eigenen Familie hatte niemand auf ihn wert gelegt. Er blieb aber auch im Ausland ein Einzelgänger. Er vertraute ohnehin nur sich selbst. Nie hatte ihm ein Mensch Gutes getan.

Erst hatte Mike das für Fake News gehalten, als plötzlich in Teilen der Welt Ausgangssperren verhängt wurden. Eine Pandemie beherrschte die Welt. Er wollte schon die Reise beenden und zurückkehren nach Deutschland. Doch was hätte das geändert? Stattdessen zog es ihn in die Einsamkeit der Berge Portugals. Vielleicht war es genau dieser Einsamkeit geschuldet, dass er erstmalig Interesse für die Natur entwickelte, besonders für die raue Natur. Ein gewisser Nervenkitzel gehörte für ihn zum Alltag dazu. Schon immer. In den Bergen lebten Wildhunde und Wölfe. Wenn sie hungrig waren, was meistens der Fall zu sein schien, konnten diese Tiere durchaus zur Gefahr werden. Als ihm die beiden halbverhungerten Tiere das erste Mal aufgefallen waren, wollte er sie töten, denn anfänglich hatte er sich von ihnen bedroht gefühlt. Seiner Meinung nach handelte es sich um Wölfe. Sie waren überdurchschnittlich groß, muskulös und furchteinflößend. Immer wieder verjagte er die Tiere. Er machte Lärm mit Kochtöpfen und Ähnlichem. Nachts ließ er Feuer brennen. Er schrie die Tiere an, wenn sie näherkamen, fuhr mit dem Bulli auf sie zu, um ihnen Angst einzujagen. Doch statt sich zu verziehen, kehrten sie Tag für Tag zu ihm zurück. Zunächst nur bei einsetzender Dunkelheit, später auch am Tag. Auf der Suche nach Essensresten. Sie starrten ihn an, stundenlang. Das war selbst ihm unheimlich. Und er fürchtete sich vor nichts und niemandem. Er fragte sich später oft, was geschehen wäre, wenn er Angst gezeigt hätte. Die Tiere studierten ihn, seine Gewohnheiten, seinen Tagesrhythmus. Irgendwann hatte er sich mit ihrer Anwesenheit abgefunden. Sie änderten ihr Verhalten nicht und erschienen ihm nicht aggressiv. So verscheuchte er sie nicht länger, sondern begann mit ihnen zu interagieren. Er änderte sein Verhalten, lockte sie sogar an. Sie reagierten zwar, kamen aber nie nahe genug, dass er sie berühren konnte. Ihr Verhalten begann ihm zu imponieren. Es entwickelte sich eine Art Beziehung zwischen ihnen. Eine soziale Bindung, wenn man so wollte. Zumindest kam es ihm so vor. Vielleicht spielte er mit dem Feuer, denn er wusste nicht, ob sie ihm wahrhaftig trauten oder ihn in einem Überraschungsmoment angreifen würden. Er begann ihre Jagdgewohnheiten zu beobachten. Sie jagten stets im Team. Eines Tages begann er den Tieren Essensreste zuzuwerfen. Und siehe da, sie ließen sich ködern. Er freute sich darüber. Die beiden vertrieben ihm die Zeit. Es gab allerdings Nächte, in denen ihm ihr Geheul, ein typisch wölfisches, auf die Nerven ging. Manchmal schlichen sie nachts um seinen Bulli herum und wenn er mal raus musste, glotzten sie ihn an. Wenn er in einem Campingstuhl vor dem Bulli saß, legte sich der Größere irgendwann mit einigem Abstand neben ihn. Dabei war sein Blick nicht mehr starr auf ihn gerichtet, sondern in die Ferne. Doch irgendwann begann ihr Verhalten Mike zu langweilen. Deshalb fuhr er weiter, um neue Eindrücke zu gewinnen. Etwa fünfzig Kilometer entfernt fand er einen Platz, an dem er sich wohlfühlte. Nie war ihm in all der Zeit ein Mensch begegnet. Er fühlte sich wie auf einem fremden Planeten. Als habe er dieses Paradies geschaffen. Ein Ort, an dem es sich ungestört über ein neues Lebensziel nachdenken ließ. Zu seiner Überraschung wimmelte es an diesem Ort nur so von Hasen. Die Wölfe hatten ihn gelehrt, wie man jagte. Am nächsten Morgen jagte auch Mike zum ersten Mal erfolgreich. Er genoss es dabei besonders, dem Tier das Fell über die Ohren zu ziehen. Es erregte ihn gar. Er spießte es auf und briet es über dem Lagerfeuer. Das Fleisch schmeckte köstlich mit etwas Salz und Pfeffer und Gewürzen, die er auf seine Reise mitgenommen hatte. Absurderweise fragte er sich beim Essen zum ersten Mal, wie wohl Menschenfleisch schmecken würde. Der Kannibale von Rothenburg hatte in einem Interview behauptet, es ähnele zähem Schweinefleisch, leicht süßlich. Einmal war er mit vollem Bauch vorm Lagerfeuer eingeschlafen. Und als er erwachte, konnte er es kaum glauben. Die Wölfe waren wieder da. Sie mussten ihm gefolgt sein. Der Größere deutete ein Wedeln an und kam bis auf einen Meter an ihn heran. Mike fütterte ihn zum ersten Mal mit ausgestreckter Hand mit abgenagten Knochen. Zu seiner Überraschung ließ sich das Tier bald darauf zwischen den Ohren kraulen. Er empfand von dem Moment an eine enge Verbundenheit mit den Tieren. Sie suchten alle drei die Einsamkeit, mieden Menschen und waren gefährlich. Und sie jagten. Und irgendwann brachte ihm der eine ein Kaninchen, das er durch einen geschickten Biss ins Genick getötet hatte. Er legte es ihm zu Füßen. Es war ein Geschenk. Das war der Moment, der für Mike alles änderte. Die Tiere waren ihm auf eine Weise wichtig geworden. Der Wolf hatte einen Namen verdient. Mike nannte ihn Hunter. Den anderen musste er ebenfalls taufen: Er hieß von da an Catcher. Der aber war scheuer und blieb nach wie vor distanziert. Doch eines Abends ließ auch er sich aus der Hand füttern. Mike hatte zwei Wölfe gezähmt und sie zu Kumpanen gemacht. Sein Leben hatte einen neuen Sinn bekommen. Er betrachtete die Tiere von da an als Familienmitglieder. Einer Familie, die er nun doch noch gefunden hatte. Die Tiere spürten seine Nervosität und hatten eine Weile gebraucht, bis sie zur Ruhe gekommen waren. Catcher hatte eine Ratte gefangen und gefressen. Seine Lefzen waren blutverschmiert. Mike ekelte sich. Ohnehin ekelten ihn die meisten Tiere, besonders Hunde. Sie waren charakterlos, unterwürfig und überzüchtet. Wölfe waren eine andere Nummer. Bis heute ließ sich Catcher von niemandem anfassen, außer von Mike. Das gefiel ihm. Wer konnte schon von sich behaupten, dass er es mit Wölfen aufgenommen hatte? Er musste an Kevin Costners Rolle in *Der mit dem Wolf tanzt* denken. Einer der wenigen Filme, der ihn schon immer begeistert hatte. Und er hatte es gleich mit zwei Exemplaren zu tun. Seiner Nachbarschaft hatte er mit Dackelblick erklärt, dass es sich um reinrassige Wolfshunde handelte. Abrichten ließen sich die Tiere nicht. Sie blieben freiwillig bei ihm, aus Dankbarkeit dafür, dass er sie damals halbverhungert zu sich genommen hatte. Sie würden es für ihn mit einem Bären aufnehmen.

Mike sah auf die Uhr, stand auf, ging in die Box und holte sich ein Bier. Wo blieben die Typen?

11

Der alte Mann

Er war den ganzen Tag im Wald unterwegs gewesen. Auf der Suche nach dem Damwild und nach Ablenkung. Vergessen, bloß vergessen. Doch gelang es ihm nicht. Die Stimmen in seinem Kopf ließen sich nicht verdrängen und die Bilder sorgten dafür, dass er mehrfach stolperte. Er ging zurück in die Hütte, setzte sich kraftlos auf den Boden und lehnte den schmerzenden Rücken an die Wand. Es war ihm, als trüge er eine zentnerschwere Last, die er nicht abwerfen konnte. Er schloss die Augen und dachte an das, was ans Licht kommen wollte.

Die Kleine hätte längst im Bett sein sollen damals, doch er wollte an besagtem schicksalsträchtigem Abend im Urlaub einfach nicht gehen, zu schön waren diese Stunden gewesen. Sie hatten gegessen und getrunken. Zu viel getrunken. Er hatte darauf bestanden, mit dem Auto zurück zum Hotel zu fahren, obwohl seine Frau ein Taxi rufen wollte. „Die paar Meter, da passiert doch nichts", hatte er gesagt. Die Straße war eng und verlief in Serpentinen hinab zum Hotel. Ein Steilhang ermöglichte einen traumhaft schönen Blick runter zum Meer. „Seht nur wie schön", hatte er gerufen. Das waren die letzten Worte. Er hatte die Kurve zu spät gesehen. Der Wagen durchschlug die kleine Schutzmauer, die die Straße vom Steilhang abgrenzte. Das Auto geriet außer Kontrolle, schoss den Hang hinab und überschlug sich. Der Baum, der etwa hundert Meter weiter unten aus dem Boden ragte, bremste den Fall. Ihm rettete er schwerverletzt das Leben.

Als er zu sich kam, waren seine Frau und seine kleine Tochter tot. Er hatte daraufhin seinen Führerschein verloren, eine Gefängnisstrafe wegen fahrlässiger Tötung unter Alkoholeinfluss verbüßt und verlor auch noch seine Steuerkanzlei. Als er wieder auf freiem Fuß war, gab er alles, was sein Leben ausmachte, auf. Seine Wohnung, seine sozialen Kontakte, ja sogar seinen Namen. Ein Mörder verdiente nicht, einen Namen zu tragen. Niemand sollte ihn je wieder aussprechen. Das Geld, was ihm verblieben war, spendete er an Unfallopfer. Lange Zeit hatte er an Selbstmord gedacht. Doch sich einfach aus dem Leben zu stehlen, kam ihm falsch und feige vor. Er wollte Buße tun, sich selbst bestrafen, indem er sein Leben in Armut und auf der Straße verbrachte. Stets in Gedanken an die, die er geliebt und denen er das Leben genommen hatte. Heute war er ein alter Mann, der mit etwas Glück nicht mehr lange leben musste. Wenn er einen Wunsch frei hätte, dann wollte er hier im Wald sterben, in seinem Wald. Dort wo er so oft das Bild seiner kleinen Tochter vor Augen hatte. Der kleinen Tochter, die ein glückliches Leben verdient und seinetwegen versäumt hatte. Der Ehefrau, die noch heute an seiner Seite hätte sein sollen. Der er immer ein guter Partner sein wollte. Nein, er würde nichts an seinem Dasein ändern. Wollte nicht gestört werden in seiner nie endenden Trauer, seiner nie endenden Buße und seines nie endenden Hasses, den er gegen sich selbst richtete. Und nun machte er sich Sorgen wegen einer vermeintlichen Wolfssichtung?

12

Mike

Hunter, der entspannt neben ihm lag und sich zwischen den Ohren kraulen ließ, hob abrupt den Kopf und spitzte die Ohren. Catcher sprang auf. „Wir bekommen Besuch?", fragte Mike. Jenseits der Verkehrsgeräusche der Kennedyallee vernahm Mike das tiefe Brummen von Motorrädern. „Na also, ich wusste doch, dass sie kommen."

Catcher jagte zur Pferdebox und fixierte den vernagelten Lichtschacht, der zum Parkplatz hinausging, während er ein kurzes Wuff hören ließ, um dann in das typische sirenenartige Heulen zu verfallen, das Wölfen eigene Bark Howling, wie er gelesen hatte.

„Schnauze!", zischte Mike. „Erstmal gucken, wer da ist."

Jemand klopfte und rief seinen Namen.

„Platz!", befahl Mike den Tieren und warf ihnen ein paar Futterbrocken zu.

Wieder wurde gegen die Tür gepocht.

„Mike, bist du da? Ich bin's, Ben!"

Mike entriegelte und öffnete.

Im Eingang standen Ben, Sammy und ein dritter jüngerer Typ.

„Wir haben jemanden mitgebracht. Das ist Erik, auch ein Motorradfreak", stellte Ben vor. Mike musterte den jungen Blonden. „Na dann kommt mal rein." Er machte den Eingang frei und die drei blieben wie angewurzelt stehen, als sie die riesigen Tiere sahen, die mit angelegten Ohren neben Mike standen.

„Ach du Scheiße!", rief Ben und zuckte zurück.

„Schiss?" Mike lachte. „Die wollen nur spielen. Schon gut, kleiner Scherz, kommt schon rein. Die tun euch nichts", sagte er.

Ben zögerte. „Warum hast du uns nichts von denen gesagt? Sind das Wölfe?"

„Quatsch, sind bloß Streuner. Hab ich von meiner Reise mitgebracht. Die wärn sonst verhungert. Die fressen euch aber nich."

„Können die Motorrad fahren?" Sammy grinste.

„Hä?" Mike verstand nicht.

„Na wie hast du die hergebracht? Sicher nicht auf deinem Motorrad, oder?"

„Haste den Bulli nicht gesehen?"

„Ach klar, steht da draußen. Dein Reisebus, oder?", fragte Ben.

Mike hob den Daumen.

„Dem klebt Blut am Maul." Erik deutete auf Catcher.

„Gut beobachtet. Ist 'ne Sau. Hat gerade 'ne Ratte gefressen. Braucht ich sie wenigstens nicht zu töten. Jetzt geht schon nach hinten durch."

„Mal ehrlich. Kannst du die im Zweifel halten? Woher weiß ich, dass die sich nicht auf uns stürzen?", fragte Sammy.

„Ihr seid doch keine Ratten, oder?"

Zögerlich betraten die Männer den Korridor und Mike verriegelte die Tür.

„Warum schließt du ab?", wollte Erik wissen.

„Hier kommen nur geladene Gäste rein."

Die drei sahen sich um.

„Was 'ne schräge Baustelle", sagte Ben.

Eriks Blick richtete sich skeptisch auf das Metallgerüst, das diverse Holzbalken stützte. „Sieht verdammt provisorisch aus."

„Hast du schon mal `ne Baustelle gesehen, die anders aussieht?"

„Gibt es keinen anderen Raum, in dem wir uns treffen können?", fragte Ben.

„Soll ich `ne Kneipe anmieten?" Mike lachte ironisch. „Dann müsst ihr aber löhnen."

„Ich meine ja nur. Hier kann allerhand runterkrachen."

„Ist doch spannend, wenn man mit dem Leben davonkommt, oder?", ulkte Mike. „Chillt erst mal. Könnt euch da hinten hinsetzen."

„Auf den Boden?", fragte Erik.

„Siehste Stühle? Aber du hast recht. Ich werde demnächst'n paar besorgen. Bier?"

„Klar", sagte Ben.

„Ist aber nicht kalt. Steht da drin." Mike ging in die Box, holte drei Flaschen und verteilte sie.

Sammy öffnete den Kronkorken mit seinem Taschenmesser, setzte an, trank und grinste breit. „Die wirken schnell und schmecken scheiße, bei der Temperatur."

„Kannst ja beim nächsten Mal `ne Kühltasche mitbringen."

„Falls es ein nächstes Mal gibt", sagte Ben, lehnte sich gegen die Wand, verschränkte die Arme und fixierte die Wölfe, die jede Bewegung der Männer beobachteten.

„Erzähl mal Erik! Was hast du mit Ben und Sammy zu schaffen?", fragte Mike.

„Ich interessiere mich für einen Job, deswegen war ich in Bens Werkstatt. Außerdem suche ich auf Dauer eine günstige Maschine."

„Als er das sagte, dachte ich, ich bringe ihn gleich mit. Du willst doch deine verkaufen?"

„Kannste dir überhaupt 'ne Maschine leisten, Erik?"

„Eher nicht. Ich spare aber drauf."

„Draußen stehn zwei. Die Ältere will ich abstoßen."

„Klasse Maschinen, beide. Die Ältere wäre genau richtig für den Anfang."

Erik warf einen skeptischen Blick auf Hunter. „Wieso starrt der mich an?"

„Weil du ihn anglotzt, das kanner nicht leiden", sagte Mike.

„Wäre super, wenn du die anleinst."

Mike lachte. „Die tragen nicht mal Halsbänder."

„Wusstest du nicht, dass man für solche Viecher einen Hundeführerschein braucht? Und einen Maulkorb müssen die auch tragen."

„Ach du Schande, was habt ihr'n da für'n Hilfssheriff mitgebracht!"

Ben zuckte die Achseln.

„Sorry, ich kenne mich mit solchen Giganten nicht aus. Die sehen aus, als wollten die uns zum Frühstück fressen", sagte Erik.

„Stimmt, die lieben Menschenfleisch." Er setzte ein Schmunzeln auf. „War'n Scherz! Solange ich hier bei euch bin, passiert nichts, jetzt hab ich's oft genug wiederholt. Angst riechen die allerdings kilometerweit. Also chill mal deine Base. Nich drum kümmern. Die verteidigen nur ihr Revier und mich. Das ist normal, macht jeder Hund. Außerdem halten sie uns ungebetene Gäste vom Hals. Überleg's dir, Erik. Wenn de Schiss hast, geh halt."

„Schon gut."

„Dann sollten wir mal übers Wesentliche sprechen."

Ben nickte. „Schon gut, für 'ne Runde Koks spreche ich über alles."

„Hätte ich fast vergessen." Wieder stand Mike auf, ging in die Box und kehrte mit mehreren kleinen weißen Stangen, Papier, Rasierklingen und Joints zurück. „Hier für euch. Gutes Zeug. Arbeite direkt an der Quelle, im Kaisersack. Willst du auch, Erik?"

„Würde lieber erst mal einen Joint probieren."

„Haste noch nie gekokst?"

„Nee … auch nicht gekifft."

„Dann leg los!" Mike gab ihm den Joint und zündete ihn an.

Erik hustete heftig, nachdem er gezogen hatte, entspannte sich dann aber und empfand kurz darauf ein wohliges Gefühl. Plötzlich gefiel es ihm, dabei zu sein.

Die anderen hatten die Lines gezogen. „Wirklich cooles Zeug, Mike", lobte Ben.

„Wie wirkt es?", wollte Erik wissen.

„Du weißt, dass'de unbesiegbar bist, dass'de nichts falsch machen kannst. Einfach genial. Willste doch?"

Erik schüttelte den Kopf.

Mike nahm einen tiefen Schluck aus der Bierflasche. „Was habt ihr euch für eure Zukunft vorgenommen? Fangen wir mit dir an Ben, haste vor dein Leben lang Autos und Motorräder zusammenschrauben oder lieber was erleben?"

Ben lachte. „Keine Ahnung, was ich machen werde. Ich mag meinen Job. Macht mir Spaß. Genau wie das Zeug hier, erste Sahne. Fühle mich wie neu."

„Bringt dein Job die Menschheit weiter?"

„Was für eine Frage! Welcher Job bringt schon die Menschheit weiter? Was soll das überhaupt heißen? Ich bin doch kein Wissenschaftler. Hast du mal was von 'nem banalen Brotjob gehört? Hin und wieder muss ich mir was zu essen kaufen. Das bringt zwar nicht die Menschheit weiter, aber mich!"

Mike blickte zu Erik. „Und was ist mit dir, was machste? Biste überhaupt schon volljährig? Siehst verdammt jung aus."

„Klar. Bin 19."

„Und was willste aus deinem Leben machen?"

Erik zuckte die Achseln. „Ist mir gerade verdammt egal." Wieder zog er an seinem Joint und trank einen Schluck Bier hinterher.

„Denk mal nach, jetzt sag schon!"

„Erst mal Abi, dann sehen wir weiter. Mein Alter will, dass ich BWL studiere. Ich will lieber Schreiner werden."

„Aha. Sehr gut. Du weißt also doch, was'de willst. Du entscheidest, nicht dein Alter."

Erik nickte. „Klar."

„Und du Sammy?"

Sammy lachte wie ein Kind. „Mein Job reicht mir. Ich schraube gern an Maschinen rum."

„Mal ehrlich, ihr Langweiler. Ich glaube, ich muss euch mal'n paar Nachhilfestunden übers Leben geben. Es ist nämlich zu kurz, um's zu verschwenden."

„Da bin ich gespannt", murmelte Ben, der sich eine Zigarette in den Mundwinkel schob und sie anzündete.

„Erik, haben dir die beiden von mir erzählt?"

„Klar, dass du Motorradtouren planst."

„Okay, das ist nur die halbe Wahrheit. Nach der Schule hatte ich'n paar Hilfsjobs, die mich über Wasser gehalten haben, ich konnt'n bisschen Geld ansparen."

„Mein Geld steckt da auch noch drin", sagte Ben.

„Jaja, schon gut. Ich geb's dir zurück, aber dann guck, wo de guten Stoff herkriegst." Er fuhr fort. „Hab mir jedenfalls`n Bulli besorgt und bin auf Reisen gegangen. Coole Tour."

„Wie alt bist du?", fragte Erik.

„So alt wie Ben, 28."

Erik nickte erstaunt. „Ihr seht jünger aus."

„Wir sind halt coole Typen", antwortete Mike.

„Und wann bist du aufgebrochen?"

„Mit fünfundzwanzig."

„Was haben deine Eltern dazu gesagt?" Mike kraulte einen der Wölfe. „Alter, ich war erwachsen. Mir egal, was die sagen. Mein Vater ist eh tot, ob die Alte weiß, dass ich noch lebe, is mir verdammt egal. Die kennt wahrscheinlich nicht mal mehr meinen Namen. Ich hab`n Arsch voll Geschwister, da war ich denen eh nur lästig."

„Klingt hart."

„Bin kein Einzelfall. Ihr müsst mal in die Kneipe kommen, in der ich maloche. Alles verkrachte Existenzen. Junkies, Zuhälter und Kriminelle."

Plötzlich sprangen die Wölfe auf und schossen zum Eingang. „Wir krieg'n Besuch. Das ist'n Kumpel, denk ich." Mike stand auf und folgte den Tieren.

Der Mann, den Mike einließ, war ein Hüne von etwa 1,95 Meter. Er trug schwarze Haare, einen Man Bun wie Mike und einen silberfarbenen Nasenring. Sein schwarzes Tatoo bedeckte den gesamten Hals. Er trug die gleiche Lederjacke wie Mike und sah aus, als hätte er die Hälfte seines Lebens im Gefängnis gesessen.

„Das ist Pete", sagte Mike.

Pete nickte in die Runde. „Hi. Hast du auch'n Bier für mich?"

„Klar."

„In der Box?"

„Klar."

Der Typ verschwand in der Pferdebox und kam mit einer Flasche in der Hand zurück.

„Hock dich." Mike deutete mit dem Finger neben Erik. Pete setzte sich, musterte Erik amüsiert, öffnete seine Flasche, trank und musterte die anderen beiden. „Sind die alle dabei?", fragte er.

„Die wissen leider noch nicht, worum es geht", antwortete Sammy. „Aber ich denke, das wird sich gleich ändern. Ich heiße Sammy, das sind Ben und Erik."

„Bist du wirklich so groß oder bin ich einfach nur stoned", fragte Sammy.

Pete lachte.

„Ich wollte gerade loslegen, als du gekommen bist", sagte Mike und wandte sich wieder den anderen zu. „Okay. Ihr wisst selbst, dass wir in beschissenen Zeiten leben, oder? Ich, oder besser wir, haben vor, etwas gegen das Chaos zu tun."

„Da bin ich aber richtig gespannt, wie ihr das machen wollt", sagte Sammy.

Mikes Blick glitt ins Leere. „Ich muss weiter ausholen. Ben, du weißt doch, woher ich komme."

„Du meinst den Stadtteil?"

„Nee. Ich meine, dass ich aus`m Arbeitermilieu stamme. Auf Deutsch, aus einer asozialen Familie, in der Kinder ohne Sinn und Verstand in die Welt gesetzt werden. Gut ausgedrückt, was? Da unterscheidet sich meine Drecksfamilie nicht von den anderen. Hauptsache Kindergeld kassieren. Egal, was aus den Bälgern wird, verstehste?"

„Ach komm Mike, das kannst du doch nicht ernsthaft verallgemeinern", warf Erik ein.

„Doch, kann ich. Wie viele Geschwister hast du, Erik?"

„Keine."

„Soll ich dir sagen, dass ich mir das schon dachte, als du hier aufgetaucht bist? Sieht man dir an. Siehst aus wie'n typisches Einzelkind."

„Ach ja? Wie sieht man da aus?"

Mike prustete los. „Mach`n Selfie, dann siehstes. War'n Scherz. Soll bedeuten, dass du so sauber aussiehst. Keine

Tattoos, keine Piercings, keine Tunnels, alles spießig und clean. Bin froh, dass de wenigstens den Joint geraucht hast, und? Fühlt sich doch gut an, oder?"

„Ja, echt klasse."

„Weißte, wir brauchen hier harte Jungs, keine Weicheier. Wir sind kein Handarbeitsverein."

„Warum provozierst du mich?"

„Weil ich wissen will, was in dir steckt, Mann. Wehr dich, wenn du'n Kerl bist. Ich brauch Männer mit Potenz."

Erik kicherte. „Sind wir nicht alle potent? Ich glaube, du meinst Potenzial. Ganz ehrlich, wenn du mich provozieren willst, dann nicht so."

Ben prustete. „Wo er recht hat, sollten wir ihm Recht geben."

„Lass stecken. Aber ich setz mich nicht mit Waschlappen auseinander. Die kriegen eins in die Fresse. Die Sprache versteht ihr hoffentlich alle, oder?"

Erik war sauer. „Ich komme nicht aus einer heilen Welt, wie du, nur weil ich ohne Geschwister aufgewachsen bin. Ich bin zu meinem Vater gezogen, weil ich Stress mit meiner Mutter hatte. Die wollte mich loswerden. Du siehst, auch andere Familien haben Probleme. Wobei ich sagen muss, dass es mir eigentlich egal ist. Ich mach die Fliege, wenn ich mit der Schule fertig bin."

„Du bist im Vorteil und merkst's nicht. Wenn de mit der Schule fertig bist, sagste! Kennste den Unterschied? Du darfst wählen. Du machst Abi und dir steht die Welt offen."

„Wer sagt, dass das ein Glück ist? Ich brauche kein Abitur, wenn ich eine Lehre machen will."

„Kapierst du's immer noch nicht? Du sagst, du willst. Du hast die Wahl. Ich oder wir hatten keine. Wenn man aus 'ner Arbeiterfamilie kommt, muss man sehen, wie man sich durchboxt, Mann. Besser gesagt, wie man überlebt. Ich war froh, dass ich überhaupt was verdiene."

„Ich bin zwar hier der Jüngste. Aber denk nicht, dass ich deswegen nichts kapiere. Und ehrlich gesagt, ich will raus aus meinem spießigen Alltag. Denkst du, es ist prickelnd, dass ich von meinem Alten abhängig bin? Ich hoffe, dass ich ganz schnell mein eigenes Geld verdiene. Schon, weil ich mir ein Motorrad besorgen will."

„Schon gut, schon gut", sagte Mike und hob die Hände. „Komm runter."

„Was mich interessieren würde, Mike. Hast du was Krummes gemacht, als du Hals über Kopf weg bist?", fragte Ben.

„Mir ging's wegen was anderem scheiße. Deshalb bin ich getürmt. Ich hatte die Wahl zwischen 'nem verkorksten Leben mit 'nem Traum, der sich nicht erfüllt, und 'nem Job, von dem man nicht leben kann oder mich arbeitslos zu melden. Auch keine Option. Andre Länder, andre Werte, dachte ich."

„Sitten", korrigierte Erik.

„Klugscheißer", konterte Mike.

„Das war jedenfalls am Ende die coolste Entscheidung meines Lebens. Ich konnte in Ruhe nachdenken und kam zu 'ner Entscheidung."

„Mach's nicht so spannend", sagte Ben.

„Wart ab, ich helfe euch auf die Sprünge. Ich will Spaß mit Nützlichem verbinden. Verstehst du? Schon mal was von Gaudi gehört?"

„Keine Ahnung, was du da faselst." Ben trank seine Flasche in einem Zug leer. „Klingt alles heftig nach OK."

„Nach was?", fragte Erik.

„Er meint Organisierte Kriminalität", erwiderte Mike.

„Damit hat mein Club nix am Hut. Ich beabsichtige nicht, Drogen zu verticken, auch nicht Geld zu waschen ey. Zuhören! Das ist n'Club der Extraklasse, der sich von andern abhebt. Ich werfe mal'n paar Worte in den Raum." Mike hob nacheinander vier Finger. „Überbevölkerung, Klimastress, CO_2, und jetzt kommt's, Hass auf nutzlose Weiber, na? Was machen wir draus?"

„Ich kapier den Zusammenhang nicht", erwiderte Sammy. „Was heißt nutzlose Weiber?"

„Biste blöd? Merkste nich, was auf der Welt los is? Nix funktioniert mehr im System und da werfen die Flittchen Kinder wie die Fliegen. Immer mehr Menschen, statt weniger. Immer mehr Menschen. Die Chinesen ham das im Griff mit `ner Ein-Kind-Politik. Die bremsen die Bevölkerungsdichte auf ihre Weise. Die müssen Strafe zahlen, wenn sie mehr als einen Balg produzieren."

„Moment mal, erstens ist das Gesetz längst abgeschafft, zweitens leben wir in Europa nicht in einer Diktatur", sagte Erik.

„Da hat er recht, Mike. So'n Gesetz kriegen wir hier nicht durch", bestätigte Ben.

Pete stöhnte. „Was is'n das hier für'n Kaffeehausklatsch."

„Halt's Maul, ich rede", sagte Mike und fuhr fort: „Ich hab'n eigenes Gesetz geschrieben. Einer muss mal anfangen."

„Ein Gesetz?", fragte Erik.

„Es ist'n Versuchsballon. Eigentlich ist's ein Spiel! Das Spiel des Lebens, nenn ich's. Jaaa, guckt nicht so blöd. Aber klar, geht um Leben und Tod mit Methode."

Sammy prustete. „Was? Ey, ich weiß nicht, was mit dir los ist. Aber ich glaube, du bist ziemlich durchgeknallt."

„Das Spiel wird Frankfurt nach und nach clean machen, da brauchste nicht so dämlich zu lachen."

Ben griente. „Wir gehen mit einem Spiel in die Geschichte ein? Nicht dein Ernst! Warum kapiere ich das nicht?"

„Warte ab, Mann. Ich sag doch, ich weih euch ein. Und das ist ein verdammtes Prinzip."

„Ein was?"

„Na, ich glaube an euch."

„Dann meinst du ein Privileg, nehme ich an", verbesserte Erik.

„Schnauze, Klugscheißer. Und für euch alle gilt, wenn einer von euch nicht die Schnauze halten kann, dann soll er gehen. Und zwar genau jetzt." Mike deutete zum Tor. „Ich halte keinen."

Erik war drauf und dran aufzustehen und zu verschwinden. Mike war ein Spinner, ein Psycho. Drückte sich merkwürdig aus, machte kryptische Andeutungen zu dem, was den Mitgliedern der Hunters bevorstand, und hatte völlig schräge Ideen. Der Typ plante was Illegales, das lag auf der Hand. Doch dann war es der Joint, dazu eine Mischung aus Neugierde, Abenteuerlust und Feigheit, weshalb er letzten Endes sitzen blieb. Wobei die Feigheit überwog. Im Nachhinein war das eine verdammt schlechte Idee gewesen. Denn das, was er dann zu hören bekam, klang wie ein verstörender Albtraum.

„Und Erik, endlich Lust auf Abenteuer und eine bessere Welt?" Mike machte eine bedeutungsschwere Pause. „Lust auf ein Bike?"

„Wie meinst du das?"

„Ich kann dir die alte Maschine überlassen. Natürlich nur, wenn ich mich auf dich verlassen kann. Zu hundert Prozent. Kannst'se bei mir in Raten abzahlen, wenn du im Boot bleibst. Hast manchmal'n paar kluge Sprüche auf Lager. Kann man vielleicht mal brauchen."

„Die Maschine würde ich nehmen. Auch wenn's schwierig wird, das meinem Vater beizubringen."

Mike winkte ab. „Vergiss deinen Alten!"

Erik lachte. „Am liebsten sofort!"

„Wenn'de hierbleibst, sind wir deine Familie. Merkt euch eins: Jeder Hunter is'n Verwandter. Wenn dein Alter dir dumm kommt, sag Bescheid. Ich regel das. Allerdings, solange du die Maschine nicht vollständig bezahlt hast, stellst'e sie aufm Parkplatz ab." Er griff in seine Hosentasche, zog einen Schlüssel daraus hervor und warf ihn Erik zu. „Hier, guck halt, wie du herkommst. Kannst von hier aus Touren machen, um sie auszuprobieren. Ich gebe sie dir zum Freundschaftspreis."

Erik schlug das Herz vor Freude bis zum Hals. „Wie viel soll sie kosten? Wollen wir keinen Vertrag machen?"

„Der Vertrag ist, dass du's Maul hältst, zu allem, was hier passiert. Sonst gibt's Ärger, kapiert? Dann brauchste kein Moped mehr. Haste verstanden, dann schlag ein." Mike hob die Hand.

Erik schlug ein und wusste gleichzeitig, er hatte soeben ein fragwürdiges Schicksal besiegelt. Aber schlimmer als es zu Hause lief, konnte es auch hier nicht kommen. Sammy und Ben hatten auch nicht abgelehnt und die beiden waren in Ordnung.

„Handys sind hier nicht erlaubt, merkt euch das. Also schön zu Hause lassen. Ist 'ne reine Vorsichtsmaßnahme gegen die Ortung. Gehe davon aus, dass sich keiner von euch die Bullen auf den Hals hetzen lässt."

„Wie soll es jetzt weitergehen?", fragte Ben.

„Zum Eingewöhnen planen wir mal'n paar nette Touren. Den Jagdbeginn organisier ich."

13

Sammy

Als Sammy in der Einfahrt zur Werkstatt parkte, stand Ben kiffend im Hof.

„Moin", rief Sammy und klopfte Ben auf die Schulter. „Konnte nicht schlafen. War 'ne komische Nummer gestern. Der Typ tickt doch nicht richtig. Wir sollten die Finger davonlassen. Der reitet uns in die Scheiße. In den Kreisen wirst du nicht alt."

„Klar spinnt der mit seinem Gefasel. Aber er ist zu dumm, um zur OK zu gehören. Das ist bloß Geschwafel. Der braucht Jungs für seinen persönlichen Kram. Muss erst noch rausfinden, was er wirklich vorhat."

„Aber die Tiere sind schon komisch. Da kannst du sagen, was du willst."

„Hab's gegoogelt. Selbst wenn's Wölfe sind. Die lassen sich nicht wie Hunde abrichten. Ich glaub nicht recht an das Jagdgedöns. Ich glaub, der macht auf dicke Hose. Aber auf die Touren freu ich mich. Und mal ehrlich, die Line war klasse. Wenn's uns reicht, steigen wir aus. Seine Drohungen sind haltlos."

14

Mike

Mike hatte sich in letzter Zeit Erik gegenüber als freundschaftlich erwiesen. Sogar eine alte Lederjacke bekam Erik geschenkt und fühlte sich damit ziemlich erwachsen. Um ihn mit der Maschine vertraut zu machen, saß Mike einige Male als Sozius auf dem Motorrad und Erik freute sich, dass sich seine anfänglichen Zweifel langsam aber sicher zerstreuten. Er war mächtig stolz darauf, dass ihn die doch um einiges älteren Jungs langsam ernst zu nehmen schienen. Die erste gemeinsame Tour war sonntags geplant und sollte zum Einstieg nur bis zum Feldberg führen. Erik erklärte seinem Vater, dass er gemeinsam mit einem Klassenkameraden lernen wolle.

Zur Motorradgruppe zu gehören, war für Erik etwas ganz Besonderes. Vergleichbares hatte er nie erlebt. Er fühlte sich vogelfrei und anerkannt, zumal Mike aufgehört hatte, ihn zu sticheln.

Sie waren für die Tour am Oberforsthaus gestartet, quer durch die Stadt gefahren und an der Miquelallee auf die A66 bis zum Main-Taunus-Zentrum gefahren. Als sie die Landstraße hinter sich gelassen und Königstein erreicht hatten, ging es steil und kurvenreich bergauf, direkt bis zum Feldberg. Er genoss jede Minute und jede Kurve, die er geschickt zu nehmen wusste. Sie parkten die Maschinen auf dem Plateau und Mike lud alle auf ein Bier im Feldberghaus ein.

„Na Erik, eingelebt? Hat doch Spaß gemacht, oder?", fragte Mike und stieß mit ihm an.

„Es war klasse. Danke nochmal für die Aufnahme. Macht irre Spaß."

„So soll es sein."

Sie tranken, lachten viel und Mike schlug vor, dass die nächste Tour in den Hunsrück führen sollte.

Das Lokal füllte sich in der Mittagszeit und eine junge Mutter setzte sich zu ihnen an den Tisch. Drei kleine kreischende Kinder wuselten um den Tisch herum.

Mikes Laune verschlechterte sich zusehends. „Können die sich mal hinsetzen? Wir wollen uns hier in Ruhe unterhalten", herrschte er die junge Mutter an, die mit ihrem Handy beschäftigt war.

„Hey, warst du nie Kind?", fragte sie und verzog das Gesicht.

„Warum setzt du Kinder in die Welt, wenn du dich nicht drum kümmerst?", zischte Mike.

Die Frau warf Mike einen vernichtenden Blick zu und sprang auf. „Kommt mit, wir suchen uns einen anderen Platz. Der Typ ist irre."

Mike beugte sich näher zu den Kumpels. „Versteht ihr jetzt, was ich meine? Der sollte man am besten gleich die Eierstöcke rausschneiden."

15

Ayla

Ayla Arslan stand rauchend vorm Haupteingang der Käthe-Kollwitz-Schule. In wenigen Minuten würde das Klingelzeichen die Pause beenden. Schade, denn sie hatte eine eigentümliche Beobachtung gemacht. Seit einer Weile kreiste ein Motorradfahrer ein ums andere Mal um den Parkplatz, dabei offenbar stets den Eingang im Blick. Er hätte die Maschine abstellen können, falls er auf jemanden wartete. Parkplätze gab es genug. Was hatte er vor? Ein Angeber?

„Siehst du den? Komischer Typ, oder? Was soll das, die ganze Zeit?"

Sina fuhr zusammen und drehte sich um. Ihre Freundin Ayla stand neben ihr.

„Hast du mich erschreckt. Aber du hast recht, das frage ich mich auch. Will sich wahrscheinlich wichtig machen."

„Der wartet bestimmt auf 'ne Alte. Hast du mal 'ne Kippe?", fragte Sina.

Ayla zog eine Schachtel aus der Tasche und reichte sie ihrer Freundin. „Lohnt sich eigentlich nicht mehr. Die Pause ist gleich um."

„Für ein paar Züge reicht`s." Sina ließ sich von Ayla Feuer geben, inhalierte und nickte zu dem Motorradfahrer. „Er dreht noch 'ne Runde, damit's auch jeder sieht. Hat 'ne neue Maschine, schätze ich."

„Merkwürdig", entgegnete Ayla. „Ich glaube, ich habe ihn vor ein paar Tagen schon mal gesehen. Auf dem Weg zur Schule. Er fuhr eine Weile auf der Berliner Straße neben mir

70

her. Der Verkehr hat sich gestaut, könnte auch Zufall gewesen sein. Aber komisch war's trotzdem."

„Hat er dich gesehen?"

„Sein Visier war geschlossen. Mag sein, dass er in meine Richtung geschaut hat."

„Bist du dir sicher, dass der das war?", fragte Sina.

„Er hatte zumindest den gleichen Helm."

„Das heißt nichts, Ayla, weißt du, wie viele Biker schwarze Helme tragen?"

„Aber diese Jacke. Hast du die gesehen? Auf dem Rücken ist ein Wolfsgesicht eingeprägt."

„Hatte der Typ auf der Berliner Straße die gleiche Jacke an?", wollte Sina wissen.

„Keine Ahnung. Ich habe nicht richtig hingeguckt, nicht so genau jedenfalls. Der soll nicht denken, dass ich hinter ihm her glotze."

„Du glaubst, er ist deinetwegen hier?"

„Könnte sein", sagte Ayla. „Hast du nicht das Gefühl, dass er uns beobachtet?"

Sina begann zu lachen. „Ich glaube, du bildest dir da was ein, meine Liebe."

Ein Klingelton beendete die Pause. Ayla warf die Kippe auf den Boden und trat sie aus. Vor dem Eingang drängten sich Schülerinnen und Schüler. Ayla warf einen Blick zurück.

„Siehst du, kaum drehe ich mich um, fährt er davon. Schade, hätte gern gesehen, wer hinter dem Visier steckt."

„Wahrscheinlich ein eiskalter Killer." Sina streckte ihrer Freundin die Zunge heraus.

„Bist ja megalustig drauf."

„Na, wer weiß, wenn wir Glück haben, kommt er wieder."

„Er hat noch einige Monate Zeit dazu."

„Wieso?"

„Na, weil wir noch ein Schuljahr vor uns haben."

Sina und Ayla hatten sich vor zwei Jahren zu Ausbildungsbeginn in der Berufsschule kennengelernt. Zu ihrer Freude stellten sie fest, dass sie in derselben Straße wohnten. In der Eisenbahnstraße. Sie verstanden sich auf Anhieb und wurden schnell Freundinnen, zumal beide Erzieherinnen werden wollten. Außerdem stammten sie aus ähnlichen Familienverhältnissen. Beide waren dazu verpflichtet, sich um ihre jüngeren Geschwister zu kümmern. Gemeinsamkeiten, die sie zusammenschweißten. Sina lebte mit vier Geschwistern bei ihrer Mutter. Einen Vater gab es nicht. Zumindest nicht für sie. Seit ihre Mutter den Vater rausgeworfen hatte, war er nie mehr aufgetaucht. Sinas Mutter war mit der Erziehung der Kinder völlig überfordert und spannte die Tochter im Haushalt ein. Sina fühlte sich eingeengt und wollte fort, sobald sie es sich irgendwie leisten konnte. Ayla war die erste Freundin in ihrem Leben, mit der sie über ihre Situation sprach. Das tat ihr gut. Auch Ayla wollte ausziehen. Sie war die Älteste von sieben Kindern, hatte die Geschwister trotz ihrer Jugend mehr oder weniger großgezogen und musste auch heute noch auf ihre jüngeren Geschwister aufpassen.

Doch was bei der Freundschaft der Mädchen ungezwungen und einträchtig begonnen hatte, veränderte sich im Laufe der Zeit. Es schien sich stattdessen ein Konkurrenzkampf zwischen den beiden zu entwickeln. Ayla hatte sogar ihre dunklen Haare blond gefärbt und sich damit Sinas Haarfarbe angepasst. Sina war darüber nicht nur verwundert, sondern auch verärgert gewesen, hielt sich aber zurück. Als Ayla regelmäßig von den angeblich überraschenden Begegnungen mit dem Motorradfahrer berichtete, steigerte sich Sinas Ärger. Angeblich hatte Ayla weder mit ihm gesprochen noch hatte sie sein Gesicht gesehen. Der Motorradfreak aber war Hauptgesprächsstoff.

„Was willst du mir die ganze Zeit sagen?", fragte Sina einmal. „Du sagst, er zeigt sich dir nicht? Wenn es dich stört, sprich ihn an, wenn es dich reizt, lerne ihn kennen, aber hör auf, mir ständig von einem Phantom zu erzählen."

Ayla hatte ihr daraufhin Eifersucht unterstellt. „Nur weil du niemanden kennst, nervt dich deine beste Freundin. Gib zu, du gönnst ihn mir nicht."

Sina hatte es gereicht. „Ich glaube, du bindest mir einen Bären auf. Glaubst du den Mist, den du stammelst? Hast du dich mal gefragt, was in einem Kerl vor sich geht, der dich angeblich verfolgt, ohne dich anzusprechen, der dir sein Gesicht nicht zeigt und vor allem in all der Zeit nichts dafür tut diese Situation zu ändern. Ganz ehrlich Ayla. Wenn das stimmt, was du mir da erzählst, dann würde ich langsam anfangen, mir Sorgen zu machen. Denn dann würde ich mich fragen, ob der Typ noch ganz bei Trost ist. Aber du scheinst ja zu wissen, was du tust. Deshalb kannst du dir künftig diese Ausführungen ersparen, sie langweilen mich. Wenn du wieder bei Verstand sein solltest, sag Bescheid, dann können wir vielleicht mal wieder vernünftige Gespräche führen. Ich finde, du malst dir dein Leben schön."

Ayla schlug mit der Hand auf den Tisch.

„Das nennt sich also Freundin. Weißt du was? Du erträgst nicht, dass ich attraktiver bin als du, oder denkst du, du könntest mir das Wasser reichen? Du würdest selbst zu gern ein Abenteuer erleben und neidest mir meins, sehe ich das richtig?" Sie ballte die Fäuste. „So ist es doch, oder etwa nicht? Du bist ein eifersüchtiges kleines Monster. Am liebsten würde ich dir eine reinhauen, damit du aufwachst. Aber ehrlich, dazu bist du mir zu unwichtig. Ich will dich nie wiedersehen. Tschau!"

Sina schüttelte sprachlos den Kopf. Hatte das die junge Frau gesagt, die sich als beste Freundin bezeichnete? Die Person, die ihr am Herzen lag? Sina war so verletzt, dass sie keine Worte fand.

16

Erik

Seit Eriks Mitgliedschaft bei den Hunters ging er steil, sein Leben war so abwechslungsreich wie nie zuvor, dennoch ging ihm das unschöne Ende der Feldbergtour nicht aus dem Kopf. Mike war ein Choleriker. Wie peinlich hatte er sich gegenüber der jungen Frau im Lokal verhalten. Als Erik danach mit Ben und Sammy darüber reden wollte, war er auf taube Ohren gestoßen. Mittlerweile hatte er sich wieder gefangen, denn die Fahrt zum Hunsrück war grandios und ohne schlechte Erlebnisse verlaufen. Möglich, dass er zu empfindlich war. Von der Jagd war lange nicht mehr die Rede gewesen und sie war schon fast in Vergessenheit geraten. Dass er Hasch rauchen durfte, gefiel ihm. Er fühlte diese Lust auf Abenteuer, vergaß nicht nur seinen strengen Vater, sondern vor allem die unglückliche Lebenssituation, in der er sich befand. Manchmal glaubte er, aus seinem Kokon geschlüpft und zum Mann geworden zu sein. Nicht nur wegen der Lederjacke, die ihm Mike vererbt hatte und die ihn zum echten Biker machte.

Sein Vater war anderer Meinung. Er nannte sein Äußeres schlampig und heruntergekommen. „So gehst du nicht zur Schule, mein Freund, sonst kannst du gleich ausziehen. Fehlt nur noch so ein scheiß Tattoo", zeterte der Vater. „Was sollen die Nachbarn denken?" Das war typisch für seinen spießigen Charakter. Ein verständnisloser Mann, der nie jung gewesen zu sein schien. Doch Erik war erwachsen geworden, das zumindest war dem neuen Verein geschuldet. Die Auseinandersetzungen mit seinem Vater arteten jedoch immer weiter aus. Gestern erst hatte es eine Eskalation gegeben. „Du bist ein verdammter Nichtsnutz, für den ich mein Erspartes raushauen soll?", hatte sein Vater geschrien. Erik hatte den Vater reden lassen und war in seinem Zimmer verschwunden, doch der Alte war ihm nachgegangen und hatte ihn am Arm gepackt. „Du hörst mir zu, wenn ich dir was zu sagen habe." Er hatte ihn dann ins Bad geschubst und ihn vor den Spiegel gestellt. „Guck dich an, Hurensohn. Du hast nicht die geringste Ähnlichkeit mit mir. Schon mal aufgefallen? Weißt du was, ich bin ein gutmütiger Idiot, dass ich dich aufgenommen habe. Ich sollte mal einen Vaterschaftstest machen. Jede Wette bist du gar nicht von mir."

Erik war blass geworden, hatte aber kein Wort gesagt.

„Ihr steckt doch unter einer Decke, deine Mutter und du, stimmt's? Ich wette, sie hat's gesagt! Antworte!", hatte er gebrüllt.

„Nein, nein ehrlich nicht", hatte Erik gestammelt und zwei harte Ohrfeigen eingesteckt. In diesem Moment war er kurz davor gewesen, zurückzuschlagen, denn er hatte abgrundtiefen Hass verspürt. Doch er hatte sich aus gutem Grund beherrscht.

Noch vor Kurzem wäre ihm ein Rauswurf recht gewesen. Aber es gab seit einiger Zeit ein Mädchen in einem seiner Schulkurse, mit dem er gern mehr Zeit verbringen wollte, Lisa. Vor ein paar Monaten noch, zu der Zeit, da er nach Frankfurt gekommen war, hatte sie ihn ignoriert. Allmählich suchte sie häufiger seine Nähe. Nicht nur das, sie flirtete ganz eindeutig mit ihm. Das erste Mal, dass ein Mädchen das tat. Nein – das stimmte nicht. Es war bloß das erste Mal, dass es das richtige Mädchen war. Erik war zu der Überzeugung gelangt, dass er auch das nur der Mitgliedschaft bei den Hunters zu verdanken hatte. Anders gesagt, dass es keine bessere Alternative gab. Mike hatte ihm sogar mitgeteilt, dass er einen Schreiner kenne, der Erik eventuell eine Stelle besorgen könne. Das wäre für ihn eine gute Chance, die er sich nicht entgehen lassen wollte. Mikes Leitspruch „Jeder Hunter is'n Verwandter" machte wirklich Sinn.

17

Der alte Mann

Am Morgen war er sehr früh aufgebrochen, brauchte frisches Wasser. Sein Vorrat im Plastikkanister war aufgebraucht. Zum Glück war dieser Sommer durchwachsen und nicht so heiß wie der vergangene. Deshalb konnte er einigermaßen haushalten. Das Wasser am Königsbrünnchen schmeckte zwar faulig, es war schwefelhaltig, aber daran hatte er sich längst gewöhnt. Es war gesund. Nicht nur er füllte sich am Brünnchen Wasser ab. Als er auf Höhe des Jacobiweihers war, machte er Pause und setzte sich auf eine Bank am Wasser. Am frühen Morgen war hier selten jemand unterwegs, höchstens hin und wieder ein Jogger. Das Wald-Restaurant öffnete erst mittags. Dann wimmelte es hier von Spaziergängern. Bis dahin war er längst zurück in seiner Hütte, in der er noch immer nicht belästigt worden war. Er genoss die Idylle, die Stille, die nur vom regelmäßigen Flugverkehr unterbrochen wurde. Ihn störte das nicht. Er mochte Flugzeuge und verbrachte viel Zeit damit, sich anhand der Himmelsrichtung auszumalen, welche Ziele sie ansteuerten. Hätte sich sein Leben anders entwickelt, er hätte seiner Familie die halbe Welt gezeigt. So tat er es in Gedanken. Er erzählte seiner Tochter, wie es in Afrika aussah, in Amerika und vielen anderen Ländern. Sie wären nach Ägypten gereist. Von den Pyramiden wäre sie fasziniert gewesen, sie hätte sich seine Kamera geborgt, um ihre Eltern aus allen Blickwinkeln zu fotografieren. „Stellt euch davor", hätte sie gerufen. „Damit wir eine schöne Erinnerung haben."

Auch von Schottland erzählte er ihr in seinen Gedanken. Von den rauen Klippen und von England. Er hatte in diesen Momenten immer das Gefühl, dass sie ihm nah war. Außerdem tat es seinem Gedächtnis gut, sich zu erinnern. An anderen Tagen erfand er Märchen. Kürzlich hatte er sich für sie eine besondere Geschichte ausgedacht. Ein Märchen, das von Wölfen erzählte, die nicht furchteinflößend waren, wenn man ihnen ihren natürlichen Lebensraum ließ, wenn man sie in Ruhe ließ. Wölfe, die durch Wälder streiften und den Wildbestand auf natürliche Weise regulierten. In seinem Märchen respektierten die Menschen Wölfe und gingen respektvoll mit ihnen und der Natur um. Wahrscheinlich wäre der alte Mann heute ein glücklicher Großvater, der viel Zeit mit seinen Enkeln verbringen würde. Ihnen das Schwimmen beibrächte, wie einst seiner Tochter, das Radfahren und all das, was ein Großvater tut, um seine Tochter zu unterstützen und um den Enkeln seine Liebe zu beweisen. Er seufzte, denn das Rheuma machte ihm heute schon wieder zu schaffen. Normalerweise plagte es ihn nur im Winter. Er wurde nun einmal älter und gebrechlicher, die Schübe häufiger. Inständig hoffte er, nicht dahinsiechen zu müssen, sondern, wenn es soweit war, schnell sterben zu dürfen. Gerade wollte er sich schwerfällig erheben, da nahm er ein schwaches Geräusch wahr. Ein leises Plätschern wie von schwimmenden Enten. Er strengte seine Augen an, sah über die in der Sonne glitzernde Wasseroberfläche. Der See war weitläufig und selbst wenn er bessere Augen gehabt hätte, würde eine gewisse Entfernung ausreichen, um unscharf zu sehen. Doch glaubte er, einen großen Hund zu erkennen, der am Wasserrand stand. Dabei handelte es sich offenbar nicht um irgendein Tier. Er hätte schwören können, dass dort hinten der Wolfshund stand. Überraschend trat ein Mann neben das Tier und klopfte es am Hals. Doch dann begann der Alte sich verdutzt die Augen zu reiben, denn ein zweites Tier kam hinzu. Größenmäßig glich es dem ersten und farblich ebenfalls. Die Einschätzung konnte bei der Entfernung freilich täuschen.

18

Lisa

Erik beeindruckte Lisa. Das war nicht immer so gewesen. Als er in den Kurs kam, fand sie ihn langweilig. Doch sie bemerkte, wie sehr er sich in den wenigen Wochen verändert hatte. Das machte sie neugierig. Sie hatten bisher bloß ein paar belanglose Sätze ausgetauscht, dennoch gewann sie den Eindruck, dass sie auch ihm gefiel. Merkwürdig, denn es war das erste Mal, dass Lisa über einen festen Freund nachdachte. Ein denkbar ungünstiger Moment zwar, denn sie befand sich mitten im Abi, aber wann war schon der geeignete Moment? Ihre Eltern freilich würden ihr den Kontakt zu ihm rigoros verbieten. Auch wenn sie das Schriftliche schon mit gutem Erfolg hinter sich gebracht hatte. In ihrem Hause stand die Karriere an erster Stelle. Es ging stets um Leistung. „Wie willst du dieses Haus sonst einmal halten!", sagte der Vater. Dabei interessierte sich Lisa nicht für das Elternhaus und schon gar nicht für wohlhabende Gegenden. Sie wollte dort leben, wo der Großteil ihrer Freunde lebte. Irgendwo in einer kleinen Wohnung, nahe der angesagten Bergerstraße oder in Bockenheim. Lisa war Einzelkind, leider. Der Vater hegte den Wunsch, dass sie eines Tages seine Anwaltskanzlei übernahm. Lisas Mutter war ebenfalls Anwältin gewesen, arbeitete seit ihrer Geburt aber nicht und war heute mehr mit sich selbst als mit ihrer Tochter beschäftigt. Sie verbrachte den Großteil ihrer Freizeit, also knapp den ganzen Tag, auf Golfplätzen. Doch zum Glück hatte es für Lisa bis vor Kurzem ihren Großvater gegeben, er war ihre engste Bezugsperson gewesen, von klein auf. Er hatte immer Zeit für sie gehabt. Mit ihm konnte sie über alles reden. Bei ihm durfte sie Kind sein, albern sein und weinen, wenn ihr danach zumute war. Er war derjenige, der sie getröstet hatte, wann immer sie Trost benötigte. Gern hätte sie ihm nun von Erik erzählt und von ihren ungewöhnlichen Gefühlen für ihn. Abgesehen davon hätte er sofort gewusst, ob Erik der Richtige für sie war. Er wäre der Einzige gewesen, der sie verstanden hätte. „Lisa, egal was du mit deinem Leben anfängst. Du lebst es für dich, für niemanden sonst. Denn du hast nur dieses eine, denke immer daran und mache das Beste daraus."

Immer wenn sie an ihn dachte, wurde sie melancholisch. Gerade jetzt in der Pubertät hätte sie seinen Rat so sehr gebraucht. Er hatte eine unersetzbare Lücke in ihrem Leben hinterlassen. Ihm hatte sie anvertraut, dass sie um keinen Preis Jura studieren wollte. Denn sie interessierte sich für Psychologie. Natürlich wusste sie, dass man als Psychologin nicht reich wurde. Aber der Beruf würde ihre Existenz sichern. Heute mehr denn je. In problematischen Zeiten wie diesen brachen bei Menschen Urängste auf, die für viele nur durch die Hilfe von Fachleuten bewältigt werden konnten. Jedenfalls hatten Erik und sie begonnen, sich zu treffen. Es war vom ersten Tag an so selbstverständlich gewesen, als würden sie sich ewig kennen. Sie hatte sich nicht getäuscht. Er war empathisch. Doch wenn sie ihm in die Augen blickte, erkannte sie gleichermaßen eine tiefe Unsicherheit. Dennoch half er ihr gefühlsmäßig über den Verlust ihres Großvaters hinweg. Vielleicht konnte sie mit ihm nach dem Abitur zusammenziehen. Irgendwohin, wo nur sie beide zählten. Sie würden es zusammen schon schaffen, glaubte sie. Natürlich waren das Träume, die sich vielleicht nicht erfüllen ließen. Doch die konnte ihr niemand verbieten. Jedes Mal, nachdem sie sich getroffen hatten, wurde ihre Sehnsucht nach ihm größer. Auch heute hoffte sie auf seinen Anruf. In diese Gedanken versunken quälte sie sich seufzend zurück an den Schreibtisch. Da vibrierte ihr Handy. Nachdem sie den Namen auf dem Display gelesen hatte, nahm sie erfreut das Gespräch entgegen. „Du wirst es nicht glauben, gerade habe ich mir gewünscht, dass du dich meldest, Erik."

„Kannst du raus? Hast du Lust auf eine kleine Spritztour mit einem Motorrad? Das Wetter passt, was sagst du dazu?"

„Seit wann besitzt du ein Motorrad? Ich dachte, das bekommst du von deinem Vater erst nach dem Abi? Hast du mir das nicht erst kürzlich erzählt?"

„Stimmt, aber es hat sich unverhofft eine günstige Gelegenheit ergeben. Und natürlich will ich die Freude über die

Maschine mit dir teilen. Also hast du Lust oder magst du keine Motorräder?"

Lisa brauchte nicht lange darüber nachzudenken. Lernen konnte sie später noch. „Na klar. Ich wollte schon immer auf so einer Maschine sitzen. Ich wäre in einer halben Stunde am Schweizer Platz, wenn du willst."

„Ich warte auf dich!", erwiderte Erik und beendete das Gespräch.

Lisa konnte zehn Minuten später ungehindert ihr Elternhaus verlassen. Ihr Vater käme nicht vor 19 Uhr nach Hause und ihre Mutter vermutlich erst bei Einbruch der Dunkelheit. Also musste sie niemandem Rechenschaft für ein bisschen Ablenkung ablegen. Sie nahm ihr Fahrrad aus der Garage, radelte die Darmstädter Landstraße hinunter und traf vor der vereinbarten Zeit am Schweizer Platz ein. Dennoch wartete Erik bereits auf sie, wie sie begeistert feststellte. Lisa schloss ihr Fahrrad an einen Laternenpfahl und gab Erik, der am Straßenrand auf dem Motorrad saß, einen Kuss auf die Wange. „Was ist das denn für ein schönes Motorrad", sagte sie begeistert.

„Eine Harley Davidson. Na ja, nicht das neuste Modell, aber für den Anfang reicht es mir. Ich kann es bei einem Bekannten abstottern." Erik reichte ihr einen Helm. „Den habe ich für dich gekauft", sagte er und grinste breit.

„Wirklich?" Er hätte ihr kaum eine größere Freude machen können, denn das hieß ihrem Verständnis nach, dass er vorhatte, sie nicht nur dieses eine Mal mitzunehmen. Sie streifte ihn über den Kopf und Erik schloss den Verschluss für sie. „Steht dir wirklich gut", sagte er. „Steig auf und halte dich gut an mir fest."

Lisa klammerte ihre Arme um Eriks Bauch und lehnte sich mit dem Kopf an seine Schulter. Es fühlte sich wunderbar an. Wie sehr sie genoss, eng an ihn geschmiegt durch die Stadt zu fahren, den Wind zu spüren, der durch ihre Kleider fuhr und ihr eine prickelnde Gänsehaut bereitete. Erst jetzt bemerkte sie, wie athletisch Erik gebaut war. Mit ihm hätte sie auf der Stelle bis ans Ende der Welt fahren mögen. Er lenkte seine Maschine geschickt über die Kennedyallee, wenig später vorbei am Oberforsthaus und bog dann auf die Isenburger Schneise. Als sie etwa fünf Minuten später das Frankfurter Haus erreichten, parkte er, stieg ab und half Lisa vom Sattel. Er legte den Arm um ihre Schulter und sie schlenderten engumschlungen zu einem der hölzernen Tore, die in regelmäßigen Abständen durch Zäune miteinander verbunden, das Wild daran hindern sollten auf die vielbefahrene Straße zu gelangen. Ihr Elternhaus stand kaum zwei Kilometer von hier entfernt. Sie hätte den Umweg über den Schweizer Platz nicht zu machen brauchen, wäre dann aber nicht in den Genuss der Motorradfahrt gekommen. Eine Weile liefen sie, ohne zu reden. Als sie einen am Boden liegenden Stamm erreichten, setzte sich Erik und zog sie eng zu sich.

„Erzähl schon, woher hast du dein Motorrad, Erik?"

„Ich bin Mitglied in einem Motorradclub geworden."

„Ein Club? Davon weiß ich ja gar nichts. Wie kommt man denn dazu?"

„Ebenfalls durch einen Bekannten. Ben hat eine Auto- und Motorradwerkstatt. Ich habe da nach einem Aushilfsjob gefragt. Das hat zwar nicht geklappt, aber er hat mich zu ein paar seiner Kumpels mitgenommen. Der eine hat einen Club gegründet, da er Motorradtouren plant. Und was viel erfreulicher ist, er hat mir seine alte Maschine überlassen, die kann ich gemütlich in Raten abzahlen. Und wir machen wirklich schöne Ausflüge."

„Klingt spannend. Kann ich mal mitkommen?"

Erik schüttelte lächelnd den Kopf. „Frauen sind da nicht zuglassen."

„Hm, Motorradclub hört sich für mich immer nach Rockern an. Aber ich habe natürlich keine Ahnung davon."

„Stimmt schon. Mike ist Rocker, Ben ist es nicht. Mal sehen, die Gruppe wird noch wachsen. Wenn es mir nicht passt, steige ich aus."

Lisa nickte. „Ich finde, du hast dich sehr verändert. Liegt das an den Leuten?"

„Was meinst du damit?"

„Wirst du jetzt auch Rocker?"

„Ich weiß nicht, wer ich bin und was ich werde. Ich finde es gerade erst heraus. Die Typen sind alle cool. Das gefällt mir."

„Wo trefft ihr euch?"

„Streng geheim", sagte er und kniff ihr sanft in die Wange.

„Ich will euch doch gar nicht besuchen. Es interessiert mich nur."

„Lass uns noch ein Stück laufen." Er zog Lisa auf die Beine.

Lisa ließ nicht locker. „Jetzt sag schon, Erik, ich behalte es für mich."

„Nein, ich habe versprochen nicht drüber zu reden."

Schweigend gingen sie Hand in Hand, schließlich sagte sie: „Liegt vielleicht daran, dass mein Vater Jurist ist. Wenn du von Rockern sprichst, denke ich automatisch an etwas Illegales. Ist sicher ein Fehler, aber so bin ich nun mal."

Erik schüttelte den Kopf. „Sorry, Lisa."

„Lass dich da bloß in nichts reinziehen, Erik. Willst du eigentlich studieren? Oder was hast du nach dem Abi vor? Wir haben merkwürdigerweise noch nie drüber gesprochen."

„Ich verschwinde so bald wie möglich. Sobald ich einen Ausbildungsplatz habe, suche ich mir eine eigene Wohnung. Ich fühle mich bei meinem Vater nicht wohl. Er will, dass ich BWL studiere. Das hasse ich, es stresst mich."

„Ist wie bei mir. Mein Vater will, dass ich Jura studiere. Du siehst, wir haben was gemeinsam. Aber du willst gar nicht studieren?"

Erik schüttelte den Kopf. „Stört dich das?"

„Nein, aber was hast du vor?"

„Ich will Schreiner werden. Ich möchte Möbel entwerfen. Ich liebe Holz. Und ich möchte etwas mit meinen eigenen Händen erschaffen. Holz ist lebendig und es fasst sich wundervoll an."

„Ich liebe auch Naturmaterialien. Deshalb bist du also mit mir in den Wald gefahren?"

„Ich glaube nicht. Ich dachte nur, dass man hier schön spazieren gehen kann." Er blieb stehen, blickte sie an. „Manchmal träume ich davon, mit dir zusammenzuziehen."

Lisa staunte. „Dein Ernst?"

„Entschuldigung. War nur laut gedacht."

„Du brauchst dich nicht zu entschuldigen" Sie stellte sich auf die Zehenspitzen und küsste Erik. „Das ist eine tolle Idee. Ich würde mir gern ein Leben mit dir aufbauen, wirklich gern."

„Interessierst du dich für Designermöbel?"

Lisa nickte. „Und ob. Muss man sich nur leisten können."

„Richtig. Ich habe vor so etwas zu bauen. Man kann damit gutes Geld verdienen."

„Das kann ich mir vorstellen. Ich glaube, so etwas könnte mir auch gefallen. Ich meine nicht, die Möbel zu bauen, aber Designermöbel zu verkaufen, macht sicher Spaß."

„Wir könnten vielleicht irgendwann einen Laden für Möbeldesign eröffnen."

„Das klingt fantastisch."

Er lachte und schüttelte den Kopf.

„Warum lachst du?"

„Weil wir wie die Kinder spinnen. Erst mal ein Ausbildungsplatz für die Lehre finden. Das ist ein weiter Weg bis zu einem eigenen Geschäft."

„Aber mal ehrlich, wenn du Schreiner bist, können wir was zusammen aufmachen. Ich finde die Idee klasse. Ich dachte zwar an ein Psychologiestudium, aber das kann ich später immer noch anhängen. Ich besitze ein Sparbuch. Da könnte ich dir bei der Gründung sogar unter die Arme greifen."

Erik blieb stehen und sah Lisa gerührt in die Augen. „Du gefällst mir wirklich sehr, aber gerade spinnen wir komplett. Ich muss erst mal sehen, was ich wirklich aus meinem Leben machen will. Ich bin davon überzeugt, dass mein Vater froh ist, wenn ich endlich wieder aus seinem Leben verschwinde. Während meiner Kindheit hatten wir kaum Kontakt, da wäre er mir sehr wichtig gewesen. Die Zeit können wir aber nicht nachholen. Wir sind uns fremd. Heute komme ich besser ohne ihn klar. Bevor wir noch heftiger aneinandergeraten, als wir es ohnehin schon tun."

„Ihr streitet viel?"

„Und wie. Ich habe so die Schnauze voll, dass mir fast alles recht ist, Hauptsache ich komme da raus. Ich fühle mich momentan nirgendwo gut aufgehoben. Wär mir auch egal, wenn ich das Mündliche verhaue."

„Deswegen dein Motorradclub?"

„Kann schon sein. Ich muss erst mal zu mir kommen." Er küsste sie auf die Wange. „Lass uns über Netteres sprechen. Das vermiest uns sonst den Tag."

„Finde ich nicht. Soll ich dir was sagen? Ich glaube, ich käme auch gut ohne meine Eltern klar, die drehen sich nur um sich selbst. Und ihre Ehe besteht nur noch auf dem Papier. Wenn wir mal gemeinsam essen, was selten vorkommt, ist die Stimmung schlecht. Eigentlich traut sich keiner von uns, was zu sagen, damit es nicht zu Streitgesprächen kommt. Das Einzige, was beide von mir wissen wollen, ist, was die Lernerei macht. Soll ich dir was sagen? Sie haben mir noch nicht einmal ein Plakat gemacht. Lieber würde ich mein Leben lang Single bleiben, als einen Partner zu haben, der mir zum Hals raushängt."

Erik nahm Lisas Hand. „Da sind wir schon zwei. Mir hat auch keiner ein Plakat gemacht."

„Wir haben viel gemeinsam, Erik. Und weißt du was? Du bist viel zu nett für einen Rocker. Das sind knallharte Typen."

„Denkst du das?"

„Natürlich, liest man überall, wie gefährlich die sind. Frag mal meinen Vater. Der hat einen von denen vertreten. Ging um Mord, soweit ich mich erinnere. Pass bitte auf dich auf, Erik."

„Na klar."

19

Sina

Sina war nun schon seit über einer Woche mit ihrer Freundin zerstritten. Und die Wut brannte immer noch in ihr wie Feuer. Ayla hatte sie einfach stehen lassen. Die Person, die sie für ihre Freundin gehalten hatte. Sina war unfassbar enttäuscht. Immer wieder fielen ihr neue, passendere Worte ein, die sie ihr liebend gern um die Ohren gehauen hätte. Die kleine Schlampe, die ihr sogar die Haarfarbe nachgemacht hatte.

Doch Ayla blieb verschwunden, fehlte auch in der Schule. Wenn nichts anderes dahintersteckte, war sie vielleicht mit dem Kerl getürmt? Mit einem Mann ohne Gesicht? Sollte ihr aber am Ende etwas zugestoßen sein, könnte Sina den Kerl nicht einmal beschreiben. Wer achtete schon auf ein Nummernschild. Fest stand, er sah von seiner Aufmachung her aus wie ein Rocker. Vielleicht einer von denen, die auf der Fahndungsliste standen? Vermutlich hätte sie Ayla in Ruhe lassen sollen. Natürlich war Ayla erwachsen. Sina hatte kein Recht darauf, sich in ihr Leben einzumischen. Dennoch starrte sie täglich unzählige Male auf ihr Handy, in der vagen Hoffnung, eine WhatsApp von Ayla zu bekommen. Da Ayla ihren Online-Status ausgeschaltet hatte, war nicht herauszufinden, wann sie das letzte Mal online war. Heute hatte Sina ihr zum ersten Mal eine Nachricht geschickt. „Melde dich und hör endlich auf, beleidigt zu sein", stand darin. „Lass uns wieder Freundinnen sein." Die beiden blauen Haken jedoch blieben aus.

20

Ayla

Als sie zu sich kam, glaubte sie, ihr Kopf müsse bersten. Sie hatte nie zuvor derartig starke Kopfschmerzen gehabt und traute sich nicht, ihre Augen zu öffnen. Aber nicht nur ihr Schädel schmerzte, auch der Rücken. Sie lag auf einem harten Boden. Bei dem Versuch, ihre Position zu verändern, bemerkte sie den engen Riemen. Er schnitt schmerzhaft in ihre Handgelenke. Sie hob die Arme, blinzelte und starrte ungläubig auf ihre gefesselten Hände. Gefesselt! Aber warum? Wer hatte ihr das angetan? Verzweifelt versuchte sie, sich zu erinnern. Sie wollte zur Schule, da war dieser Typ mit dem Motorrad gewesen. Natürlich. Er hatte sie hier eingesperrt. Tränen stiegen ihr in die Augen. Wohin hatte er sie verschleppt und warum? Ihre Augen gewöhnten sich nur langsam an das diffuse Licht des kahlen Raums, der nur einen Strohballen direkt neben ihre beinhaltete. An der gegenüberliegenden Wand erkannte sie ein Gatter, dessen rostige Metallstäbe verschalt waren. Möglicherweise befand sie sich in einer Tier Box, wahrscheinlich einer Pferdebox. Sina hatte recht behalten. Sie hätte einem Mann, dessen Gesicht sie nicht einmal kannte, niemals trauen dürfen. Das war naiv und dumm. Warum nur war sie so trotzig und aggressiv gewesen? Sie wollte sich vor ihrer Freundin brüsten und dies war die Strafe dafür. Während der ganzen Fahrt dachte sie nur daran, Sina eins auszuwischen. Sie wollte beweisen, dass sie die Schönere war. Es war eine Gelegenheit, sich vor der Freundin aufzuspielen und ihr eigenes Selbstbewusstsein aufzupolieren. Endlich auch bewundert werden, das wollte sie. Verdammt, warum nur hatte sie das getan? Sina würde garantiert nicht nach ihr suchen. War der Irre noch in der Nähe? Er hatte das Motorrad abgestellt, sie vom Sitz gezerrt, ihr den Helm vom Kopf gezogen und dann war alles dunkel geworden. Glaubte der Kerl etwa, bei ihrer Familie sei Geld zu holen? Oder würde er sie vergewaltigen? Tausend verschiedene, höchst beängstigende Szenarien gingen ihr durch den Kopf. Plötzlich glaubte sie, etwas zu hören. Tatsächlich, es waren sich nähernde Schritte. Sie hielt vor Schreck den Atem an. Ein quietschendes Geräusch, und die Tür sprang auf. Ein Mann mit schwarzer Strumpfmaske betrat den Raum.

Aylas Zähne klapperten vor Angst.

„Ah, sie ist wach. Hast aber wirklich lang geschlafen. Ich dacht schon, ich hätt dir dein Hirn zertrümmert. Das wär schade gewesen. Aber in Wahrheit haste dich ausgeschlafen, stimmt's?" Er lachte boshaft.

„Wa ..., warum haben Sie mich hierhergebracht?", fragte sie stotternd.

Er starrte sie durch zwei dünne Schlitze in der Maske an. „Das wirste noch erfahren. Darfst gern Du sagen. Wir werden noch viel Zeit zusammen verbringen."

„Lassen Sie mich frei, bitte."

„Ich will, dass'de mich duzt, sonst red ich nicht mehr mit dir", sagte er in kindlich beleidigtem Unterton.

„Ich habe doch gar nichts getan! Bitte lassen S..., lass mich gehen! Ich schwöre, niemand erfährt von, von dir!"

Er lachte. „Ganz klar, du schweigst wie'n Grab. Lass dir was Besseres einfallen."

„Dann sag mir, weshalb ich hier bin? Warum bin ich gefesselt? Was soll das? Wir kennen uns nicht."

„Das denkst du. Ich habe dich wochenlang beobachtet, deine schönen blonden Haare ham mir besonders gut gefallen, ich kannte mal eine, die hatte auch solche schönen Haare. Deshalb wurdest du auserwählt."

„Auserwählt? Was heißt das?"

Er schwieg.

„Bitte kannst du mir wenigstens die Fesseln abnehmen? Die tun so weh. Ich kann doch gar nicht weglaufen, wenn ich eingesperrt bin!"

„Da haste auch wieder recht, wenn'de dich ruhig verhältst, nehm ich sie ab. Wenn du randalierst, schnür ich sie beim nächsten Mal fester. Aber erst mal brauchste die Hände zum Essen und Trinken." Er drehte den Kopf zum Gatter und rief: „Hierher!"

Die Wölfe schossen in den Raum.

Ihr stockte der Atem: „Oh mein Gott!"

„Die riecht lecker, was?"

Die Tiere schnupperten interessiert an ihr.

Plötzlich sah sie das Messer in seiner Hand. „Los, heb deine Flossen."

„Was hast du vor?"

„Ich schneid die Fessel durch."

„Bitte, können die … können die nicht draußen bleiben?"

„Die müssen sich an deinen Geruch gewöhnen. Solang ich dabei bin, passiert dir aber nix, keine Sorge."

„Meinen Geruch? Aber warum denn?"

„Ich sag doch, wir wer'n hier gemeinsame Zeit verbringen. Da wolln wir doch, dass die wissen, mit wem sie's zu tun haben, oder?"

„Okay, du meinst, damit sie mir nichts tun, dafür bin ich dankbar."

Wieder lachte er. „Sag mal, wie stellste dir dein Leben vor, willste mal Kinder?"

Ihr schoss das Blut ins Gesicht, das war ihre Chance. Er würde sie freilassen, deswegen fragte er nach ihrer Zukunft. Alles würde doch noch gut werden. Zum Glück. Vermutlich sah er ein, dass er einen Fehler gemacht hatte. Sie ging noch einen Schritt weiter. „Ja, natürlich … Ich, ich will viele. Ich bin auch schon schwanger", log sie.

„Du bist schwanger? Das ist großartig. Du bist'n echter Hauptgewinn."

„Das, das sagt mein Freund auch immer", stotterte sie und rieb sich die schmerzenden Handgelenke. „Danke, dass du die abgenommen hast, ich spüre die kleinen Finger gar nicht mehr. Weißt du, ich habe viele Geschwister. Sie nerven zwar manchmal, aber ich kann mir ein Leben ohne sie nicht vorstellen. Deshalb ...", sie stockte. „Deshalb freue ich mich auch so auf mein erstes Kind." Sie strich sich über den Bauch. „Kinder sind die Zukunft."

„Wann kommt's?"

„Ach, ähm, das dauert noch. Ich bin erst im zweiten Monat."

„Willste wissen, was ich glaube?" Mike kam ihr so nah, dass er ihre Nasenspitze mit seiner Maske berührte.

Sie nickte eifrig.

Er versetzte ihr eine heftige Ohrfeige.

Sie schrie auf und hielt sich die Wange.

„Du bist nicht schwanger, sondern 'ne gottverdammte Lügnerin."

Sie begann zu weinen. „Meine Familie wartet und mein Freund auch."

„Die können's 'ne Weile ohne dich aushalten. Erst werden wir ein hübsches Spielchen spielen. Wenn du das Spiel gewinnst, darfste gehen."

„Gewinnen? Was bedeutet das? Welches Spiel?"

„Ich nenn's Hunting and Catching."

„Jagen und Fangen? Ich soll zum Jagen gehen?"

„So ähnlich, die beiden werden mit dir spielen", er nickte zu den Wölfen.

„Die?" Sie riss entsetzt die Augen auf. „Aber ich kenne mich doch gar nicht mit ... mit Wölfen aus. Ich möchte nicht spielen. Ich möchte auch nicht jagen. Ich habe Angst vor den beiden."

„Leider haste keine Wahl. Ich sag doch, du wurdest auserwählt."

„Wie geht das Spiel und wann beginnt es? Weißt du, meine Familie flippt aus, wenn ich nicht zurückkomme."

Er beugte sich zu ihr herunter und sah ihr durch die Schlitze der Maske tief in die Augen. „Soll ich dir was sagen? Niemand vermisst dich. Und das ist gut so."

Entsetzt fragte sie: „Woher weißt du das?"

„Ich weiß mehr, als'de denkst."

Ihr schossen Tränen in die Augen.

„Sonst hätt ich dich nicht ausgesucht. Ich werd dir jetzt dein Futter bringen und dich dann alleinlassen. Kommt Jungs." Die Wölfe folgten.

Sekunden später kehrte er mit einem Teller voller Nudeln zurück. „Ich rate dir, nix übrig zu lassen. Sonst muss ich dich füttern." Er drückte mit zwei Fingern ihre Nasenflügel zusammen und presste mit dem Daumen der anderen Hand ihren Kiefer runter, dann ließ er ihn los. Sie legte erschrocken die Hand auf ihren Mund.

„Ich esse das, aber bitte nicht weh tun."

Er lachte. „Aber nein, wie könnt ich nur. Lügnerinnen müssen besonders gut behandelt werden."

„Es ... es tut mir leid. Darf ich etwas fragen? Was ist, wenn ich mal muss?"

Er deutete auf den Strohhaufen. Dann ging er raus und verschloss die Box. Draußen hörte sie, wie er sagte: „Beim nächsten Besuch kommste mit rein, okay? Du wirst sehn, die is klasse."

„Und was soll ich da drin?", fragte die andere Stimme.

„Du wirst kontrollieren, ob se alles gefressen hat, dann kannste ihr Wasser geben, aber erst dann. Jetzt guck nicht so, als ob'de das nicht wusstest. Du kennst die Regeln. Kommt Jungs." Ihre Schritte entfernten sich.

Ayla wartete angespannt und hörte, wie eine Tür zugeschlagen wurde. Schließlich wagte sie, sich bemerkbar zu machen. „Hallo? Ist noch jemand da? Bitte hört mir zu. Es muss sich um ein Missverständnis handeln. Ich bin Schülerin, ich muss zur Schule. Hört ihr mich?"

Keine Antwort. Sie hatte einen Gedankenblitz. „Jetzt verstehe ich es, ihr verwechselt mich mit Sina. Ich habe dunkle Haare, habe sie aus Spaß kürzlich gefärbt. Ich bin bloß ihre Klassenkameradin. Ich sage euch sogar, wo Sina wohnt, wenn ihr mich freilasst. Sie ist scharf auf dich und will dich unbedingt kennenlernen. Sie hat dich an der Schule beobachtet. Sagte, dass du ihr gefällst. Hallo, seid ihr noch da? So antwortet doch. Bitte, ihr habt euch geirrt."

21

Erik

„Warum muss ich das da drin machen?", fragte Erik. „Du kennst dich doch viel besser aus. Ich kann mitkommen und dir über die Schulter sehen, aber ich muss das erst lernen."

„Das ist genau der Grund! Ich will sehen, wie'de dich anstellst, Junge. Ich glaub, du brauchst 'ne richtige Starthilfe. Mach dir nicht ins Hemd. Du wirst sehen, das macht Bock. Du weißt doch, wenn'de stresst, gibt's Ärger. Dann muss ich Lisa Bergmann zu uns einladen."

Erik wurde aschfahl. „Woher kennst du sie?"

„Ich weiß alles über meine Jungs. Und natürlich über hübsche Mädchen. Sie ist'n Prachtstück. Wär was für mich. Man fragt sich, wie du's geschafft hast, dass so eine mit'nem Weichei ausgeht."

„Du bist uns gefolgt?"

„Nicht nur einmal. Ich muss doch wissen, wohin de mit meiner Maschine fährst. Könntest se ja auch zu Schrott fahren."

„Verdammt, lass Lisa aus dem Spiel! Ihr Vater ist Anwalt. Das würde für dich nicht gut aussehen. Er würde dir die gesamte Frankfurter Polizei auf den Hals schicken."

Mike lachte. „Du glaubst, ich hätt Angst vor dem oder den Bullen? Keine Sorge, ich bin abgesichert. Halt mich nicht für dämlich Erik, das bekommt dir nicht und Lisa schon gar nicht."

Erik nickte. „Schon gut. Ich tu, was du verlangst."

„Na also. Sie ist 'ne Perle, wär schade, wenn ihr was zustößt. Ich weiß sogar, wo sie wohnt. Nicht weit von hier. War mit Hunter und Catcher'n paarmal dort. Sie ist tagsüber viel allein. Sitzt am Fenster und guckt in den Wald. Manchmal macht sie oben auf der Terrasse Sport. Ganz leicht bekleidet. Puh", er fächelte sich mit der Hand Luft zu. „Ich kann dir sagen, die hat'n Body."

Erik hätte den Irren am liebsten verprügelt. Aber selbst wenn die Viecher nicht bei Mike gewesen wären, hätte Erik gegen den Kerl keine Chance gehabt.

Mike grinste. Er wusste genau, dass er Erik hart getroffen hatte. „Deshalb möcht ich ja, dass du anfängst. Du steckst doch ohnehin schon tief mit drin, Bruder. Ich muss aber jetzt mal mit den Hunden um die Ecke. Du bleibst so lange hier."

„Aber das ist doch nicht nötig, sie ist eingeschlossen. Ich … ich würde mir auch gerne die Beine vertreten."

Mike seufzte. „Merkste gar nicht, dass ich dir 'ne Schangse geb? Mensch mach mich nicht sauer. Wie oft soll ich das noch sagen? Nochmal: Heute biste dran. Sei einfach froh, dass es nur irgendein Köder ist, den du nicht kennst. Stell dir vor, du musst Lisa bewachen. Pass einfach auf sie auf. Ist das so schwer? Mann, die ist da drin. Sie kann da nicht rausschweben."

„Du hast gesagt, wenn sie gegessen hat, soll ich ihr was zu trinken bringen."

„Ja, die Schüssel steht vor der Box. Wenn sie jammert, hau ihr aufs Maul. Die Sprache versteht se. Ich schließ draußen ab. Die kann hier nicht weg, selbst wenn se dir entwischt. Wird'se aber nicht, du passt ja auf, nehm ich an. Und jetzt gib dein Handy her. Ich sagte, hier gibt's keine."

„Mein Handy? Das ist zu Hause."

„Ach nee? Was steckt 'n da sonst in deiner Hosentasche?"

Erik versuchte, verblüfft zu wirken. „Ach du Schande, das habe ich völlig vergessen. Ich dachte, ich hätte es gar nicht mitgebracht. Ich habe es nicht bemerkt. Kommt nicht wieder vor."

„Glaubst de etwa, mit solchen Tricks rechne ich nicht? Gib schon her!"

Erik zog das Handy aus der Tasche und gab es ihm. Mike ließ es auf den Boden fallen und trat drauf, bis es zersprang.

„Ach du Scheiße, warum tust du das? Ich kriege richtig Ärger, verdammt."

„Keine Handys, kapiert? Kommt Jungs", befahl er den Tieren und zu Erik sagte er: „Wir sind bald zurück."

„Was mach ich, wenn Bauarbeiter kommen oder die Polizei?"

Mike zuckte die Achseln. „Dein Problem. Die Bullen werden dich für 'nen Kidnapper halten. Wie gesagt, denk bei allem, was de tust, an Lisa." Mike öffnete das Tor, drehte sich aber nochmal zu ihm um. „Ach ja, kann wirklich sein, dass de Besuch bekommst. Pete wollte vorbeischauen. Sag ihm, dass'de bloß die Kleine versorgst. Pete ist immer gleich so gereizt, verstehste? Bis später also." Er scheuchte die Tiere raus, verließ den Korridor und verschloss die Tür. Erik hörte, wie der Riegel vorgeschoben wurde.

„Verdammter Mist", murmelte Erik, hockte sich auf den Boden und klaubte die Trümmerteile seines iPhones auf. Das Display war völlig zerstört und die Rückwand eingedrückt. „Verdammtes Arschloch!"

„Hilfe, hörst du mich?" Das Mädchen hämmerte gegen das Boxengatter.

Erik erschrak.

„Lass mich hier raus! Ich habe dich gehört. Ihr habt die Falsche eingesperrt. Bitte antworte, ich weiß, dass du da bist. Ich kann das aufklären. Ihr habt die Falsche erwischt."

Erik presste die Hände gegen die Ohren. Er wollte sie nicht hören, wollte nicht, dass sie ihn rief. Doch sie wurde lauter und hysterischer. „Es ist Sina, die ihr wollt."

Eine Verwechslung? Das wäre Mike egal. Er presste den Kopf gegen die Wand und hielt sich die Ohren zu.

„Ich bin so durstig, kannst du mir wenigstens etwas zu trinken geben?"

Lass mich verdammt nochmal eine Lösung finden, dachte er. Selbst wenn er dem Mädchen helfen wollte, Mike hatte die Tür von außen verriegelt. Aber auch wenn das nicht der Fall gewesen wäre, wie hätte er ihr Verschwinden erklären sollen?

22

Mike

Mike bugsierte die Tiere in den Bulli. Die B43 zu Fuß zu überqueren war zu riskant. Zu viel Verkehr. Zu viele Augen, die sich auf seine Wölfe richten könnten. Stattdessen fuhr er mit dem Bulli in die Mörfelder Landstraße. Dort gab es eine breite Einfahrt kurz vorm Wohngebiet. Er parkte den Wagen so, dass er von der Straße aus nicht zu sehen war, und ließ die Wölfe rausspringen. Von hier aus konnte er unbemerkt durch den dichten Wald laufen, dabei dachte er an Eriks Freundin Lisa. Ihr Alter war reich. Vielleicht sollte er das Mädchen entführen. Nicht sofort, aber später, wenn er Geld brauchte. Über den passenden Ort für die Geldübergabe würde er sich beizeiten Gedanken machen. Vielleicht in der Nähe des ehemaligen Straßenbahndepots? Davor aber hätte die Kleine natürlich eine Sonderbehandlung verdient, noch vor der Jagd. Sie zu jagen, würde ihm besonders viel Spaß bereiten. Wenn der Alte dann zahlte, waren Lisas Überreste längst im See. Eine spannende Überlegung. In seine Gedanken versunken, bemerkte er erst jetzt, dass die Wölfe im Wald ihrer eigenen Wege gegangen waren. Das war nicht weiter problematisch, da sie sich im Stadtwald mittlerweile bestens auskannten.

Damwild würden sie am Tage kaum reißen. Und nachts hatte er die Tiere unter Kontrolle. Da sie Menschen mieden, würden sich Förster oder Jäger schwertun sie aufzuspüren. Und Mikes eigene Jagd würde sich ohnehin nachts abspielen, wenn nur die Hunters umherstreiften.

Erik passte nicht in die Gruppe. Das war Mike vom ersten Tag an klar gewesen. Er war kritisch und skeptisch. Eine Kombination, die das Projekt gefährden konnte. Andererseits hatte Erik solche Angst um Lisa, dass er alles tat, was Mike von ihm verlangte. Deshalb war er augenblicklich noch zu gebrauchen. Er könnte aber auch als Sündenbock herhalten, falls die Hunters auffliegen würden. Erik war nicht dumm, ihm würde man eine geschickte Planung zutrauen. In der Kriminalgeschichte gab es Mörder, die deutlich harmloser wirkten als Erik. Wie genau er Erik positionieren würde, wusste er allerdings noch nicht. Sammy und Ben dagegen waren unproblematisch. Für eine gute Line fraßen die ihm aus der Hand. Sie hatten ihren Spaß. Und die Jagd würde ihnen garantiert gefallen. Mike setzte sich auf einen Baumstumpf und zündete sich eine Zigarette an. Er inhalierte tief und genoss den Moment. All das, was er gerade auf die Beine stellte, rechtfertigte seine Vergangenheit. Die meiste Schuld an seinem verkorksten Leben gab er seiner Mutter, die zwar seinen Vater gefürchtet hatte, ihm und seinen Geschwistern gegenüber jedoch eiskalt und brutal gewesen war. Sie sprach nicht viel, schlug dafür oft zu. Nicht nur mit der Hand, auch mit Gegenständen. Gern nahm sie die Suppenkelle und drosch sie ihm auf den Kopf. Ein Wunder, dass sie ihn dabei nicht totgeschlagen hatte. Mike dachte voller Abscheu an sie. Sein Vater war nicht viel besser gewesen. Er hatte ihn stets Dummkopf und Taugenichts gerufen. Als kleiner Junge glaubte er sogar, Taugenichts sei sein Name. Der Vater war Fabrikarbeiter bei der Hoechst AG gewesen, ebenso die Mutter. Mike konnte sich nicht an eine einzige liebevolle Geste der beiden untereinander erinnern. Umso mehr an Strafen und Schlägen, die auch die Mutter vom Vater einkassierte. Schmerzensschreie waren die Geräusche, die ihm am besten im Gedächtnis geblieben waren. Die Eltern hatten sieben

Kinder planlos in die Welt gesetzt. Kinder, die sich selbst überlassen wurden. Mike war der Jüngste. Ein Mitesser, ein Parasit. Der Vater war meistens besoffen, wenn er zu Hause war, und lallte. Kein Wunder, dass Mike bis heute oftmals nicht die richtigen Worte fand. In seiner damaligen Nachbarschaft lebten viele Großfamilien wie seine. Mehr als Schmeißfliegen in der Küche. Vernachlässigte Kreaturen, deren Schicksal in Stein gemeißelt schien. Keine Schulbildung, keine Ausbildung. Wo sollte das im späteren Leben enden? Auf der Straße oder im Knast. Menschen, die später vom Sozialamt lebten, bettelten, süchtig wurden, in der Gosse starben. All das waren Menschen, denen man verbieten müsste, Kinder in die Welt zu setzen, wenn sich dieses Schicksal nicht wiederholen sollte. Schon lange dachte er über drastische Verbote in Zeiten der Überbevölkerung nach, die der Menschheit Nutzen bringen würden. Vor allem musste man das Nützliche mit der für ihn unablässigen Begeisterung für eine gute Sache verbinden. Er hatte sich da schon seine speziellen Gedanken gemacht. Er würde etwas gegen Verwahrlosung unternehmen, die Idee dazu war ihm erst durch die beiden Wölfe gekommen. Hunter und Catcher oder besser Hunting und Catching. Es würde ein Spiel werden, das er draus machen wollte. Frauen hatten nach seinem Verständnis nichts Besseres verdient, als mit ihnen zu spielen. Natürlich konnten auch Männer hinterhältig sein. Wenn er ehrlich war, dann brauchte er sich nur im Spiegel anzusehen. Er war vermutlich der durchtriebenste Mensch, dem eine Frau begegnen konnte. Eben der Sohn eines psychopathischen Vaters. Immer wieder dachte Mike an die Reptilien seines Alten. Ein ganzes Terrarium voller Schlangen. Bis heute verstand Mike nicht, warum er sie besessen hatte. Wenn sein Vater voll genug war, verlangte er von seinen Kindern, die Biester zu füttern. Angeblich, um sie stark zu machen. In Wahrheit war er selbst zu feige, die Hand ins Terrarium zu stecken. Gefüttert wurden die Schlangen mit Mäusen. Die gab es im Keller des maroden Mehrfamilienhauses zur Genüge. Der Vater hatte ihn und seine Geschwister gezwungen, die Tiere zu fangen, natürlich lebendig. Schlangen fraßen nun einmal nur lebende Mäuse. Bei Misserfolg gab es Essensentzug. Jeder von ihnen, der eine Maus gefangen hatte, musste sie selbst am Schwanz ins Terrarium hängen und auf den Biss der Schlange warten. Es war widerlich und fesselnd gleichermaßen. Es faszinierte Mike. Einmal hatte er die Maus kichernd auf den Schoß des Vaters geworfen. Der war hysterisch schreiend aufgesprungen und hatte ihm danach zur Strafe den Arm gebrochen. Oft hatte Mike davon geträumt, ihn umzubringen. Das hatte sich dann von selbst erledigt. Der Alte schmorte heute in der Hölle. nun brauchte er nur noch die Schlampen aus dem Verkehr zu ziehen, die später Scharen von Kindern in die Welt setzen würden, so wie seine Mutter. Auch wenn es ihm widerstrebte, er sollte seiner Mutter dankbar dafür sein, dass sie ihn so schlecht behandelt hatte, denn sonst wäre ihm nie die Idee gekommen, andere Menschen vor einem ähnlichen Schicksal zu bewahren.

Er zückte sein Handy und öffnete die App mit der Kamera, die er in der Box zur Überwachung des Mädchens installiert hatte. Genau zur rechten Zeit, wie er gerade feststellte. Erik stand in der Box, reichte dem Mädchen den Wasserkrug. Sie aber sprach eindringlich auf ihn ein, ging in die Knie, gestikulierte, flehte, deutete auf die vernagelte Fensterluke. Erik trat näher, berührte die festen Bretter, begutachtete sie, zuckte mit den Achseln.

„Mistkerl", murmelte Mike. „Denk gar nicht erst dran. Das würde dir leidtun."

Doch da stellte Erik den Krug ab und ließ das Mädchen allein. Sie hämmerte mit den Händen gegen die Box, trat mit den Füßen dagegen. Erik kehrte nicht zurück.

„Dein Glück. Gute App und gute Kamera", sagte er und steckte das Handy zurück in die Hosentasche. Er stand auf, hob einen Ast vom Boden auf und zerbrach ihn lächelnd auf seinem angewinkelten Bein. Vielleicht würde Lisa kein Opfer, sondern seine Partnerin werden, wer weiß. Und wenn er genug von ihr hatte ... Er lächelte und dachte an die letzten Momente mit Lisa. Doch das hatte Zeit, viel Zeit. Erst mussten alle Köder nacheinander angefüttert und ausgesetzt werden. Das Gute kam immer zum Schluss. Hieß es nicht so? Mike sah sich um, die Wölfe waren noch nicht zurückgekehrt. Sie waren aber schnell wie Gazellen und hatten ein außerordentlich gutes Gehör. Er zog seine Hundepfeife aus der Tasche und pfiff dreimal. Sie wussten, zur Belohnung gab es Leckerlies. Und er brauchte bloß zu warten.

*

Als er eine halbe Stunde später die Tür der Baracke aufschloss, kam ihm Erik erleichtert entgegen. Hunter schnüffelte an seiner Hand. Erschrocken riss er sie hoch.

„Langsam, langsam! Lass den Schwachsinn, immer mit der Ruhe. Du reizt die Tiere mit deiner Hektik." Er deutete auf die verschlossene Box. „Hat die genervt?"

„Ich habe ihr keine Zeit dazu gelassen. Das Wasser hat sie bekommen, dann bin ich wieder gegangen. Wir haben kein einziges Wort miteinander gewechselt."

„Sie hat nicht etwa versucht, mit dir zu diskutieren, oder?"

„Natürlich nicht. Das hätte ich nicht zugelassen."

„Ach nee?"

Es klopfte. Mike öffnete.

Pete trat ein.

„Du kommst spät", sagte Mike.

„Musste nochmal zurück. Um ein Haar hätt ich das Ding vergessen."

„Okay. Dann geh jetzt mit Erik da rein. Das muss heute noch erledigt werden."

„Erledigt? Was meinst du?", fragte Erik. „Ich habe bereits alles erledigt."

„Nein, du hast noch eine weitere Aufgabe vor dir. Komm mit, ich zeige es dir", sagte Pete. „Los, komm schon, du Pfeife!"

23

Der alte Mann

Er war früh am Morgen mit seinem Klappstuhl Richtung Sachsenhausen aufgebrochen. Der leichte Nieselregen, der seit Stunden vom Himmel fiel, störte ihn nicht, im Gegenteil. Er sorgte für eine gelungene Abkühlung an einem dieser schwülen Sommertage. Hin und wieder duschte er im Männerwohnheim, vor allem jedoch im Winter. Im Sommerregen konnte man sich wunderbar erfrischen. Allerdings plagte ihn bei feuchtem Wetter sein Rheuma besonders. Heute schmerzten die Füße, deshalb humpelte er und musste sich von Zeit zu Zeit setzen. Die erste Pause machte er, als er von der Mörfelder Landstraße kam und in die Niederräder Landstraße einbog. Dort stand eine Bank neben der Bushaltestelle, direkt bei den mondänen Villen. Eine Anwohnerin, die mit ihrem Hund aus dem Garten kam, verjagte ihn. Er setzte seinen Weg über die Kennedyallee fort. Ein weiter Weg bis zum Schweizer Platz, aber der Hunger trieb ihn an. Als er endlich am Ziel war, klappte er seinen Stuhl auseinander und setzte sich neben den Kiosk, in der Hoffnung, ein wenig Kleingeld für ein Brötchen zu erbetteln. Doch die Leute hatten es eilig bei diesem Wetter und achteten nicht auf ihn. Er würde sich wohl von dem alten Knäckebrot ernähren müssen, das er für Notfälle in seinem Rucksack bei sich trug.

„Mögen Sie Frikadellen?"

Überrascht sah der alte Mann auf und blickte in das lächelnde Gesicht eines hübschen Mädchens, besser gesagt, einer jungen Frau.

„Tut mir leid, Geld habe ich leider keines für Sie. Aber diese zwei Frikadellen gebe ich Ihnen gern. Sie sind von gestern Abend. Ich habe sie selbst gemacht. Das Einzige, was ich richtig gut kann." Das Mädchen lächelte noch immer und hielt ihm ein kleines Paket aus Alufolie entgegen.

Der alte Mann schüttelte beschämt den Kopf und räusperte sich. „Die kann ich nicht annehmen", sagte er. „Die sollten Sie selbst essen." Seine Stimme, die er schon ewig nicht benutzt hatte, war rau und klang fremd in seinen Ohren. Er hustete.

„Nein, bitte, nehmen Sie. Mein Großvater hat immer gesagt, geteiltes Essen schmeckt besser als Delikatessen. Und man soll es denen geben, die weniger haben als man selbst. Ich habe noch ein Stück Brot in der Tasche, das reicht mir. Außerdem habe ich einen Freund und möchte schlank bleiben."

Der alte Mann schüttelte den Kopf. „Das sollten Sie nicht tun. Sie sind sehr schlank."

„War auch nicht wirklich ernst gemeint. Nun nehmen Sie schon."

Der alte Mann zögerte, nahm aber schließlich das Päckchen. „Danke. Ihr Großvater ist ein kluger Mann."

„War. Er ist vor drei Monaten gestorben. Ich habe ihn sehr geliebt", sagte das Mädchen.

Der alte Mann nickte verständnisvoll. „Oh ja. Es ist sehr schmerzhaft einen geliebten Menschen zu verlieren. Ich habe das auch erlebt. Es hat mein Leben zerstört."

„Wirklich? Wollen Sie darüber reden?"

Der alte Mann schüttelte den Kopf und sagte leise: „Das kann ich nicht."

„Sind Sie deshalb, ich meine, ist das der Grund dafür, dass Sie so alleine sind?"

Der alte Mann nickte.

„Haben Sie ein Zuhause?"

„Die Natur ist mein Zuhause."

„Das ist verrückt. Sie erinnern mich an ihn, wenn Sie sprechen", sagte sie.

„An wen?"

„An meinen Großvater. Auch wenn Sie ganz anders aussehen. Außerdem haben Sie die gleichen sanften Augen." Sie sah auf ihre Armbanduhr. „Jetzt muss ich mich beeilen, sonst komme ich zu spät zur Schule. Ich bin mitten im Abitur. Auf Wiedersehen und passen Sie gut auf sich auf."

„Dann wünsche ich Ihnen viel Erfolg."

„Danke." Das Mädchen wollte schon davongehen, blieb dann aber stehen und drehte sich um. „Ich heiße Lisa."

Dem alten Mann stiegen die Tränen in die Augen, als er sagte: „So hieß meine Tochter auch."

„Sie hieß Lisa? Ist sie ...?" Sie beendete den Satz nicht.

Der alte Mann deutete ein Nicken an. „Und ihre Mutter."
Lisa kniete sich und nahm die Hand des Alten zwischen
ihre Hände. „Das tut mir furchtbar leid. Dann war es ein Unfall?"

„Ja, so kann man es wohl nennen." Der Alte wischte sich
eine Träne aus dem Auge.

„Das ist tragisch. Aber ich bin sicher, Ihre Lisa hätte nicht
gewollt, dass Sie so traurig sind. Und Ihre Frau auch nicht."

„Danke", flüsterte der Alte. „Das ist lieb, dass Sie das sagen."

„Darf ich fragen, wie Sie heißen?"

„Ich habe keinen Namen."

„Jeder hat einen Namen."

Der Alte schwieg.

„Kommen Sie schon. Ich habe Ihnen meinen doch auch
genannt. Ich möchte doch wissen, wer meine Frikadellen isst.
Also wie heißen Sie?"

Der Alte zögerte, dann sagte er. „Mein Name ist Heinrich."

„Er passt zu Ihnen, Heinrich. Danke für Ihr Vertrauen."
Sie blickte skeptisch in den Himmel. „Es will nicht aufhören
zu regnen. Wollen Sie meinen Schirm haben?" Schon öffnete
sie ihren Rucksack.

Heinrich winkte ab. „Vielen Dank für das nette Angebot,
aber ich mag den Sommerregen."

„Ich hoffe, Ihnen schmecken die Frikadellen, lieber Heinrich. Passen Sie gut auf sich auf. Und wissen Sie was? Ich
hoffe, wir sehen uns wieder." Sie winkte ihm zu und ging
davon.

„Und ich hoffe, dein Freund weiß, was er für eine nette
Partnerin gefunden hat", murmelte Heinrich. Er blickte auf
seine schmutzige Hand. Die Hand, die das Mädchen beherzt
gehalten hatte. So viel Nähe zu einem fremden Menschen,

der sich nicht daran störte, dass er schmutzig und abstoßend aussah. Er war gleichermaßen bestürzt und gerührt. Er hatte dieser freundlichen Person seinen Namen verraten. Einen Namen, den er nie wieder hatte aussprechen wollen. Diese junge Frau hatte es fertiggebracht, ihm die Anonymität zu nehmen. Als hätte er soeben einen Pass erhalten, als hätte sie ihm einen Stempel auf die Stirn gedrückt. Unwillkürlich berührte er sie. Die junge Person hieß Lisa. Was für ein Zufall. Er dachte an sein eigenes Mädchen. Ob seine Tochter auch ein so liebenswerter und fürsorglicher Mensch geworden wäre? Oder seine Enkeltochter, die er heute möglicherweise hätte haben können? Gewiss wäre sie empathisch gewesen. Er hätte dafür gesorgt, dass sie auf ihre Mitmenschen achtete. Heinrich seufzte, er konnte nicht länger hier herumsitzen. Deshalb stand er auf, was ihm erst beim zweiten Anlauf gelang, klappte seinen Stuhl zusammen und machte sich auf den Weg zurück in die Einsamkeit. Zurück in sein Revier. Etwas war mit ihm geschehen. Zum ersten Mal seit Jahren fühlte er nicht nur Trauer und Verzweiflung, sondern Dankbarkeit. Dieses Mädchen war seit langer Zeit der erste Mensch, der freiwillig ein Gespräch mit ihm geführt hatte. Das war auch gut so. Aber eine so nette Person, die sich an seiner abstoßenden Fassade nicht störte, das war etwas ganz Besonderes. Er wollte nicht wissen, wie furchteinflößend er aussah. Die Menschen, die ihm begegneten, ersparten ihm den Spiegel. Die meisten machten sogar einen Bogen um ihn. Er war zu dem geworden, was man einen Waldschrat nannte. Die Haare lang und verfilzt so wie auch sein weißer Bart, seine Hände schmutzig, rissig und rau, seine Fingernägel lang. Die Kleidung verschlissen, stinkend und schmierig. Es hatte ihn bislang nicht gekümmert. Im Gegenteil, es hielt ihm die Menschen vom Hals. Er hatte sich mit all dem zurechtgefunden, wollte ein Niemand sein. Als er jedoch an diesem

Tag die Darmstädter Landstraße hinaufging, blieb er auf Höhe der Ogilvy Werbeagentur stehen und betrachtete sich kritisch in der Glasfassade. Der Blick in sein eigenes Spiegelbild war erschreckender als angenommen. Rübezahl war sicher ein Adonis gegen ihn. Er fuhr sich mit der Hand erst durch den dichten Bart, dann über das verfilzte Kopfhaar. Wäre er ein junger Mensch wie Lisa, er hätte ein solches Scheusal wie ihn nicht angesprochen und erst recht nicht berührt.

Ein Mann öffnete die gläserne Eingangstür und blaffte ihn an. „Verschwinde, aber schnell!"

Heinrich nickte, das waren Worte, die er gewohnt war. Sie machten ihm nichts mehr aus. Er wollte verabscheut werden. Das war die gerechte Strafe, die er verdiente. Lisa war eine Ausnahme gewesen. Von Herzen wünschte er ihr ein glückliches und zufriedenes Leben.

Zwei Stunden hatte er für den Rückweg gebraucht, dabei immer wieder den Klappstuhl aufgestellt und pausiert. Doch nun saß er endlich im Wald auf seiner Lieblingsbank am Jacobiweiher. Da es noch immer nieselte, war er völlig allein. Er faltete das Päckchen, das ihm Lisa gegeben hatte, auseinander. Zwei appetitliche Frikadellen lächelten ihn an. Er nahm eine davon und biss genüsslich hinein. Seit langer Zeit war diese Frikadelle das Beste, was er gegessen hatte. Gedankenverloren blickte er über den Teich zur kleinen Holzbrücke. Da entdeckte er sie, die beiden Wolfshunde. Sie schienen mal wieder allein zu sein. Vom Halter keine Spur. Einer soff aus dem Teich, der andere hob aber den Kopf und blickte in seine Richtung. Vielleicht war das Tier durch den Duft der Frikadellen auf ihn aufmerksam geworden. Heinrich überlegte nicht lange, hob die Hand, in der er die Frikadelle hielt und wedelte damit hin und her. „Kommt schon", rief er. „Eine ist noch übrig." Das zweite Tier war nun ebenfalls auf ihn aufmerksam geworden.

„Holt sie euch. Nicht so feige, kommt schon her." Er war noch immer euphorisch wegen des heutigen Erlebnisses und wollte den Tieren etwas Gutes tun. Sie begannen sich vorsichtig zu nähern. Etwa fünf Meter vor ihm blieben sie stehen. Sie glichen sich zum Verwechseln, nur dass der Zweite kleiner war und offenbar in der Rangordnung unterlegen.

„Na los, nicht so schüchtern, ich tu euch nichts. Hier, oder habt ihr schon gefressen?" Wieder wedelte er mit der Frikadelle. „Ich sag euch, die ist lecker. Ich teile sie mit euch. Aber ihr müsst mir versprechen, die Rehe in Ruhe zu lassen. Na, was meint ihr?" Er lachte, brach ein Stück des Fleisches ab und warf es dem einen zu. Der fing es in der Luft, während der andere respektvoll hinter ihm stand. Heinrich warf dem Kleineren ebenfalls ein Stück zu. „Wo ist denn euer Herrchen? Ihr könnt doch nicht einfach allein durch den Wald stromern?"

„Das tun sie auch nicht. Was haste denen gegeben, Penner?"

Heinrich zuckte zusammen und fuhr herum. Hinter ihm stand ein Mann, der nicht vertrauenerweckend wirkte.

„Nur ... nur ein Stück von meiner Frikadelle", stammelte Heinrich, hielt den Rest hoch und stopfte ihn in den Mund.

„Okay, das tust'e nicht nochmal. Und jetzt verpiss dich Alter, sonst hetz ich die auf dich! Jemanden wie dich verspeisen die zum Frühstück, mitsamt der Frikadelle, du Penner." Er packte Heinrich am Kopfhaar und zerrte ihn hoch. Heinrich stöhnte auf, stützte sich auf die Lehne. Seine Knie zitterten.

„Und jetzt zisch ab! Und wenn du dir das Maul über die Viecher zerreißt, bist du dran. Ich finde dich. Besser gesagt, die finden dich." Aus einem Etui an seinem Gürtel zog er blitzschnell ein Messer hervor, packte Heinrichs Bart und schnitt ein Büschel ab.

Heinrich riss die Augen auf, als der Mann es ihm zeigte. „Was meinst du, wie sanft das durch deine Kehle gleitet. Und jetzt will ich sehen, ob du rennen kannst." Heinrich packte seine Sachen und lief, so schnell er konnte. Hinter sich hörte er das hämische Gelächter des Mannes.

24

Sina

Ayla war vor zehn Tagen von der Bildfläche verschwunden. Sina musste immerzu an sie denken. Sie hatte kein gutes Gefühl, deswegen war sie heute zu ihren Eltern aufgebrochen. Sina wusste selbst noch nicht, was sie dort tun sollte. Ayla konnte ihr doch im Grunde den Buckel runterrutschen. Sie rauchte nun schon die zweite Zigarette und stand dabei unschlüssig vorm Eingang des Hauses, in dem Aylas Familie lebte. Letztlich warf sie die Kippe weg, gab sich einen Ruck und drückte auf den Klingelknopf. Einfach nur zu ihrer eigenen Beruhigung, sagte sie sich, um darin bestärkt zu werden, dass alles in bester Ordnung war. Dabei hatte sie eine böse Vorahnung. Zögerlich stieg sie die Treppen bis zur dritten Etage hinauf. Die durchgetretenen Holzstufen des Treppenhauses knarzten. Auf dem Treppenabsatz des ersten Stocks fehlte eine Diele. Sie stolperte. Im zweiten Stock versperrten Schuhe, Müll und abgestellte Möbelstücke den Weg. Sina hielt sich am Geländer fest, bahnte sich einen Weg. Was würde sie gleich zu den Arslans sagen?

Ein kleiner Junge, vermutlich einer von Aylas Brüdern, öffnete die Tür und sah sie neugierig an.

„Hallo, ist Ayla da?"

„Warum?"

„Ich möchte sie sprechen."

„Wie heißt du?"

„Sina."

„Du warst noch nie hier, oder?"

„Nein, holst du bitte deine Schwester?"

„Nee."

„Warum nicht?"

„Ayla ist nicht da."

„Weißt du, wann sie wiederkommt?"

„Nee."

„Dann hol bitte deine Mutter."

„Warum?"

„Weil ich sie etwas fragen möchte."

„Mama kann nicht, die ist in der Küche."

„Dann hol deinen Papa."

„Der ist nicht da."

„Hol jetzt deine Mutter, verdammt!", herrschte Sina ihn an.

Der Junge verschwand. „Mama? Da ist 'ne Tussi, die will mit dir sprechen."

„Wer soll das sein?"

„Keine Ahnung."

„Rotzlöffel", murmelte Sina.

„Hab ich dir nicht gesagt, dass du Fremden nicht aufmachen sollst?"

„Woher soll ich wissen, dass die fremd ist, wenn ich nicht aufmache?"

Da hatte er recht, dachte Sina und verkniff sich ein Grinsen.

Drinnen ertönte ein lauter Klatscher.

„Aua!" Der Junge heulte wie eine Sirene. Eine Tür fiel ins Schloss.

Die ungepflegt aussehende Frau, die nun in der Tür erschien, ähnelte Ayla, auch wenn sie deutlich kräftiger und grauhaarig war. Wenig begeistert musterte sie Sina und wischte sich dabei die Hände an der schmutzigen Schürze ab.

„Was willst du?"

„Ich bin eine Schulkameradin von Ayla und wollte fragen, warum sie nicht zur Schule kommt? Ist sie krank?"

Die Frau stemmte die Hände in die Hüften. „Was ist eigentlich los? Jeder fragt mich das Gleiche. Erst die Lehrerin, dann du. Ich habe keine Ahnung, wo die steckt."

„Oh das hätte ich nicht gedacht."

„Bist du ihre Freundin?"

Sina nickte.

„Dann weißt du doch, dass Ayla sich hin und wieder verpisst." Zornesfalten bildeten sich auf ihrer Stirn. „Falls du sie siehst, sag ihr, dass es mir reicht. Wir haben kein Geld für eine Schlampe wie sie."

„Aber, vielleicht ist ihr etwas zugestoßen!"

„Zugestoßen? Was soll ihr zugestoßen sein?" Aylas Mutter wendete den Kopf, aus der Wohnung drang lautes Geschrei. „Ruhe jetzt!", heischte sie. „Oder ich verpass euch eine." Sie wandte sich Sina zu. „Ich glaub eher, wenn sie zurückkommt, passiert was. Ich bin mit den Nerven am Ende. Da drinnen warten Aylas Geschwister. Die haben Hunger, das sind meine Probleme. Ich habe keine Zeit, mich um ein erwachsenes Gör zu sorgen. Weißt du, wie oft ich ihretwegen schon die Polizei gerufen habe? Weil sie was weiß ich wo übernachtet hat. Die lachen nur noch, wenn sie meinen Namen hören. Nee, Sorgen mach ich mir keine. Ich bin aber wütend auf sie. Stinkwütend. Statt dass sie mir hier zu Hause hilft, kümmert sie sich nur um ihren eigenen Dreck, verstehst du? Das tut man nicht. Bist du auch so eine?", sie blickte Sina abschätzig an.

„Ich bin nur gekommen, weil, ach ich weiß auch nicht. Ich wusste nicht, dass sie schon öfter abgehauen ist."

„Das letzte Mal war sie drei Wochen weg. Ist schon ein paar Jahre her. Ich hatte gehofft, dass das vorbei ist. Sie musste zur Strafe hart im Haushalt ran. Vielleicht kannst du dir vorstellen, dass wir uns damals noch gesorgt haben." Sie lachte bitter. „Dann kam sie wieder, als sei nichts gewesen. Hat uns nichts gesagt. Rein gar nichts. Ich weiß bis heute nicht, wo sie sich rumgetrieben hat. Wahrscheinlich geht sie anschaffen. Angezogen ist sie jedenfalls immer wie so eine. Jetzt hat sie sich auch noch die Haare gefärbt. Die gleiche Haarfarbe wie du. Gehst du auch anschaffen?"

Sina wurde rot. „Natürlich nicht! Ayla macht das auch nicht. Vielleicht ... vielleicht hat sie ja einen Freund."

„Einen Freund? Das wär's dann noch." Die Mutter ballte die Fäuste. „Ich seh den Tag kommen, an dem wir noch ihr Balg großziehen sollen, ich warte nur drauf. Nein, von mir aus kann sie für immer wegbleiben. Ist mir egal."

Sina begriff. „Okay, dann hat sich meine Frage erledigt, tschüss, Frau Arslan."

„Keine Sorge. Ayla wird von allein angekrochen kommen, spätestens wenn sie Geld braucht. Und du solltest dir eine anständige Freundin suchen. Aber herzukommen brauchst du nicht mehr." Mit Schwung warf sie die Tür ins Schloss.

Sina eilte die Treppe hinunter, rutschte und fiel auf den Hosenboden. Nur raus hier. Auch noch zwei Etagen tiefer hörte sie das Geschrei der Kinder in der Wohnung. Das war schlimmer als bei ihr daheim. Sie konnte verstehen, warum Ayla gegangen war.

Sina war kaum aus dem Haus getreten, da fiel ihr ein Motorrad auf. Es stand am Fahrbahnrand. Sina blieb erschrocken stehen. Doch der Fahrer startete und fuhr davon. Sina atmete auf. Sie wurde langsam paranoid.

25

Erik

Erik saß an seinem Schreibtisch, den Kopf schwer in die Hände gestützt, unfähig einen vernünftigen Gedanken zu fassen. Stattdessen hatte er immer wieder das Mädchen vor Augen. Das Mädchen, um das er sich kümmern sollte. Er hatte ihr Wasser gebracht, so wie Mike es verlangt hatte. Ihm hatte das Herz bis zum Hals geklopft, als er da rein musste. Dort war ein Mensch gefangen wie ein Tier. Und ihm waren die Hände gebunden. Nie hatte er in derartig angsterfüllte Augen geblickt, wie in die des Mädchens. Sie war aufgesprungen, als er eingetreten war, hatte ihn um Hilfe angefleht. Es war abscheulich. Wenn er gewusst hätte wie, er hätte das Mädchen befreit. Doch seine Angst vor den Konsequenzen überwog, sodass er wieder rausgegangen war, um dort zu warten, wo er zuvor gesessen hatte. Dann war Pete aufgetaucht und Mike hatte ihn gezwungen mit ihm zu gehen.

„Los du Pfeife, jetzt kannst du zeigen, ob du was draufhast", hatte Pete gesagt, ihn an der Schulter gepackt und die

Box aufgeschlossen. Die Szene hatte sich wie ein Stempel in sein Gehirn gebrannt, als Erik sie noch einmal durchlebte: „Hier." Pete streckte ihm einen Rasierapparat entgegen. „Deine Aufgabe und du ziehst dich jetzt aus!", wies Pete das Mädchen an.

Sie schüttelte den Kopf. „Nein bitte nicht. Ich, ich friere. Bitte!"

„Ausziehen!", zischte Pete.

„Jetzt lass doch, ich kann ihr die Haare doch auch so abrasieren." ♦

„Du wirst ihr den Körper ebenfalls rasieren, Idiot!" Pete trat auf Ayla zu und hob die Hand. „Fang an oder du fängst eine!"

Zitternd streifte sie sich ihr T-Shirt über den Kopf.

„Die Jeans auch. Ich sagte alles!"

Sie zog sich mühevoll die Jeans im Sitzen aus und schließlich noch den Slip. Dann verschränkte sie die Arme vor der Brust.

„Fang schon an, Alter!"

Eriks Beine waren schwer wie Blei, als er sich dem Mädchen näherte. Er beugte sich über ihren Kopf und startete das Gerät. „Tut mir so leid", flüsterte er. Dann zog er den Rasierer von vorn nach hinten über ihren Schädel. Das Summen des Rasierers wurde von ihren Schluchzern übertönt.

„Das war's", sagte er schließlich, als auch das letzte Haar gefallen war und wollte Pete das Gerät reichen.

„Ich sagte, den ganzen Körper!"

Erik drehte sich zu Pete, der das Mädchen lüstern anstarrte. Ihm brach der Schweiß aus und er kämpfte gegen seinen Brechreiz an.

„Los, leg dich hin!", befahl Pete dem Mädchen.

Das alles war erst gestern geschehen und dennoch fühlte es sich an, als ob Erik es gerade erst erlebt hatte. Er begann zu würgen und sprang vom Schreibtischstuhl auf, öffnete eilig seine Zimmertür, stürzte ins Bad und erbrach sich.

Als er rauskam, stand sein Vater in der Tür. „Reiß dich zusammen, Junge. Hast es fast geschafft. Mein Gott, reg dich doch nicht wegen der letzten Prüfungen auf." Das klang annähernd menschlich aus dem Mund des Vaters.

„Nein, mach ich nicht. Bloß was Falsches gegessen", antwortete Erik, ging zurück in sein Zimmer und ließ sich kraftlos aufs Bett fallen. Wäre er doch in Heidelberg geblieben. Die Probleme mit seiner Mutter waren eine Bagatelle gegen das, was er sich hier eingebrockt hatte. Doch selbst wenn er jetzt alles liegen ließe, würde das nicht helfen. Er pfiff längst auf seine Ausbildung, seinen Vater, sein Leben. Es ging ihm einzig um Lisas Sicherheit. Auch an ihre Eltern konnte er sich nicht wenden. Sie würden ihn entweder für einen Spinner halten oder die Polizei einschalten. Über die Konsequenzen, die das für alle hätte, mochte er nicht nachdenken.

26

Lisa

„So warte doch." Lisa war außer Atem, als sie Erik endlich eingeholt hatte. Bis vor wenigen Sekunden hatte er sich noch mit einem Motorradfahrer vor der Schule unterhalten. Er wirkte dabei aufgebracht. War das einer aus diesem Club und was wollte er von Erik? Sie betrat mit ihm das Schulgebäude, schnappte seinen Arm und zog ihn beiseite, während das Klingelzeichen bereits zum zweiten Mal ertönte.

„Warum läufst du vor mir weg? Das geht jetzt schon seit Tagen so. Was ist los? Es war doch alles in Ordnung zwischen uns."

„Lisa, bitte lass gut sein. Ich kann dir das nicht erklären. Außerdem muss ich da jetzt rein."

„Erst redest du!"

„Bitte Lisa. Ich kann nicht. Ich war zu voreilig neulich, tut mir leid. Ich muss mich aufs Mündliche vorbereiten. Da bleibt für unsere Freundschaft keine Zeit. Du musst doch auch lernen. Du verstehst das doch."

Der dritte Klingelton und auch die letzten Schüler verschwanden in den Klassenräumen. Doch Lisa hielt Erik noch immer am Arm. „Wie kann man sein Verhalten innerhalb so kurzer Zeit so grundlegend ändern? Klar muss ich lernen, tu ich auch. Ich kann auch dir dabei helfen. Ich höre dich ab oder lerne mit dir. Das macht mir nichts aus. Wenn das dein Problem ist."

„Tut mir leid, aber es geht nun mal nicht."

Lisa schüttelte traurig den Kopf. „Dann hängt das mit deinen merkwürdigen Kumpels zusammen! Der Motorradfahrer, der eben noch hier am Gelände stand, er war einer von ihnen, nicht wahr? Warum kommt er her? Hast du was ausgefressen?"

Erik runzelte die Stirn. „Wer soll dort gestanden haben?"

„Ach tu doch nicht so. Du hast mit ihm gesprochen, er war schon ein paarmal da. Und glaubst du, ich bemerke deine Unruhe nicht? Du wirkst wie ein gehetztes Tier. Erik, ich komme gerade überhaupt nicht klar. Wir haben über die Zukunft gesprochen. Schon vergessen?"

„Ach Lisa, das war doch nur so dahingesponnen. War halt ein emotionaler Moment, weiter nichts. Hör schon auf damit. Wir sind viel zu jung, um an Zukunft zu denken."

„Ach, ich soll damit aufhören, ja? Okay, ich höre auf, aber erst, wenn du mir vernünftige Antworten auf meine Fragen gibst. Ich glaube dir nämlich kein Wort."

Erik rang nach Worten. „Ich mag dich und das weißt du. Ich mag dich sogar sehr. Ich habe nur ... Ich habe meine Gründe, über die ich nicht mit dir reden kann. Wie gesagt, mein Vater macht mir zu schaffen. Lassen wir's bitte dabei."

„Kann ich ihn kennenlernen? Ich denke, du brauchst dich mit mir nicht zu schämen. Und ich nehme meine Schulausbildung ernst. Das kann ich ihm sagen. Ich könnte für dich sprechen." Sie nahm seine Hand, drückte sie. Er entzog sie ihr.

„Nein, das geht auf keinen Fall. Ich möchte nicht, dass er oder jemand anders uns zusammen sieht."

„Er oder jemand anders? Du schämst dich mit mir? Ich bin zwar nicht besonders glücklich zu Hause, aber ich komme aus einer gebildeten Familie."

„Natürlich schäme ich mich nicht. Lisa, es tut mir leid. Es ist etwas, worüber ich nicht reden kann, wie ich schon sagte, und schon gar nicht hier und jetzt."

„Erik, lass mich das wenigstens verstehen. Dann treffen wir uns woanders, und zwar heute Nachmittag. Nur das eine Mal. Du bist mir eine verdammte Erklärung schuldig." Sie überlegte, bevor sie weitersprach. „Wenn nicht, suche ich deinen Vater auf. Ist mir egal, was du davon hältst. Du hast die Wahl. Ich werde am Schweizer Platz auf dich warten. Punkt vier. Und ich rate dir, mich nicht zu versetzen."

27

Erik

Als Erik das Motorrad in der Schneckenhofstraße abstellte und zum Kiosk am Schweizer Platz hinüberging, entdeckte er Lisa. Sie stand neben dem Kiosk und redete mit einem alten langhaarigen Mann, der auf einem Stuhl saß. Erik blieb stehen und beobachtete die beiden. Der Alte hatte schlohweißes Haar und wirkte von weitem ungepflegt. Lisa reichte ihm einen Beutel. Der Mann legte die Hand auf sein Herz, während er zu ihr aufblickte. Erik begriff, was er soeben gesehen hatte, und es rührte ihn. Lisa war ein Mensch mit einem großen Herzen. Erik verdiente sie nicht. An das zu denken, was er gleich sagen würde, schnürte ihm die Kehle zu.

Lisa drehte sich um, entdeckte Erik, sagte etwas zu dem Mann und deutete auf ihn. Dann gab sie dem Mann die Hand und kam eilig auf Erik zu. „Entschuldige, ich musste nur kurz Heinrich begrüßen", sagte sie, lächelte und gab Erik einen Kuss auf die Wange.

„Heinrich?"

„Ich habe ihn vor Kurzem kennengelernt. Er hat ein hartes Schicksal. Ich mag ihn und er ist sehr einsam. Aber genug geredet. Ich freue mich, dass du gekommen bist, vielen Dank. Ich wusste, du lässt mich nicht hängen." Sie strahlte übers ganze Gesicht. „Komm, lass uns woanders hinfahren, vielleicht in den Wald, was meinst du? Da können wir völlig ungestört reden."

„Nein Lisa. Es tut mir leid, das musst du mir glauben. Ich bin nur gekommen, weil du das so unbedingt wolltest. Außerdem war die Schule nicht der richtige Ort."

„Der richtige Ort wofür?"

Er brachte die Antwort nicht gleich über sich, schluckte die grausamen Worte wie bittere Galle hinunter.

„Jetzt antworte schon, was meinst du? Ich habe gehofft, dass du dich beruhigt hast. Ich habe lange darüber nachgedacht. Egal, was es ist, Erik, wir schaffen das zusammen. Ich helfe dir, wenn du Probleme hast. Mach dir keine Sorgen."

Erik schüttelte den Kopf. „Du kannst mir nicht helfen. Es ist vorbei, Lisa. Ich wünschte, ich könnte dir etwas anderes sagen. Aber du musst es einfach akzeptieren. Ich weiß, ich bin dir eine Erklärung schuldig, aber ich habe keine. Und dafür entschuldige ich mich."

Lisa blinzelte und schüttelte erschüttert den Kopf. „Und ich wollte es nicht wahrhaben, dachte, du hättest einfach Stress gehabt. Warum verstehe ich das alles nicht? Ich glaubte, dumm wie ich bin, muss man wohl sagen, dass es dir ernst ist mit uns beiden." Sie versuchte, die Tränen zurückzuhalten, die hervorquollen.

Erik wich ihrem Blick aus. „Ich war zu voreilig. Es war dieser romantische Moment. Aber ich bin nicht bereit für mehr. Manchmal rutschen einem Worte raus, die man nicht sagen sollte. Ich will dich nicht verletzen, deshalb ist es besser, wenn wir das jetzt endgültig beenden. Ich bin nicht der, für den du mich hältst."

„Klischee pur!", platzte sie hervor. „Theatralik! Erik, sie passt nicht zu dir. Hast du zu viele Kitschfilme gesehen? Was sind das für eigenartige Bemerkungen? Wer bist du dann, wenn ich es nicht weiß, erklär es mir! Es hat doch noch nicht einmal richtig angefangen. Gib uns doch wenigstens noch etwas Zeit. Ist es das Geld? Du brauchst mich zu gar nichts einzuladen. Ich kann alles selbst bezahlen, falls es das ist, was dich sorgt. Das ist mir viel lieber. Ich kann dir sogar helfen, wenn du Geld brauchen solltest. Und das täte ich ganz ohne Vorbehalt."

„Ich brauche kein Geld, Lisa. Das ist es nicht." Er seufzte. „Mach es mir bitte nicht noch schwerer. Ich kann dir das aus verschiedenen Gründen nicht erklären. Ich komme besser allein klar. Begreif das doch. Eine Beziehung hindert mich. Bitte frag nicht länger. Du kommst schon drüber weg. Du bist eine starke Person. Ich würde dir nur Scherereien bringen."

Lisa begriff. Sie kniff die Lippen zusammen und ballte die Fäuste. „Weißt du, was ich denke? Dass du ein eiskalter Typ bist. Klar bist du nicht der, für den ich dich gehalten habe", höhnte sie. „Wovor hast du eigentlich solche Angst? Glaubst du etwa, ich hätte das nicht bemerkt? Du sagtest, niemand kann dir helfen. Woher weißt du das, wenn du's nicht probierst? Es ist der Typ mit dem Motorrad, oder? Der von heute Morgen, stimmt's?"

Erik antwortete nicht.

„Warum siehst du mir nicht in die Augen, wenn ich mit dir spreche? Langsam verstehe ich deinen Vater. Wenn du dich ihm gegenüber auch so verhältst. Du knallst mir Wahrheiten um die Ohren, die ich nicht begreife und dann schweigst du." Lisa verschränkte die Arme. „Soll ich dir was sagen, Erik? Ich habe vor drei Monaten den Menschen verloren, den ich am meisten geliebt habe. Meinen Großvater. Es hat so weh getan. Er ist urplötzlich gestorben. Es war ein Herzschlag. Und rate, wer ihn gefunden hat?"

„Du? Das wusste ich nicht. Das tut mir sehr leid."

„Klar, dir tut alles leid, aber du hast in Wahrheit gar kein Mitleid. Ich rede auch nicht von ihm, weil ich Mitleid will, sondern um dir zu erklären, dass ich dich für einen ebenso guten Menschen halte. Durch dich konnte ich ihn loslassen.

Verstehst du das? Nein, natürlich nicht. Wie könntest du auch? Ich bin ein Schaf. Als mein Großvater starb, riss mir das den Boden unter den Füßen weg. Ich hatte gehofft, ihn noch ewig an meiner Seite zu haben." Ihr Blick glitt hinüber zum Kiosk. „Er hat die gleichen sanften Augen, deswegen mag ich ihn. Und ich hoffe, ich täusche mich wenigstens nicht bei ihm. Denn mittlerweile traue ich mir selbst kaum noch über den Weg. Ich habe ihn gefragt, wo er lebt und ob ich ihm helfen kann. Er sagt, in der Natur. Er ist wohnsitzlos. Er hat die Menschen verloren, die er liebte. So wie ich. Warum weiß ich nicht. Aber wenn ich ihn sehe, Erik, dann weiß ich, dass das Einzige, was wirklich zählt, hier drin ist." Sie legte die Hand aufs Herz.

Erik schluckte. Auf eine solche Emotion war er nicht vorbereitet, sie entzog ihm den Boden unter den Füßen.

Lisas Augen verengten sich. „Du denkst, ich bin verwöhnt, das tust du doch, oder? Du glaubst, nur weil ich in einer besseren Gegend wohne, ginge es mir gut, nicht? Deshalb machst du jetzt mit mir Schluss, stimmt's? Du glaubst, ich kann mir mit Geld alles kaufen. Dass ich einsam bin, ist dir nie in den Sinn gekommen. Geld macht ganz und gar nicht glücklich. Was mir fehlt, ist Liebe und Vertrauen. Ich habe angefangen, wirklich viel für dich zu empfinden und was viel schlimmer ist, ich habe dir vertraut. Dafür müsste ich mich eigentlich ohrfeigen." Sie schwieg einen Moment. „Du hast dich durch deinen merkwürdigen Club verändert. Erst dachte ich, du bist cool geworden, aber jetzt macht es mir Angst. Nicht für mich, sondern für dich. Diese Typen machen dich fertig, stimmt's? Keine Ahnung, warum du das zulässt."

„Der Club hat ... hat nichts damit zu tun." Erik musste sich zusammenreißen, seine Stimme wackelte. „Lisa, ich wollte dir nicht vor den Kopf stoßen. Aber ich weiß, du bist stark, das beweist du gerade in diesem Moment. Das klingt hart, aber du wirst drüber wegkommen. Ich bin sicher, du lernst jemanden kennen, der es verdient hat. Ich nicht."

„Was soll das nun wieder heißen? Was wäre der Grund, dass du es nicht verdienst? Ich werde es rausfinden, verlass dich drauf. Sieh mich an, verdammt!" Lisa stampfte mit dem Fuß auf.

„Lisa, lass das! Ich werde jetzt gehen. Vergiss mich und den scheiß Club. Das meine ich ernst. Hör auf, Nachforschungen anzustellen, das meine ich absolut ernst. Und das zu deiner eigenen Sicherheit. Tschüss Lisa." Er ließ sie stehen, ging zu seinem Motorrad, setzte den Helm auf, startete und fuhr davon.

28

Lisa

Lisa stand bewegungslos da, starrte ihm nach, bis er um die Kurve verschwunden war.

„Meine Augen sind nicht die besten, Lisa, aber ich habe Sie von dort hinten die ganze Zeit beobachtet."

Lisa fuhr zusammen. Sie hatte Heinrich nicht bemerkt, der neben sie getreten war. Erst jetzt bemerkte sie, wie krumm und gebrechlich er war.

„Kann ich Ihnen irgendwie helfen? Ich weiß, ich sollte mich nicht einmischen. Aber ich habe ein gutes Gespür für

Menschen. Ich habe zwar sein Gesicht nicht gesehen, aber der junge Mann hat Ihnen wehgetan."

Lisas Augen waren voller Tränen, als sie fragte: „Können Sie mich umarmen?"

Heinrich nahm sie in die Arme und Lisa weinte, bis keine Tränen mehr kamen.

29

Ayla

Ayla hatte Hoffnung geschöpft, als der andere ihr Gefängnis betrat. Er war sanfter, einfühlsamer, wenn man in ihrer Situation von Gefühlen überhaupt sprechen konnte. Doch dann waren sie zu zweit zurückgekehrt. Es war so abscheulich gewesen. Sie musste sich nackt ausziehen und flach auf den Boden legen. Dann wurde sie rasiert. Die Kopfhaare zu verlieren war furchtbar. Aber als ihr der Große befahl, die Schenkel zu spreizen, der andere dann ihre Scham rasierte, versuchte sich mit aller Kraft zu wehren. Der brutale Hieb ins Gesicht, ließ sie innehalten.

„Haben wir uns beruhigt?", fragte der Riese zynisch. bevor er ihr   die Spielregeln dieser perversen Jagd erklärte. „Du kennst den Stadtwald? Dann hast du gute Chancen und bekommst einen vernünftigen Vorsprung."

Bei dem Wort schöpfte sie Hoffnung. „Ja, ja danke, d… das, ich meine, danke. Das mit dem Vorsprung ist …, ich m … meine, es ist fair", stotterte sie.

„Schön, dass du dich freust. Ruh dich gut aus, du wirst deine Kräfte brauchen." Sie verließen die Box.

Sie würden in der Nacht zurückkommen. Bis dahin blieb viel Zeit. Sie strich sich mit den Händen über ihren kahlen Schädel. Er fühlte sich an wie eine unförmige Wassermelone. Sie strich über ihren prall gefütterten Bauch. Vom kohlehydrathaltigen Essen war sie drall geworden. Gehörte das auch zum Spiel? Aber wozu? Um ihre Beweglichkeit einzuschränken, hätte sie deutlich kräftiger sein müssen. Sie dachte an die sabbernden Wölfe, verwarf den Gedanken, der sich ihr aufdrängte. Wie spät mochte es sein? Später Nachmittag? Sie hatte ihr Zeitgefühl verloren. Wusste nicht einmal, wie lange sie hier schon festgehalten wurde. Fünf Tage oder sechs? Verzweifelt versuchte sie, sich ein genaues Bild vom Stadtwald zu machen. Sie kannte die Babenhäuser Landstraße. Dort fuhren Autos, wenn auch nur wenige in der Nacht. Es gab einige breite Spazierwege, die geradewegs zu den Toren und zur Straße führten. Auf einen dieser Wege musste sie gelangen, dann würde sie mit etwas Glück Straßenlicht erkennen. Wie groß war die Chance bei einem zehnminütigen Vorsprung, den sie ihr einräumten, den Wald zu verlassen? Sie hatte die Tiere genau gesehen. Wenn es sich um echte Wölfe handelte, wovon sie ausging, obwohl sie sich mit Hunden nicht auskannte, dann waren die Tiere nachtaktiv. Das verringerte ihre Möglichkeiten erheblich. Obwohl an Schlaf nicht zu denken war, versuchte sie, sich so gut wie möglich auszuruhen. Die verzweifelte Erschöpfung der vergangenen Tage hatte sie zu einem Wrack gemacht. Einzig ihr Überlebenswille war ihr geblieben. Sie hatte längst aufgegeben, an einen fremden Retter zu glauben. Sie allein war für sich und ihr Schicksal verantwortlich. Wenn sie sterben musste, dann hatte sie es sich selbst zuzuschreiben. Ihre eigene Dummheit hatte sie hergebracht. Doch kampflos wollte sie diese Welt nicht verlassen.

Sie konnte nicht sagen, wie lange es gedauert hatte, bis sie gekommen waren, um sie abzuholen. Dieses Mal waren sie zu fünft. Alle mit Strumpfmasken über den Gesichtern. Aylas Hände wurden hinter ihrem Rücken gefesselt und die Augen verbunden. Zwei packten sie unter den Armen und schleiften sie durchs Gebäude ins Freie. Die Schiebetür eines Autos wurde geöffnet und sie wurde reingestoßen. Zu beiden Seiten quetschten sich die Männer neben sie. Eine Tür im Heck ging auf und sie hörte, wie die Tiere ins Auto sprangen. Sie saß gebückt, konnte sich wegen der Fessel nicht anlehnen. Einer der Kerle schob die Hand hart zwischen ihre Schenkel. Sie wimmerte.

„Finger weg, Pete!", sagte einer.

„Gönn mir doch ein bisschen Spaß!", antwortete Pete, zog aber seine Hand zurück. Ayla zitterte so sehr, dass ihre Zähne aufeinanderschlugen und das nicht nur aus Angst. Es war zwar bereits Juni, aber in der Nacht war es kühl. Besonders, da sie ihr nicht einmal eine Wolldecke gegönnt hatten, in die sie ihren nackten Körper wickeln durfte. Hinter sich spürte sie den heißen Atem der Tiere. Sabbernde Speicheltropfen rannen ihr über den Rücken.

Die Fahrt dauerte eine gefühlte Ewigkeit, in Wahrheit wohl nur wenige Minuten. Als der Wagen hielt, öffnete einer der Männer die Schiebetür und sie wurde von der Rückbank ins Freie gezerrt. Erneut packten sie sie unter den Achseln. Sie trugen sie mehr, als dass sie mit den eigenen Füßen den Waldboden berührte. Sie versuchte, sich Geräusche zu merken, Gerüche, sich die ungefähre Richtung einzuprägen. Doch sie hörte nur die Männer und das Hecheln der Wölfe. Der Weg ging zickzack durch dichtes Unterholz. Absichtlich, wie sie glaubte, gingen sie nicht den direkten Weg. Als die

Männer sie losließen, stürzte sie zu Boden und rappelte sich mühsam auf die Knie. Wie lange mochten sie gelaufen sein, zehn, fünfzehn Minuten oder weniger? Einer zog sie auf die Beine und drehte sie mehrfach um die eigene Achse. „Ist ein bisschen wie Blinde Kuh, was?" Er lachte. „Nur schöner. Du bekommst deinen Vorsprung, dann lass ich meine Jäger los. Beeil dich, du hast nichts zu verlieren. Sie sind verdammt hungrig."

Sie streckte ihre Arme. „Kannst du mir die Fessel abnehmen? Ist doch fair, wenn ich stürze, verliere ich Zeit."

Höhnisches Gelächter. „Du darfst halt nicht stürzen. Aber ich will nicht so sein." Er nahm ihr die Augenbinde ab. „Eine kleine Erleichterung, oder? Und jetzt setz dich in Bewegung. Die Zeit läuft, ab jetzt!"

Ayla stürzte davon. Sie hörte ihren Puls wie einen Presslufthammer in den Ohren schlagen. Weg, nur weg hier. Sie würde bald frei sein, wenn sie nur schnell genug rannte. Instinktiv hetzte sie in die Richtung, in der sie die Straße wähnte. Als sie glaubte, weit genug entfernt zu sein, schlug sie einen Haken nach rechts, in der Hoffnung auf den Gehweg zu stoßen. Falsche Richtung. Wieder entgegengesetzt, schnell. Angestrengt starrte sie in die Dunkelheit. Die gefesselten Hände behinderten sie. Sie fürchtete zu fallen und sich nicht schnell genug aufrappeln zu können. Aber egal wie, sie musste vor ihnen das dämliche Gatter erreichen. Das war der Deal. Nichts würde ihr geschehen, wenn sie es schaffte, den Wald zu verlassen. Sie würde am Straßenrand warten, bis ein Auto kam. Sie durfte nicht an ihrer Rettung zweifeln.

Sie nannten es Spiel, in einem Spiel gab es nicht nur Verlierer. Weiter, immer weiter! Schneller, dachte sie, egal, ob du fällst, lauf!

Unzählige Male stolperte sie über Wurzeln und Äste. Fiel, schlug hin, rappelte sich auf, indem sie sich über den Rücken rollte. Die Zeit war ihr schlimmster Feind. Wie viele Minuten mochten vergangen sein, drei, vier, fünf oder mehr, viel mehr? Wo waren die verdammten Gatter? Gleich würden sie die Tiere loslassen oder sie hatten es bereits getan. Sie roch ihren eigenen Angstschweiß. Den würden die Wölfe kilometerweit wittern. Sie keuchte, bekam kaum mehr Luft. Hielt inne, bückte sich, bis sie wieder zu Atem kam. Sie suchte nach markanten Punkten, einem Wegweiser, einer Futterraufe, sie kannte sogar eine, nicht weit entfernt von der Straße. Nie hätte sie gedacht, wie finster die Nacht sein konnte. Um sich an den Geräuschen der Babenhäuser Landstraße zu orientieren, hätte sie stillstehen müssen. Dazu blieb keine Zeit. Sie hatte so oft die Richtung gewechselt, dass sie sich fragte, ob sie im Kreis gelaufen war? Plötzlich horchte sie auf. Die Geräusche ließen ihr Blut in den Adern gefrieren. Sie hatte solche Panik, dass sie zu hyperventilieren begann. Weiter, sie musste weiter. Durfte sich nicht gehenlassen, nur nicht stehenbleiben.

„Du willst leben", hauchte sie und beschleunigte ein letztes Mal. Da stürzte sie und schrie auf. Etwas hatte sich tief in ihren Fuß gebohrt. Ihr wurde schwindelig vor Schmerz. Wieder rappelte sie sich auf, fühlte das warme Blut, das aus dem Fuß hervorquoll. Sie schrie auf.

„Nein bitte", keuchte sie. „Nicht jetzt. Bitte nicht. Lauf weiter."

Sie ging in die Knie, die Füße nach hinten gestreckt, versuchte mit den gefesselten Händen das, was ihr tief in die Ferse geraten war, zu greifen. Es war ein langer Holzsplitter, der wie ein Dolch in ihrer Ferse steckte. Sie versuchte ihn rauszuziehen und wurde vor Schmerz fast besinnungslos. Dennoch humpelte sie weiter. Wieder und wieder prallte sie gegen Baumstümpfe und Geäst. Wieder stürzte sie. Dieses Mal auf die Knie. Als sie aufblickte, glaubte sie, ein kurzes

Aufblitzen zu bemerken, Scheinwerferlicht? Einbildung? Oder hatte sie doch die richtige Richtung eingeschlagen? „Du schaffst es, gleich bist du frei", japste sie und humpelte weiter.

Doch dann vernahm sie das Geräusch galoppierender Füße, direkt hinter sich. Nicht umdrehen, nur nicht umdrehen. Und nun wusste sie, dass ihr Leben in wenigen Sekunden enden würde. Ein greller Schrei entrann ihrer Kehle.

30

Erik

„Du hast mich getäuscht, hast alle getäuscht." Erik hatte einen Kloß im Hals und unterdrückte einen Schluchzer. „Du bist ein verdammtes Schwein. Keine wird eine Chance haben." Er wandte sich an Ben und Sammy. „Merkt ihr denn gar nichts mehr? Verdammt nochmal. Wir können doch nicht einfach Menschen töten."

Ben blickte angewidert zu Boden.

Wieder wandte Erik sich an Mike. „Warum tust du das? Du machst uns alle fertig! Oder willst du uns am Ende auch loswerden?"

Mike legte den Arm um Erik. „Ich weiß", sagte er. „Im ersten Moment wirkt's hart. Aber jetzt mach die Jungs nich kaputt, Mann. Denk doch mal nach. Wir ham'n gutes Werk getan. Die Alte kann keine Kinder mehr in die Welt setzen. Wir ham'n gutes Werk getan. Wären alles arme vernachlässigte Kinder geworden, wie wir es warn. Stimmt's? Müsst ihr doch zugeben, oder? Ich fragte'se vorher extra noch, wie'se ihr Leben plant. Die wollte`n ganzen Stall voll Kinder. Wir ham den Kindern Leid erspart. Mensch Erik, begreifste das nich?"

Erik konnte sich kaum auf den Beinen halten, schüttelte immer nur den Kopf, schwieg dann aber.

„Guck mich an Erik! Guck die anderen an, na los!"

Erik hob den Kopf.

„Was siehst du?", fragte Mike.

„Mörder, wir alle sind Mörder", stammelte Erik.

„Mann ey, da kann man echt die Geduld verliern. Reg dich ab. Wir tun's, weil wir sozial sind, Mann. Wir räumen'n bisschen auf. Ist doch besser als nix. Glaub mir, du gewöhnst dich dran. Was denkt ihr?" Mike wandte sich an die anderen beiden. Sammy hatte sich wieder im Griff und nickte. Ben war immer noch zugedröhnt. „Klar doch", bestätigte er.

„Spannender als'en Krimi, oder?", fragte Mike.

„Kann man sagen", murmelte Sammy.

„So, genug gequatscht. Das können wir alles im Clubhaus besprechen. Es wird bald hell. Jetzt müssen wir erst mal die Schweinerei beseitigen."

31

Michelle

„Jetzt komm schon Luca, ich muss mich beeilen", befahl die junge Frau und zerrte den kleinen Jungen hinter sich her.

„Ich will aber nicht in den Kindergarten", quengelte Luca und versuchte, sich loszureißen.

„Ist mir egal, was du willst. Ich werde meinen Job verlieren, wenn du dich jetzt nicht beeilst. Gib Gas!"

Luca biss seiner Schwester in die Hand.

„Aua, spinnst du?", fuhr Michelle den Jungen an.

„Ich will, dass Lara mich bringt."

„Ich will, dass Lara mich bringt", äffte Michelle den Kleinen nach. „Was du willst, interessiert mich nicht."

„Oder Jacqueline oder Marvin. Aber nicht du!", jammerte der Kleine.

„Halt endlich den Mund und lauf weiter!"

„Papa", brüllte der Kleine. „Papa, Hilfe!"

„Der arbeitet, du Dummerchen. Willst du ins Heim? Dann mach weiter so. Die kommen gleich, wenn du nochmal schreist, dann nehmen sie dich mir weg und bringen dich fort."

Luca hörte augenblicklich auf zu schreien und riss die Augen auf. Der Trick funktionierte. Michelle hatte ihren Vater immer wieder gebeten, dass er oder ihre Geschwister Luca zum Kindergarten bringen sollten. Die Fahrt zu ihrem neuen Job in Offenbach dauerte mit Bus und U-Bahn über vierzig Minuten. Dazu musste sie einmal umsteigen. Antonio war zwar ein netter Chef, aber sie konnte sich dennoch nicht erlauben, ständig zu spät zu kommen. Doch statt ihrer Bitte nachzugeben, musste Luca sogar den Kindergarten wechseln und mit ihr nach Offenbach fahren. Wo sie ihn morgens in der Kita abgeben und am Nachmittag abholen musste. Auch wenn ihr Vater sich nie um Familienangelegenheiten kümmerte, hatte er es fertiggebracht, einen Kitaplatz in der Waldstraße für den Kleinen zu erlangen. Dabei hatte er heftig auf die Tränendrüse drücken müssen. Ohne die Hilfe seiner Tochter, die nun leider in Offenbach arbeite und ihm bei der Erziehung des Kleinen helfe, könne er seinen Beruf nicht ausüben. Er habe deswegen sogar einen Burnout gehabt. Michelle hasste ihren verlogenen Vater. Der kleine Bruder tat ihr leid, denn sie musste ihn nun in aller Frühe aus dem Bett reißen und er kam nie in die Gänge. Außerdem fühlte er sich in der Kita nicht wohl.

Sie arbeitete erst drei Monate in der Pizzeria und wollte dort unbedingt dauerhaft bleiben. Nicht nur, weil sie das Geld brauchte, sondern weil es ihr Spaß machte. Außerdem hatte sie Peter kennengelernt. Er kam regelmäßig, um dort zu essen. Oft unterhielt er sich mit ihr. Er war 28 Jahre alt. Vier Jahre älter als sie. Er war Rocker, sehr groß, stark und hübsch dazu. Sein schwarzes Hals-Tattoo störte sie nicht. Sie liebte seine breiten Schultern. Endlich ein Mann, an den man sich anlehnen konnte. Jemanden wie ihn hatte sie sich gewünscht.

Nachdem sie die U-Bahn verlassen hatten, wehrte sich Luca wie ein kleiner Bock. Er blieb stehen und ließ sich von ihr wie ein Esel ziehen. „Komm endlich, wenn du keine Ohrfeige willst." Unglaublich, wie viel Kraft ein so kleiner störrischer Junge aufbringen konnte.

„Du darfst mich nicht schlagen, sonst geh ich zur Polizei."

„Was machen Sie denn da?", herrschte eine alte Frau sie an.

„Ich versuche, ihn in den Kindergarten zu bringen, oder wollen Sie das für mich erledigen?"

Die Frau nuschelte Unverständliches und ging davon.

„Siehst du, die hat's auch gesehen", jammerte Luca. „Du glaubst, die nehmen einen so kleinen Spinner wie dich ernst?" Nur noch wenige Meter entlang der Waldstraße, dann wären sie am Ziel und sie konnte den Quälgeist endlich abgeben. Weniger als 30 Sekunden, in denen sie hoffte, dass ihr nicht endgültig der Kragen platzen würde. Wieder einmal wurde ihr klar, dass sie die Wohnung ihres Vaters verlassen und auf eigenen Beinen stehen musste. Wenn sie nicht die Initiative ergriff, würde sich nichts an ihrer Situation ändern. Seit ihre Mutter vor drei Jahren verstorben war, kümmerte sie sich als ältestes Kind um Haushalt und Geschwister. Als sie vor Kurzem Peter kennengelernt hatte, begann sie sich eine Zukunft auszumalen – nicht als Babysitter, nicht als Haushälterin, sondern als eigenständiger Mensch, mit einem Beruf und einem Mann an ihrer Seite. Und natürlich eigenen Kindern. Auch wenn sie ihn kaum kannte, so war doch eine seiner ersten Frage gewesen, ob sie Geschwister habe und wie viele. Er selbst, so erklärte er, sei ebenfalls in einer kinderreichen Familie aufgewachsen und wisse, was das bedeute. „Ich kann dir nur raten, zieh die Notbremse Michelle. Du musst da raus. Noch bist du jung und du bist es dir schuldig." Über diesen Satz dachte sie immer wieder nach. Ich bin es mir schuldig, niemandem sonst.

Ihren Bruder, der immer noch an ihrer Hand hing, bemerkte sie erst wieder, als er bockig vorm Kindergarteneingang stehenblieb. Er heulte. „Ich will da nicht rein, du sollst bei mir bleiben."

Doch Michelle drückte auf den Klingelknopf.

„Ich will da nicht rein", plärrte Luca weiter.

„Hör endlich auf damit, Luca! Du weißt, dass ich dich nicht mitnehmen kann."

„Aber ich hab Angst", heulte er.

Der Summer wurde betätigt und die Tür sprang auf.

Luca versuchte, seine Schwester erneut in die Hand zu beißen, als die Erzieherin erschien. „Was ist denn mit dir los, Luca?"

„Das möchte ich auch wissen", stöhnte Michelle und ließ den Jungen los.

„Nun, er ist neu. Außerdem hat er sich gestern mit Sebastian geschlagen. Das wird der Grund dafür sein, dass er nicht rein will."

„Du hast dich geprügelt?", fragte Michelle.

Die Erzieherin beugte sich zu dem kleinen Jungen. „Sebastian ist nicht mehr böse auf dich. Ich habe schon mit ihm gesprochen. Ich habe gesagt, du musst dich hier erst eingewöhnen."

„Was ist passiert? Wieso war er denn sauer?"

„Ach Sie wissen doch, Frau Müller. Kinder können manchmal hässlich reden."

„Was hat Sebastian denn gesagt?" Michelle warf einen Blick auf ihren kleinen Bruder, der den Widerstand aufgegeben hatte und damit beschäftigt war, sich die Hausschuhe über die Füße zu streifen.

„Sebastian hat ihn geärgert, weil Luca immer von Ihnen gebracht wird."

„Ist das etwa ein Problem?", fragte Michelle.

Luca blickte auf und sah seiner Schwester ernst ins Gesicht. „Ich hab gesagt, dass meine Mama im Himmel ist."

„Deshalb habt ihr euch geschlagen?"

Luca schüttelte ernst den Kopf. „Er hat mir nicht geglaubt, dass du bloß meine Schwester bist."

„Das verstehe ich nicht."

„Der hat gesagt, du bist jetzt Papas Frau, weil Mama weg ist. Und dann hat er gelacht. Er hat gesagt, mein Papa ist eine Sau und alle haben mich ausgelacht."

Michelle ging in die Knie und nahm Lucas kleine Hände. „Das wusste ich nicht. Tut mir leid, Luca, du hättest es mir sagen sollen. Es war dumm, dass ich vorhin nicht nett zu dir war." Sie gab ihrem kleinen Bruder einen Kuss auf die Stirn.

„Er hat gesagt, du bist eine Hure. Was ist eine Hure?"

„Das ist ein dummes und böses Wort."

„Er sagt, deshalb ist Mama gestorben, weil du jetzt Papas Frau bist. Das war gemein."

„Das stimmt. Ich verstehe, dass du sauer warst."

Michelle blickte die Erzieherin an. „Hören Sie das? Wie kommt dieser Sebastian dazu, so etwas zu sagen? Luca ist neu. Sollten Sie ihm nicht beistehen?"

„Hören Sie, wir sind voll mit Kindern bis zum Dach. Wir hätten Ihren Bruder gar nicht aufnehmen dürfen. Haben wir nur, weil es Ihrem Vater so schlecht geht."

„Vielleicht sollten Sie die Eltern von Sebastian verständigen? Bei denen zu Hause stimmt doch was nicht."

„Ich bitte Sie, Frau Müller, Kindermund. Außerdem sitzt er im Stadtrat."

„Ah, das erklärt natürlich vieles. Dann kann sich das kleine Früchtchen alles rausnehmen."

„Frau Müller, Sie wissen doch, wie Kinder reden. Das hat er irgendwo aufgeschnappt. Das ist völlig bedeutungslos. Wir machen es nur noch komplizierter, wenn wir es aufbauschen."

„Ich hoffe, Sie haben wenigstens mit dem Jungen darüber gesprochen", sagte Michelle. „Sonst rufe ich persönlich beim Herrn Stadtrat an. Ich lasse mich doch nicht Hure nennen. Geht`s noch? Kann nicht sein, dass mein kleiner Bruder wegen solchen Kindern nicht in die Kita gehen will."

„Natürlich habe ich mit Sebastian geschimpft. Aber dennoch muss ich sagen, dass Luca kein Recht hat, ihn zu schlagen."

„Wissen Sie was? Ich finde schon. Wie hätte er sich denn sonst rechtfertigen sollen?" Michelle wandte sich an ihren Bruder. „Das kommt nicht noch einmal vor, das verspreche ich dir. Niemand wird dir etwas tun. Und niemand wird nochmal etwas so Böses zu dir sagen." Sie stand auf und wandte sich erneut an die Erzieherin. „Das kommt nicht noch mal vor! Tschüss!"

Sie ging entschlossen zum Ausgang. Draußen schossen ihr Tränen in die Augen. Der Sohn vom Stadtrat war wichtiger als Luca aus der Großfamilie. Ihr kleiner Bruder hatte bloß versucht, sie zu verteidigen und traute sich nun aus Angst vor dem Balg nicht in die Kita. Sie konnte ihn gut verstehen und war so garstig zu Luca gewesen. Als sie ihren Weg fortsetzte, bemerkte sie das Motorrad einige Meter vor ihr am Fahrbahnrand. Der Fahrer blickte sich zu ihr um und winkte. Peter! Er schob das Visier des Helms hoch. Michelle wischte sich die Tränen von den Wangen und ging erleichtert auf ihn zu. „Hey, was für ein Zufall."

„Na ja, so zufällig ist das gar nicht. Ich dachte, ich schau mal in der Pizzeria vorbei. Wollte dich sehen. Dachte, du bist vielleicht schon da. Du sagtest mir doch, du machst morgens schon in der Küche klar Schiff. Woher kommst du?"

„Ich habe meinen Bruder in den Kindergarten gebracht."

„Dein Bruder ist noch so klein? Ich merke, wir haben noch nicht allzu viel Zeit zum Reden gehabt."

Peter hob mit dem Zeigefinger Michelles Kinn und blickte ihr in die Augen. „Sieht aus, als sei dein Tagesbeginn nicht allzu gut gelaufen."

„Schon wieder gut. Der Kleine hatte Stress und ich, ich bin momentan einfach überfordert."

„Siehste, sagte ich doch, du musst raus aus deinem Elternhaus. Komm steig auf. Ich bringe dich zur Pizzeria."

„Die paar Meter kann ich laufen."

„Ach was, steig schon auf."

32

Heinrich

Heinrich machte seit Tagen einen großen Bogen um den Jacobiweiher. Er nahm die Drohung ernst, die der Mann gegen
ihn ausgesprochen hatte. Heinrich hing zwar nicht an seinem
Leben und hoffte auf einen schnellen Tod, aber der Gedanke,
ein Messer in die Kehle gerammt zu bekommen oder sich
von Hunden zerfleischen zu lassen, gefiel ihm ganz und gar
nicht. Nachdem der Mann ihn fortgejagt hatte, war Heinrich
so schnell gelaufen, wie er nur konnte, ohne sich ein einziges
Mal umzudrehen. Erst als auf der anderen Waldseite das
Holztor ins Schloss gefallen war, hatte er sich einigermaßen
sicher gefühlt. Die nächsten Tage war er in der Nähe seiner
Behausung geblieben, bis seine Vorräte aufgebraucht waren.
Um zum Königsbrünnchen zu gelangen, benutzte er jetzt den
Weg, der direkt an den Villen des Lerchesbergs vorbeiführte.
Hier hätte er im Notfall um Hilfe rufen können. Wenngleich
diese Hoffnung aussichtslos war. Wahrscheinlich würden sie
eher ihn festnehmen als den Mann mit dem Messer.

33

Mike

Mike war euphorisch, was nicht zuletzt an seinem erhöhten Drogenkonsum aufgrund seiner erfolgreichen Jagd lag. Er war in Feierlaune, unbändiger Feierlaune. So lange hatte er Vorbereitungen für diesen ersten Coup getroffen und der hatte dann auch all seine Erwartungen übertroffen. Ein Kick, der motivierender nicht hätte sein können. Es war erst der Anfang einer Serie von Spiel und Spaß, die nie enden sollte. Einer Serie von Taten, die ihn beflügelten, ihn anmachten. Nichts auf der Welt hatte ihn jemals mehr gereizt. Nicht einmal Sarah. Er glaubte heute, dass er schon als Kind davon geträumt hatte, Frauen gefangen zu nehmen, zu quälen und zu töten. Er erinnerte sich an einen Traum, in dem er seine Mutter gefoltert hatte. Er war sehr jung gewesen, als er gesehen hatte, wie sein Vater die Mutter halb bewusstlos schlug. Er hatte hinter einem Sessel gekauert und ihre Hilfeschreie gehört. Sein Vater schrie sie damals an, sie habe nichts Besseres verdient. Alle Frauen seien Schlampen, die nur zur Empfängnis taugten. In seinen späteren Träumen war er es, der seine Mutter bestrafte, nicht sein Vater. Denn sie war nie für ihn dagewesen und er hatte nie Geborgenheit erlebt. In der Pubertät wurden seine Träume brutaler. Er durchlebte fast jede Nacht ihren Todeskampf. Das erste Mal, dass ihn der Tod fasziniert hatte, war der Moment, als er erstmalig eine Maus lebendig ins Terrarium seines Vaters werfen musste und zugesehen hatte, wie das kleine Tierchen um sein Leben kämpfte. Quietschend, sich windend bis zum Schluss. Es war wohl der Beginn brutalster Fantasien gewesen. Damals begann er, Tiere zu quälen, auch wenn er sie nicht den Schlangen zum Fraß vorwerfen musste. Die blutrünstigen Träume um seine Mutter endeten abrupt, als Sarah in sein Leben trat. Durch sie gelang es ihm für kurze Zeit, seine dunkle Seite zu beherrschen. Als er sie jedoch verlor, wurde der Drang zu töten immer größer.

Er war sich erst jetzt nach der ersten Jagd darüber im Klaren, wie sehr ihn das Spiel berauschte. Er war vollends in seinem Element. Eigentlich hätte er auf Drogen verzichten können. Sie waren nur mehr ein angenehmer Beigeschmack. Dazu diese wunderbare Location. Er fühlte bereits jetzt, dass er eine neue, größere, unbeschreibliche Sucht entwickelt hatte. Die Gier nach Angstschweiß, nach Entsetzensschreien, nach den ängstlichen Blicken der Opfer. Ayla hatte exakt denselben Blick in ihrer Todesangst gehabt wie Sarah. So konnte er Sahras Tod noch einmal genießen.

Doch jetzt war Pete an der Reihe. Er konnte es kaum erwarten, bis der neue Köder im Käfig war. Bald würde das Spiel von vorn beginnen. Die Jagd. Sein Herz klopfte.

Dass in Wahrheit nicht eine von ihnen eine Chance haben würde, gegen Hunter und Catcher die Jagd zu gewinnen, hatte Erik richtig erkannt. Er würde den Jungen mit attraktiven Motorradtouren schon bei Laune halten. An Koks würde er sich auch noch gewöhnen. Die anderen fraßen Mike eh aus der Hand. Einfach grandios. Er war nun der Chef eines der spektakulärsten Clubs, den es je gegeben hatte. Er würde zur erschreckenden Legende werden, wie einst Fritz Hamann. Man würde über seinen Tod hinaus von Mike sprechen. Ihn als einen der schlimmsten Verbrecher der Welt bezeichnen. Er würde Weltruhm erreichen. Mike war ein großer Freund von Dokumentationen über Serienkiller. Charles Manson hatte ihn tief beeindruckt. Der berühmte Mord in Hollywood.

Mit Manson hätte er sich gern verbündet. Aber auch andere wie Ted Bundy oder Jeffrey Dahmer waren seine Vorbilder. Sie alle waren schillernde Persönlichkeiten und gefährliche Killer. Doch er war besser. Er würde der Beste von allen werden.

Mike Jäger war schon jetzt einer von ihnen. Ein Jäger, der seinesgleichen suchte.

34

Ben

Ben hatte den ganzen Morgen noch kein einziges Wort gesprochen. Übellaunig baute er den Motor eines alten Skodas aus und fluchte immer wieder aufs Neue. Schließlich warf er sein Werkzeug wütend auf den Boden, nahm sich einen Joint und ging in den Hof.

„Schlecht drauf?", fragte Samuel, der ihm gefolgt war.

„Was willst du hören?", antwortete Ben, ohne aufzublicken.

„Wegen der Jagd?"

„Wegen was sonst? Erik ist der Jüngste, aber der Gescheiteste von uns. Worauf haben wir uns da nur eingelassen. Das alles für'n bisschen Koks. Verdammte Scheiße, geht's dir etwa gut? Wir alle sind Mörder."

Sammy blickte sich um. „Nicht so laut Mann, wenn das einer hört, sind wir dran."

„Sind wir doch eh, Mann. Wie ich diesen verdammten Tag verfluche, an dem der Irre hier wieder aufgetaucht ist." Ben fuhr sich hektisch durch die Haare. „Was für ein verdammt perverses Spiel. Ey Mann, ich kenn viele Horrorfilme, aber das hier toppt alles. Dafür werden wir für immer weggesperrt."

„Sie hätte es schaffen können."

„Hat sie aber nicht. Auch da hat Erik recht. Das plant Mike gar nicht." Er inhalierte tief. „Kann gar nicht genug rauchen. Ich bin sicher, die Nachfolgerin sitzt beim nächsten Treffen schon in der Box."

„Komm, das ist zwar skurril. Aber vielleicht hat er recht. Er erspart ein paar Menschen eine harte Zukunft."

„Der spielt Gott, Mann. Der Typ ist geisteskrank. Kapierst du das nicht?"

„Moment mal. Ich hab dich extra gefragt, ob der noch richtig tickt, nachdem er hier aufgetaucht ist. Du wolltest doch unbedingt zu dem dämlichen Treffen oder täusche ich mich da?", fragte Sammy. „Ich müsste dir dafür die Leviten lesen. Was blaffst du mich an?"

„Ich weiß. Ich war ein verdammter Vollidiot. Mir kam das gleich so merkwürdig vor. Aber als er plötzlich vor mir stand, da war ich vollkommen perplex. Und die beiden Touren, die wir mit ihm gemacht haben, waren spitze. Das musst du zugeben."

„Und das Zeug, das er uns mitbringt, ist erste Sahne", sagte Sammy.

„Ich muss von dem Mist runter. Ich kann mich nicht mal mehr in der Werkstatt konzentrieren. Ich schaff das allein gar nicht mehr. Ich bin voll drauf."

„Komm, mal nicht so negativ. Lass uns noch mal hingehen. Jetzt ist nicht der Moment für Entzug", sagte Sammy.

„Lass uns da aussteigen. Ich will meine Ruhe. Ich bin fertig, guck mal." Ben hob seine zitternden Hände.

„Das hättest du dir eher überlegen sollen. Der macht uns platt, wenn wir aussteigen."

„Dann zeigen wir ihn halt an."

„Du willst zu den Bullen gehen? Mann, ich sag doch, dann haben wir auch kein Leben mehr!"

„Ich war nur dabei, du auch. Mehr nicht", überlegte Ben

„Sag mal, wie bescheuert bist du? Das mindert doch deine Strafe nicht. Du wusstest, was Mike vorhatte. Ich kenn mich nicht aus, aber wir haben alle dran teilgenommen. Dafür gibt's Knast. Dann kannst du das hier ...", er deutete auf die Werkstatt, „... vergessen."

„Ich weiß, denke schon den ganzen Tag drüber nach. Der erzählt uns was von einer besseren Stadt, von kaputten Menschen, Umwelt und solchem Scheiß, von dem er überhaupt keine Ahnung hat. Das ist so krank. Und wir sind genauso drauf. Scheiß Lines. Dann will er sich dauernd gebildet ausdrücken und labert nur Schwachsinn. Ich bin bestimmt nicht der Klügste. Aber der Typ ist nichts weiter als ein Blender. Der hält uns auch noch für dumm genug, den Mist zu glauben. Der will keinen Club, der braucht Helfer für seine eigenen perversen Fantasien. Kapierst du das nicht? Der Einzige von uns, der von Anfang an kritisch war, ist Erik."

Ben lachte bitter. „Ich wusste schon früher, der ist schräg. Aber er ist nie auffällig gewesen. Abgesehen davon, dass er mir das Geld nicht zurückgezahlt hat. Aber mal ehrlich, war wirklich nur ein Hungerlohn. Das ist Mist, aber kein Beinbruch. Wer glaubt denn gleich, dass er ein kompletter Psychopath ist? Das ist mir früher jedenfalls nicht aufgefallen. Und dann das mit den angeblichen Hunden. Ich hab mich da im Netz mal schlau gemacht, das sind waschechte Wölfe."

„Okay, wundert mich, dass ihn seine Nachbarn nicht angezeigt haben", sagte Sammy.

„Hast recht. Was weiß ich, wie er die ruhigstellt, wahrscheinlich auch mit seinen Lines. Irgendwo muss er eine Geldquelle haben, dafür, dass er so großzügig ist. Manipulieren kann er. Ganz ehrlich, die Tiere können einem leidtun. Der beutet sie aus und riskiert, dass sie erschossen werden. Wäre dem auch egal, jede Wette. Dem ist alles egal."

Sammy nickte. „Wölfe würden niemals freiwillig Menschen angreifen. Er hat doch was von privatem Stress gesagt, weshalb er vor drei Jahren verschwunden ist. Glaubst du, der hat sich da was zuschulden kommen lassen?"

„Darüber habe ich auch nachgedacht. Keine Ahnung. Er nennt die Opfer Köder", höhnte er. „Was denkst du, weshalb er die kahlrasieren lässt? Hast du dir darüber Gedanken gemacht?"

Sammy zuckte mit den Schultern. „Keine Ahnung, zu viel gekokst. Ich hab das alles nicht richtig mitbekommen."

„Das hat er geschickt eingefädelt. Wir waren alle druff und verdammte Heroes. War ein geiles Gefühl. Dieses nackte glatzköpfige Mädchen, irreal. Hat mich zum Lachen gebracht. Aber mal ehrlich, der Grund, weshalb er die Haare und Kleidungsstücke entfernt, liegt doch auf der Hand. Wenn sich die Wölfe über das Opfer hermachen, ist es wahrscheinlich, dass Haarbüschel ausgerissen werden und liegenbleiben. Tiere fressen keine Haare. Sie werden aber mit Sicherheit vom Wind weggetragen. Fetzen von Kleidungsstücken im Wald könnten ebenfalls gefunden werden und zu Mikes und sogar unserer DNA führen. Mike macht das also, um keine unnötigen Spuren zu hinterlassen."

„Hältst du ihn für so schlau?"

„Ich such nach einer Lösung. Lange guck ich mir das nicht mehr an, Sammy, und eins garantiere ich dir schon jetzt: Ehe ich ein Mädchen entführe, töte ich Mike."

„Tja, im Zweifel besser, als dass er uns umbringt. Dann lieber Knast."

35

Michelle

Wieder und wieder hatte Michelle ihr Outfit gewechselt. Der halbe Inhalt ihres Kleiderschranks lag bereits auf dem Boden verteilt. Kein einziges Kleidungsstück sagte ihr für den Anlass zu. In der engen Jeans sah sie aus wie ein Hefekloß. Das Kleid war zu lang und ungeeignet für eine Motorradfahrt, die Bluse unmodern. Sie fühlte sich auf einmal fett und unattraktiv. „Warum habe ich nur vorher nicht gesehen, dass ich eine Presswurst bin!" Verdammt, sie wollte ihm doch gefallen.

„Spinnst du?", fragte ihre jüngere Schwester, die auf dem Stockbett lag und sie, das Kinn in die Hände gestützt, beobachtete. „Wenn Papa das Chaos sieht."

„Bis der zu Hause ist, bin ich längst weg", entgegnete Michelle flapsig.

„Wo willst du eigentlich hin?"

„Ich treffe mich mit einer Freundin, wir gehen ins Kino", log Michelle. Sie wollte um keinen Preis, dass Chantal ausposaunte, mit wem sie sich traf. Das Mädchen konnte noch nie die Klappe halten.

„Für eine Freundin räumst du den ganzen Schrank aus?"

„Ach halt den Mund."

Chantal grinste. „Du hast einen Typen am Start, stimmt's?"

Michelle warf ihrer Schwester einen vernichtenden Blick zu. „Ich sagte, ich treffe mich mit einer Freundin, verstanden? Bin alt genug und weiß, was ich tue. Und dir bin ich schon gar keine Rechenschaft schuldig." Aus dem Kleiderhaufen zerrte sie die Jeans heraus, die sie gerade noch für zu eng befunden hatte und zwängte sich ein zweites Mal rein. Sie wählte ein knappes bauchfreies T-Shirt und ein paar abgewetzte Sneakers. In der Hoffnung, dass Peter nicht auf ihre Schuhe achten würde. Dann wendete sie sich erneut an ihre Schwester. „Ich werde in Kürze hier ausziehen."

Chantal riss die Augen auf. „Wie kommst du denn darauf?"

„Ich bin alt genug, um auf eigenen Beinen zu stehen."

„Und was wird aus Luca?"

„Du wirst dich um ihn kümmern, er ist auch dein Bruder. Dann heißt es wenigstens nicht mehr, dass ich Mamas Stelle eingenommen habe."

„Wer sagt denn das?"

„Das pfeifen die Spatzen von den Dächern. Im Kindergarten prügelt er sich sogar deswegen. Außerdem fühlt er sich in Offenbach nicht wohl. Das verstehe ich. Er lebt schließlich hier und sollte dort im Kindergarten sein, wo auch seine Freunde sind. Also reiß ich mir nicht länger den Arsch auf. Verstehst du das?"

„Und ich soll das also ausbügeln? Spinnst du? Ich gehe noch zur Schule, verdammt."

Michelle stemmte ihre Hände in die Hüften und trat wütend auf die Schwester zu. „Und ich gehe zur Arbeit und komme seinetwegen pausenlos zu spät. Aber das bekommt ihr Ignoranten ja gar nicht mit."

Sie klaubte ihre Sachen zusammen und warf sie achtlos zurück in den Kleiderschrank. „Ich geh jetzt", sagte sie und verließ das Zimmer.

„Was soll ich Papa sagen?", rief Chantal.

Darauf antwortete Michelle nicht mehr.

Als sie auf der Straße stand, trug sie dunkelroten Lippenstift auf und sprühte sich großzügig mit ihrem blumigen Lieblingsduft ein. Sie waren an der Straßenbahnhaltestelle der Sondershausenstraße verabredet, nur wenige Meter von ihrer Wohnung entfernt. Er wollte sie mit dem Motorrad abholen. Von dort aus irgendwohin fahren, wie er ihr versprochen hatte. Sie war aufgeregt und malte sich einen unvergesslichen Abend aus. Auf die Minute pünktlich stand sie an der Haltestelle. Peter war nicht da. Einerseits hoffte sie gesehen zu werden, andererseits befürchtete sie, ihrem Vater in die Arme zu laufen, der ebenfalls mit den Öffis fuhr. Doch der kam in der Regel später von der Arbeit zurück. Nervös zerrte sie an ihrem T-Shirt, ärgerte sich darüber, dass es so kurz war. Den ganzen Abend den Bauch einzuziehen war anstrengend. Sie zog ihr Handy aus der kleinen Umhängetasche. Keine Nachricht, aber bereits fünf Minuten nach sieben. Er sollte also in Kürze kommen, hoffte sie. Peter war für sie ein Hauptgewinn. Genau der Mann, den auch ihre Freundinnen sich wünschen würden. Nicht auszudenken, wenn er sie jetzt versetzen sollte. Sie würde sich zu Hause dem Spott ihrer Schwester aussetzen müssen. Nervös lief sie auf und ab, blickte die Straße rauf und runter. Ein weiterer Blick aufs Handy: zehn Minuten über der Zeit. Das war noch normal. Nur sie war wie immer überpünktlich, das war nun mal ihre Eigenschaft. Dabei machte man sich interessanter, wenn man zu spät kam. Jetzt aber noch einmal wegzugehen war lächerlich. Oder sollte sie sich in der Seitenstraße verbergen? Natürlich so, dass sie seine Maschine dennoch hörte. Dann käme sie um die Ecke und würde sich kokett für die Verspätung entschuldigen. Doch das war nicht mehr nötig. Sie sah sein Motorrad und winkte ihm aufgeregt zu. Im selben Moment kam eine junge Frau zur Haltestelle und zog eine Fahrkarte. Michelle ging zum Fahrbahnrand, doch Peter gab Gas und fuhr davon. Was war das? Wieso war er nicht stehengeblieben? Sie schaute irritiert hinter ihm her, doch die herannahende Straßenbahn versperrte die Sicht. Unschlüssig blieb sie stehen. Was sollte sie tun?

Sollte sie nun allein in die Stadt fahren? Eine Freundin anrufen? Was war in Peter gefahren? Sie war gleichermaßen wütend und enttäuscht. Nachdem die Straßenbahn weitergefahren war, lief sie eine Weile unschlüssig am Fahrbahnrand entlang. Wieder hörte sie Motorengeräusch. Peter kehrte zurück.

„Was war das eben? Warum bist du weitergefahren?"

„Ich hab dich zu spät gesehen. Komm steig auf. Lass uns eine Runde fahren", rief er. „Setz dich einfach hinten drauf."

„Ich habe doch gar keinen Helm."

„Jetzt schon." Er reichte ihr einen.

Michelle wollte noch einiges fragen, zwängte sich aber wortlos mit der engen Jeans aufs Motorrad. Hoffentlich würde die Hose nicht platzen. „Wohin fahren wir?", fragte sie.

„Lass dich überraschen." Als Peter die Maschine startete und sie davonschossen, war ihr ein wenig mulmig zumute. Aber mit geschlossenen Augen und an ihn gedrückt, ließ sich ihre Angst beherrschen.

„Macht's Spaß?", rief er ihr zu.

„Klar", antwortete sie. „Wie lange fahren wir denn noch?"

„Nicht mehr lange."

Als er Minuten später das Tempo verringerte und abbog, öffnete sie die Augen. Sie waren auf einen verwitterten Parkplatz gefahren, auf dem nur ein einziges Auto stand. Peter half ihr, abzusteigen. „Wie geht's dir?", fragte er.

„Prima." Sie lachte unsicher.

„Dann fängt der Spaß jetzt richtig an."

Michelle sah sich erstaunt um. „Wo sind wir und was ist das dort für eine Baracke? Sieht nicht sehr einladend aus. Wollen wir die besichtigen?"

„So kann man's nennen. Komm mit."

„Mal ehrlich, warum soll ich da reingehen?"

„Sie wird für ein paar Tage dein neues Zuhause sein."

Michelle lachte. „Du bist echt ein Scherzkeks. Sag schon, was tun wir hier?"

„Wir gehen da jetzt rein." Er schob seine Hand unsanft unter ihren Ellbogen.

„Ist ja schon gut, ich komme mit. Aber das ist doch eine Baustelle. Wir können da nicht einfach rein."

In dem Moment trat ein Mann mit schwarzer Maske um die Ecke.

Michelle blieb stehen. „Du hast echt einen schrägen Humor. Was soll das hier werden, Peter?"

Der Mann mit der Maske hatte sie mittlerweile erreicht. „Gut gemacht, Pete. Die Kleine gefällt mir."

Michelle schüttelte den Kopf. „Das ist scheiße. Ich will da nicht rein, bring mich sofort nach Hause. Mir reicht's." Sie wollte umdrehen.

„Kannst du vergessen", sagte Pete und packte ihren Arm fester.

Mike nahm zwei Finger in den Mund und pfiff.

Die beiden Tiere, die auf Michelle zu stoben, ließen sie grell aufschreien. Ein dumpfer Schlag auf den Hinterkopf und sie fiel wie ein Sack zu Boden.

Sina

Es war das erste Mal, seit Ayla weg war, dass Sina in der kleinen Pizzeria in der Offenbacher Waldstraße ihre Lieblingspizza essen wollte. Ayla und sie hatten sich bis zu ihrem Verschwinden mindestens einmal pro Woche dort nach Schulschluss eine Pizza gekauft. Hin und wieder hatten sie mit Michelle geplaudert, die etwa in ihrem Alter war und seit ein paar Monaten bediente. Michelle hatte oft von ihrem Stress mit dem kleinen Bruder gesprochen, den sie vor Arbeitsbeginn in den Kindergarten bringen musste. Diese Situationen kannten die beiden allzu gut. Aber Michelle hatte erzählt, dass sie seit kurzer Zeit einen Freund hatte und sich wünschen würde, dass sie mehr Zeit für ihn hätte.

Heute schien halb Offenbach Appetit auf Pizza zu haben. Jedenfalls waren alle Tische besetzt, die meisten jedoch warteten noch aufs Essen. Der gestresste Antonio bediente allein und nahm hektisch die Bestellungen entgegen.

„Ich warte jetzt schon zwanzig Minuten auf mein Essen. Können Sie sich mal beeilen?"

„Signore, das mach ich, aber ich bin heute allein. Schneller geht's nicht."

„Wenn die Bedienung da ist, geht besser. Bereitet für mich morgens schon viel vor. So dass wir können danach pronto bedienen."

„Si, si, ich kann nicht ändern. Ist nicht gekommen. Ist normal fleißiges Mädchen. Hat mich vorher noch nie versetzt. Weiß nicht, warum sie nicht hier. Ist nicht einfach, eine andere zu finden", entschuldigte sich der Chef.

Sina war enttäuscht. Zu gern hätte sie Michelle wiedergesehen. Sie überlegte bereits zu gehen, doch hatte sie sich schon den ganzen Vormittag auf die Pizza gefreut. Und außerdem war sie froh, den Mut aufgebracht zu haben, herzukommen. Also entschied sie sich, geduldig zu warten.

„Lang nicht gesehen, wie immer?", fragte Antonio.

Sina lächelte. „Klar, schön dass du's noch weißt."

„Habt ihr doch immer gegessen. Wo ist deine Freundin?"

Sina machte ein nachdenkliches Gesicht. „Wenn ich das wüsste. Sie ist vor einiger Zeit einfach abgetaucht."

„Wirklich? Das ist verrückt."

„Hey, geht's mal weiter?", rief ein Gast vom Tisch gegenüber.

„Sorry", sagte Antonio und ließ Sina stehen. Als er ihr zehn Minuten später die Pizza auf den Tisch stellte, sagte er: „Ich kann sie nicht erreichen. Handy ist aus. Ich glaube, das liegt an neuem Freund. Hat hier paarmal gegessen. Ich mochte ihn nicht. Komischer Typ. Rocker. Großer Kerl. Mit dem darf man nicht sich anlegen. Passt nicht zu Michelle. Aber die war hin und weg. Der hat sie manchmal morgens hergebracht. Und kam auch mittags. Hat 'ne dicke Maschine. Frage mich, wann der hat gearbeitet."

„Der hat ein Motorrad gefahren?"

Antonio nickte.

„Zahlen", rief ein Pärchen.

„Hast du es bei Michelle zu Hause probiert?"

„Na klar. Aber konnte nur Schwester erreichen. Hat gesagt, Michelle will ausziehen. Komisch, hat mir nicht gesagt. Aber musste sich kleinen Bruder immer kümmern. Schon möglich, dass sie wollte weg. Aber wär fair gewesen, wenn sie hätte mir gesagt."

149

„Weißt du, wie Michelles Freund hieß?"

Antonio nickte. „Peter. Wie gesagt, sprach sie ständig von ihm. Ich muss weg pünktlich, Peter holt mich ab, Peter hat gebracht mich."

„Und der Nachname?"

Antonio hob die Hände. „Weiß nix."

„Wie sah er aus?"

„Komisch. Hatte dunkles Tattoo um Hals, wie so eine dunkle Kragen. Mir hätte Angst gemacht. Und ich bin Mann."

„Haarfarbe?"

„Schwarz."

Die Beschreibung nützte Sina wenig, denn sie kannte das Gesicht des Motorradfahrers nicht, den Ayla an der Schule gesehen hatte. Sie zahlte. „Meinst du, es macht Sinn, zur Polizei zu gehen?"

Antonio schüttelte den Kopf. „Was soll ich sagen? Ist nix zur Arbeit gekommen? Die lachen mich aus."

„Komisch, dass gleich zwei Frauen, die ich kenne, einfach abtauchen, oder?"

„Was weiß ich. Zufälle gibt halt. Der hatte eine auffällige Jacke an. Ich bin richtig erschrocken."

„Warum?"

„Motorradjacke mit Wolfsgesicht drauf. Und stand drauf Frankfurt Hunters, ich glaube." Antonio musste lachen. „Hoffe, sie kommt bald zurück, ich brauch Unterstützung hier in Laden."

Erik

Erik war abgemagert und in sich gekehrt. Abgesehen von dem Grauen, das er erlebt hatte, stresste ihn der Umstand, sich nachts heimlich aus dem Haus zu schleichen. Der fehlende Schlaf schwächte ihn und er versäumte die erste mündliche Prüfung. Der Vater schickte ihn daraufhin zum Arzt, der jedoch eine körperliche Krankheit ausschloss und ihn stattdessen an einen Psychologen verwies. Dem Therapeuten erklärte Erik plausibel, dass ihm der Schulstress zu schaffen mache, da er andere Zukunftspläne habe, diese aber nicht umsetzen dürfe. Beim darauffolgenden Gespräch mit seinem Vater kam das Thema zur Sprache. Der begrub daraufhin, und zwar mit harter Missachtung, die Hoffnung auf die Hochschulreife seines Sohnes endgültig. „Du warst so kurz davor." Er deutete mit Daumen und Zeigefinger einen winzigen Abstand an. „Nur noch ein paar lächerliche Prüfungen. Doch du wirfst alles hin. Das ist absurd! Aber was war von dir schon zu erwarten? Du bist nun mal der Sohn einer Mutter, die es zu nichts gebracht hat. Wieso solltest du anders geraten sein? Genau aus dem Grund habe ich deine Mutter verlassen. Sie war unfähig bei allem, was sie tat, hauptsächlich bei der Kindererziehung. Mach was du willst mit deinem Leben, aber mach was draus, und zwar bald. Ich will, dass du so schnell wie möglich ausziehst. Wo treibst du dich denn in Wahrheit immer rum? Glaubst du, mir ist nicht aufgefallen, dass du nachts aus dem Haus gehst? Soll ich dir was sagen, bleib am besten gleich dort. Du machst mich fertig."
„Dein Ernst?", fragte Erik.

„Machst du ja doch nicht, ohne Geld."

„Ich such mir so schnell wie möglich einen Job, dann bist du mich los."

„Hoffentlich bald."

Erik wusste ein für alle Mal, dass er mit der Hilfe seines Vaters nicht zu rechnen brauchte. Von dem Tag an ging er nicht mehr zur Schule. Dadurch musste er auch Lisa nicht mehr begegnen. Er wurde von Mike weiterhin eingespannt und ausgenutzt. So war er auch dieses Mal wieder derjenige, der sich um das neue Opfer, den Köder, wie Mike stets betonte, kümmern musste. Sie tat ihm entsetzlich leid, die Neue. Pete hatte sie angeschleppt. Die große Schnittwunde auf ihrem Hinterkopf hatte Pete ihr mit einem Schlagring zugefügt. Wenn er doch wenigstens dieses Mädchen befreien könnte. Längst hatte er die Kamera in der Box entdeckt, die sich oberhalb des Lichtschachtes befand und über die Mike die Box überwachte. Selbst wenn er Mike überlisten konnte, war da noch Pete. Der hatte das Mädchen nicht nur einmal geschlagen. Er würde sich auch nicht scheuen, ihr den Hals umzudrehen und ihm noch dazu. Wobei das humaner war als das Martyrium, das ihr bevorstand. Verzweifelt dachte Erik Tag und Nacht über Auswege nach. Wie konnte er sie da rausholen, wenn die Tür stets verschlossen war? Er war ebenso gefangen, wie das Opfer.

Als er an diesem Tag die Box betrat, kauerte das Mädchen in der Ecke neben dem Strohhaufen und starrte ihn aus weit aufgerissenen Augen flehend an.

„Lass mich hier raus, bitte", flüsterte sie, wie sie es jedes Mal tat. „Ich möchte nicht essen, will nur hier raus. Ich habe das Gefühl, du verstehst mich. Du bist netter als Pete."

Er stellte den Teller mit den Nudeln neben sie auf den Boden. „Du ersparst dir viel Ärger, wenn du isst", sagte er.

„Komm mir nicht zu nahe, sonst schreie ich."

„Ich will mir bloß deine Wunde ansehen", flüsterte er. „Nicht so laut."

„Die scheiß Wunde ist mir egal, ich will hier raus, verdammt nochmal. Warum tut ihr das? Was hat das mit diesem verdammten Spiel zu bedeuten? Ihr wollt mich töten. Ihr seid alle verdammt perverse Schweine. Ihr wollt mir beim Sterben zusehen. Ist es nicht so? Nennt ihr das etwa Spiel?"

„Nicht so laut", flüsterte Erik. „Ich will dir nichts tun. Ich will dir helfen."

„Du willst helfen, damit ich länger durchhalte, bei was auch immer. Du bist noch schlimmer als Peter. Wo ist der feige Hund? Wusstest du, dass er mich angemacht hat? Und ich habe dem Dreckschwein geglaubt. Ich war davon überzeugt, in ihn verknallt zu sein, ich blöde Kuh. Kannst du dir das vorstellen?" Sie spuckte auf den Boden. Plötzlich beruhigte sie sich und sah ihn aus traurigen Augen an. „Tut mir leid, ich weiß zwar nicht, wer du bist. Und ich kenne auch dein Gesicht nicht. Aber du bist anders als Peter. Lass mich frei. Ich tu alles für dich, wenn du mir hilfst. Hol mich einfach hier raus. Wir machen das Dreckschwein gemeinsam platt."

In diesem Moment wurde die Tür der Box aufgerissen, Pete drängte Erik zur Seite, stampfte auf das Mädchen zu, holte aus und verpasste Michelle einen Schlag mit der Faust, der sie zusammenbrechen und reglos am Boden liegen ließ, als sei sie ohnmächtig.

„Die Schlampe wagt es, so über mich zu reden." Er wandte sich Erik zu. „Und du Weichei hast mit ihr gequatscht. Das war nicht vereinbart. Du solltest ihr das Essen bringen, kein Plauderstündchen halten, immer noch nicht verstanden? Ich schwöre dir, wenn ich feststelle, dass du was ausheckst, ich mach dich kalt. Und dann übernimmt Mike deine Lisa. Sie wird leiden wie keine zuvor." Er nickte zur Kamera. „Ich seh alles von da oben!"

„Sie wollte nichts essen, da dachte ich, es wäre sinnvoll, sie bei Laune zu halten. Wenn sie geschwächt ist, macht doch die Jagd gar keinen Spaß, oder?"

„Dann macht die Jagd keinen Spaß, oder?", äffte Pete nach. „Denkst du, ich glaube den Schwachsinn, den du von dir gibst? Du bist zwar erfinderisch, aber nicht gut genug. Mike will, dass du tust, was er dir sagt. Nicht du entscheidest. Geht dir das nicht ins Hirn, oder was?"

Erik hob beschwichtigend die Hände. „Ist ja schon gut. Ich tu, was ihr verlangt."

Pete packte Erik am Arm. „Los heb den Teller auf. Wenn sie wieder bei Sinnen ist, stellst du ihn hin und zwingst sie, es aufzuessen, verstanden? Mehr sollst du nicht tun. Du sollst keine Beziehung zu ihr aufbauen. Sie ist nichts als ein Köder, begreifst du das nicht?"

„Sie ist ein Mensch!", murmelte Erik.

Pete war schon auf dem Weg zur Tür, Mike hatte ihn gerufen.

„Hat er Fortschritte gemacht?", fragte Mike ihn draußen.

„Eher Ärger."

„Erik?", rief Mike.

„Ich komme." Erik verschloss die Tür der Box.

„Ich verlang doch nix Schlimmes von dir. Mach kein Mist, Mann."

„Ich gebe mein Bestes. Aber warum können nicht Ben und Sammy mal meinen Dienst übernehmen?"

Mike schlug Erik mit der flachen Hand gegen die Stirn. „Die arbeiten, Mann. Die kümmern sich um die Köder. Das brauchste nicht zu tun. Merkste was? Ich schon dich. Und du bist verdammt undankbar. Ich sag's immer wieder. Deine Kleine zu kidnappen, ist ein Kinderspiel. Stell dir vor, du musst sie füttern. Die würde um Gnade betteln und du kannst nix für sie tun. Wie fühlt sich das an, he? Sie würde im Gedanken sterben, dass du's vermasselt hast."

Erik schluckte. „Ich habe nichts mehr mit ihr zu tun. Wir haben uns getrennt. Also hör auf, mich mit ihr zu erpressen. Ich bin freiwillig hier. Und ich gewöhne mich dran."

„Wirklich? Umso besser. Das hört sich zum ersten Mal vernünftig an. `Ne Line willste ja nicht, aber was zu rauchen?"

Erik nickte. „Gib her!"

Mike öffnete eine Schachtel und reichte Erik einen Joint.

„Danke."

Pete gab ihm Feuer und Erik zog erleichtert daran.

Mike grinste. „An `ne Line gewöhn ich dich auch noch. Ich schwör dir, du siehst dann alles mit anderen Augen, selbst Lisa. Sie ist nämlich'n ganz besonderer Leckerbissen. Und jetzt, wo ich weiß, dass es dich nicht mehr stresst, was aus ihr wird ...", er machte eine nachdenkliche Pause. „Nicht wahr, Jungs?" Mike tätschelte seine sabbernden Tiere. „Ich wette, die hat besonders zartes Fleisch."

38

Lisa

Die erste Zeit war Lisa unendlich wütend auf Erik gewesen. Doch seit er nicht mehr zur Schule kam, war sie besorgt. Im Sekretariat erfuhr sie, dass er die Schule für immer verlassen hatte. Das ging nicht mit rechten Dingen zu. Nach ein paar Tagen hielt sie es nicht mehr aus und ließ sich seine Festnetznummer geben. Zu ihrer Überraschung ging Erik ans Telefon.

„Du hast die Schule geschmissen, spinnst du jetzt total?", fragte sie.

„Lisa." Erik sprach sehr leise. „Ich habe dich gebeten, mich in Ruhe zu lassen. Warum tust du nicht, was ich sage?"

„Weil ich nicht glaube, dass du die Wahrheit sagst. Man wirft doch nicht so kurz vor Schluss alles weg?"

„Doch Lisa, das tu ich. Du weißt, dass ich andere Ziele habe. Und ich bin froh, dass es endlich zu Ende ist!"

„Sag mir wenigstens, ob es dir gutgeht, Erik."

„Natürlich. Mir geht's super. Ich kann jetzt das tun, was ich schon immer wollte."

„Ich glaube dir einfach nicht. Da steckt was anderes dahinter."

Eine Zeitlang kam keine Antwort.

„Bist du noch dran?", fragte Lisa.

„Hör mir gut zu", flüsterte Erik. „Halte dich zu deiner eigenen Sicherheit von mir fern. Ich sage das nur dieses eine Mal. Geh mit niemandem mit, der ein Motorrad fährt. Mit niemandem, hörst du?"

„Ich würde ohnehin mit niemandem weggehen, den ich nicht kenne."

„Komm auch keinem Fahrer zu nah."

„Also hatte ich recht. Deine Freunde stecken dahinter."

„Lisa, ich habe mir geschworen, dich da rauszuhalten. Aber du machst es mir wahnsinnig schwer. Du musst mir jetzt etwas versprechen, tust du das?"

„Wenn du mir die Wahrheit sagst, dann verspreche ich es."

„Die Wahrheit ist zu absurd und ich habe Mist gebaut." Er machte eine Pause, bevor er hinzufügte: „Kann sein, dass jeden Moment mein Vater kommt, dann hänge ich ein. Also hör mir jetzt zu: Auch wenn du mich nie wiedersiehst, du darfst niemals nach mir suchen, hörst du? Und solltest du jemals an die Polizei denken, vergiss es! Es würde zu einer Katastrophe führen."

„Erik, um Gottes Willen, was passiert da?"

„Mit viel Glück werde ich es dir eines Tages erklären. Das Allerwichtigste ist, dass du niemandem vertraust, den du nicht kennst. Und wenn du gefragt wirst, wann du das letzte Mal mit mir gesprochen hast, dann behaupte, dass es ewig her ist."

„Aber Erik, du kannst doch nicht verlangen, dass ich nichts tue. Du scheinst große Probleme zu haben. Komm zu mir nach Hause. Wir könnten mit meinem Vater darüber sprechen. Er kennt sich aus, du weißt, er ist Anwalt."

„Wir sprechen mit niemandem und niemals darüber, hörst du? Es ist zu gefährlich. Ich sage dir das alles nur, damit du begreifst, dass du dich von mir fernhalten musst, um jeden Preis. Ich bin nicht wert, dass du dich um mich sorgst. Das ist mein voller Ernst. Ab jetzt werden wir unseren Kontakt vollständig einstellen, hast du das verstanden? Ruf mich nie mehr an!"

„Ach Erik, ich hab dich doch so lieb."

„Ob du das verstanden hast, will ich wissen?"

„Natürlich."

„Und wenn ein Motorradfahrer an der Schule auftaucht, achte darauf, dass du nicht allein bist. Dann wird er verschwinden."

„Was will er denn von mir?"

„Es ist eine reine Vorsichtsmaßnahme, aber befolge sie. Auf dem Weg zu dir nach Hause musst du ebenfalls achtsam sein."

„Er weiß, wo ich wohne?"

„Bitte Lisa. Ich will einfach vermeiden, dass dir etwas zustößt."

„Du machst mir Angst, Erik."

„Es tut mir leid, das wollte ich nicht. Du sollst nur tun, was ich sage."

„Und wenn wir doch die Polizei einschalten?"

„Das hätte grausame Konsequenzen." Für dich, wollte er noch sagen, schwieg jedoch.

„Gut, aber ..."

„Kein Aber! Versprich, dass du tust, was ich sage! Du musst es sagen!"

„Ich verspreche es."

„Danke und erwarte nicht, dass wir uns treffen oder uns sehen. Es geht mir um deine Sicherheit. Und nun pass auf dich auf, Lisa. Ich muss jetzt Schluss machen, mein Vater kommt. Aber ich versuche, eine Lösung zu finden."

„Erik, warte noch einen Moment ..."

Doch Erik hatte bereits eingehängt.

39

Erik

Er hätte Lisa nicht ängstigen dürfen. Der Gedanke aber, dass ihr etwas zustoßen könnte, war für Erik unerträglich. Schon aus Gehässigkeit würde Mike Lisa umbringen. Wie sonst hätte Erik die Lage entschärfen können? Sollte er Lisa bitten, mit ihm unterzutauchen? Dann würden sie nicht nur von Mike verfolgt, sondern auch von der Polizei. Lisas Eltern würden keine Sekunde zögern, ihre Tochter suchen zu lassen. Es würde eine Verfolgungsjagd geben, deren Ausmaß kaum einzuschätzen war. Wo sollten sie sich verstecken und von welchem Geld sollten sie leben? Nein, Flucht war keine Option. Dazu kamen Mikes Viecher. Sie würden ihre Spuren finden. Mike hatte oft von ihrer außergewöhnlich guten Nase gesprochen. Erik war kaum in der Lage, einen klaren Gedanken zu fassen. Er wusste nicht, wann er das letzte Mal mehr als zwei Stunden am Stück geschlafen hatte. Mit jeder Nacht wurden seine Sorgen größer. Er war sich ziemlich sicher, dass Mike längst eingeplant hatte, auch ihn zu beseitigen. Vielleicht würde er Erik ebenfalls gefangen nehmen, wenn das Mädchen ... Andererseits war Erik ein guter Sündenbock.

40

Heinrich

Wieder und wieder suchte Heinrich die Futterplätze des Damwilds auf, es war noch immer nicht zurückgekehrt. Für ihn ein Zeichen dafür, dass die Gefahr noch nicht vorüber war. Er fürchtete sich davor, auf verendete Tiere zu stoßen. Es würde ihn ins Mark treffen, wenn seinem geliebten Damwild etwas zustieß. „Weiß der Teufel, wo ihr euch rumtreibt", murmelte er. „Bleibt dort, bis die Gefahr vorüber ist." Es war ein sehr warmer Abend im Wald, kein Lüftchen regte sich. In der Stadt war die Hitze kaum auszuhalten. Der Wald war der einzige Ort, der eine gewisse Abkühlung brachte. Heinrich hatte seine Schlappen in der Hütte gelassen und schlenderte barfuß durch den Wald. Er mochte das Moos, das am Wegesrand wuchs. Es fühlte sich samtig an unter seinen schwieligen Füßen. Ein wenig war er in den letzten Tagen zur Ruhe gekommen, er hatte keines der beiden Tiere gesehen. Er dachte wieder einmal intensiv an sein Kind. „Keine Sorge, Lisa. Ich lasse mir meinen Wald nicht nehmen."

Auch sein Damwild würde sich gewiss bald wieder zeigen und er hoffte, sich in Ruhe auf eine Bleibe für den Winter vorbereiten zu können. Die Aufregungen der letzten Zeit gerieten mehr und mehr in Vergessenheit. Doch an die große Lisa dachte er täglich. Das hübsche Mädchen, das voller Kummer um eine Umarmung gebeten hatte. Er hatte viele Jahre niemanden mehr umarmt und sie so lange gehalten, bis sie sich gefangen hatte. Passanten waren kopfschüttelnd an ihnen vorbeigelaufen, hatten ihn als Sittenstrolch bezeichnet. Lisa schien das vollkommen kalt zu lassen. Heinrich fragte sich oft, was der Grund für die Auseinandersetzung, deren Zeuge er geworden war, gewesen sein mochte. Er ging von nun an häufig zum Schweizer Platz, wann immer es sein Rheuma zuließ. In der Hoffnung, Lisa zu treffen. Doch erfolglos, obwohl er mehrere Stunden am Tag dort verbrachte. Alles besser, als dem Mann mit dem Messer noch einmal zu begegnen.

Ob Lisa ihn nun doch mied? Zweimal hatte der Kioskbesitzer ihn weggescheucht und behauptet, Heinrich würde ihm die Kundschaft vergraulen. Ob seine Lisa auch so hart gewesen wäre? Er war sich nicht einmal sicher, wie er selbst sich verhalten hätte, wenn sein Leben in geordneten Bahnen verlaufen wäre. Schon möglich, dass er ebenso abweisend reagiert hätte. Sogar wahrscheinlich. Manchmal dachte er, dass man erst selbst am Boden liegen muss, um das zu sehen, was wirklich zählt. Auf dem Weg zu seiner Hütte war er heute auf einen von Kindern gebauten Holzverschlag gestoßen und hatte begeistert festgestellt, wie stabil er gebaut war. Mit bloßen Händen konnte man so viel Schönes aus dem reichhaltigen Angebot der Natur herstellen. Dazu brauchte es kein Geld.

Gestern war er erst bei Einbruch der Dunkelheit in seine Hütte zurückgekehrt. Er lag auf seiner Matte und konnte von dort aus durch eines der Fenster bis zur Baumkrone einer der nahestehenden Königskiefern blicken. Bäume beruhigten ihn, gaben ihm Kraft. Oft lehnte er sich gegen die Stämme und bildete sich ein, ihre Kraft in seinem eigenen Körper konservieren zu können. Er liebte das sanfte Schaukeln der Äste im Wind.

Seit er wieder einen Namen hatte, dachte er häufig an die glücklichen Zeiten seiner Vergangenheit zurück. Was wäre er wohl unter normalen Bedingungen heute für ein Typ? Was bedeutete normal? Er wäre wohlhabend, sie hätten sich ein Häuschen im Taunus gekauft, das jedenfalls war der Wunsch seiner Frau gewesen. „Taunus? Das ist doch viel zu weit weg", hatte er widersprochen. „Ich werde jeden Morgen mindestens eine halbe Stunde im Stau stehen." Seine Frau hatte darüber gelacht und von Freizeitwert gesprochen. Schon richtig. Wenn man die Natur schätzte so wie er, dann bot der Taunus viel. Lisa wäre aufs Gymnasium gegangen und sie hätten einen gutsituierten Freundeskreis. Man würde sich zum Essen im Kronberger Schlosshotel treffen, nachdem man den halben Tag auf dem Golfplatz verbracht hatte. Würde teure Weine trinken und sich das Leben schönreden. Ein oberflächliches Dasein. Welten lagen zwischen seinem damaligen Leben und dem, was heute daraus geworden war. Wäre er glücklich gewesen in einer reichen Scheinwelt? Ja, er bezeichnete sie als Schein. Und vermutlich wäre er längst zum Alkoholiker geworden. Auch wenn er heute nichts besaß, er war im Einklang mit der Natur und verstand, dass es nichts Materielles gab, was ihm fehlte. Um keinen Preis hätte er im Luxus leben wollen. Lange hatte er mit dem Schicksal gehadert. Ein ewiger Prozess, bis man begriff, dass man es selbst herausforderte. So wie es an diesem einen Tag, in diesem einen Augenblick geschehen war. Er würde den ersten Satz nie vergessen, den er vor vielen Jahren sprach, als ihm sein Baby von der Hebamme in die Arme gelegt worden war. „Ich werde dich beschützen, solange ich lebe." Doch hatte er sein Kind und seine Frau nur vier Jahre später getötet. Weil er egoistisch war. Er wollte den Abend genießen, er wollte trinken. Es würde schon alles gut gehen, weil er das glaubte, weil er das so wollte. Weil er nur mit sich selbst beschäftigt war.

Unvermittelt musste er an seine alte Steuerkanzlei denken. Er hatte einen Sozius gehabt. Ob es die Kanzlei heute noch gab, entzog sich seiner Kenntnis. Nachforschen wollte er nie, zumal sie im Nordend lag. Zu weit, um sie fußläufig zu erreichen. Warum auch! Es war ohnehin das erste Mal, dass er an seine Arbeitszeit zurückdachte. Und an seinen damaligen Kollegen. Wie hieß er doch gleich? Heinrich kam nicht sofort auf den Namen und fragte sich, ob er unter beginnender Demenz litt. Nein, da war er wieder präsent: Jürgen Wohlfahrt. Ob Jürgen Familie hatte? Er musste mittlerweile um die fünfzig sein. Ob sich Jürgen manchmal fragte, was aus Heinrich geworden war? Gedanken, die ihm ohne seine wiedererlangte Identität nicht gekommen wären. Er wusste aber, dass er sie kein zweites Mal aufgeben würde. Er war nun wieder Heinrich. Sein Nachname allerdings spielte keine Rolle. Denn er war nirgendwo gemeldet. Kein Amt zahlte für ihn. Wozu also brauchte er einen Nachnamen?

„Ob ich euch eines Tages wiedersehen werde, da oben im Himmel? Dich Lisa und deine Mama? Werdet ihr mir verzeihen, wenn ich zu euch komme? Oder muss ich in der Hölle brennen?"

Schlagartig wurde Heinrich bewusst, dass es nicht allein Buße gewesen war, die ihn damals davon abgehalten hatte, sich umzubringen. Es war die Angst vorm Jüngsten Gericht. Die Angst davor, die Seelen im Himmel zu finden, denen er das irdische Dasein genommen hatte. Falls es so etwas wie ein Leben nach dem Tode gab. Auch das waren Gedanken, in die man sich verrennen konnte.

„Pastorales Geschwafel", sagte er laut.

Eines aber wünschte sich Heinrich von ganzem Herzen. Dass er, bevor er starb, etwas Gutes tun durfte. Etwas, das ihm half, sich mit seinem Schicksal zu versöhnen, das ihm eine Daseinsberechtigung gab. Ein Wunsch, der sich wohl nie erfüllen würde.

Stunden später erwachte er aus unruhigem Schlaf. Sein Kopf dröhnte. Er streckte seine schmerzenden Glieder und massierte die vom Rheuma geschwollenen Handgelenke. Er hatte von Lisa geträumt. Jener Lisa, die er erst seit Kurzem kannte. Sie hatte ihn um Hilfe gebeten, war voller Angst. Doch sie war viel zu weit entfernt und er konnte sie nicht schützen.

„Die Wölfe, helfen Sie mir!", hatte sie gerufen.

Heinrich konnte nicht länger liegen. So stand er auf, nahm seinen Plastikbecher und goss den letzten Rest des Wasserkanisters hinein. Er trank den Becher in einem Zug leer. Nun holte er das halbe Brötchen von gestern, das er sich von seinem erbettelten Geld gekauft hatte, aus dem Rucksack und aß es bis auf den letzten Krumen. Schließlich nahm er seufzend den leeren Kanister und machte sich wieder auf seine Runde zum Königsbrünnchen. Die Augen stets auf das Waldesinnere gerichtet, suchte er noch immer vergeblich nach seinem Damwild. Es zog ihn zum ersten Mal wieder zum Jacobiweiher. Er konnte sich doch nicht ewig fürchten. Der Mann würde wohl nicht seit Wochen dort auf ihn warten. Prophylaktisch setzte er sich auf eine von Buschwerk umgebene Bank, die von der hölzernen Brücke aus nicht ins Auge fallen würde, sollte er nicht allein sein. Heinrich jedoch konnte von hier aus das ganze Ufer überschauen. Wohlig lehnte er sich zurück, freute sich, dass er endlich seine Angst überwunden hatte, und genoss die Idylle. Für einen Moment schloss er die Augen und lauschte den Geräuschen der Natur, als etwas klatschend ins Wasser fiel und ihn aufhorchen ließ. Er öffnete die Augen, suchte nach einer Ente, die auf dem Wasser gelandet sein musste. Es dauerte eine Weile, bis sich seine alten Augen auf die Ferne eingestellt hatten. Er hätte längst eine Brille gebraucht. Nun jedoch stutzte er. Er glaubte, drei männliche Gestalten zu erkennen. Die Reflexionen der Morgensonne, die im Wasser tanzten, erschwerten die Sicht. Dann sah er, dass die beiden großen Hunde bei ihnen waren. Ihm stockte der Atem. Was sollte er tun, als sich ruhig zu verhalten? Die Männer schritten suchend das Ufer ab und stießen mit langen Stöcken ins Wasser. Wenn er sich nicht täuschte, hielt der eine zum Schutz vor der Sonne die Hand vor die Augen und sah sich um. Wenn sie ihn jetzt entdecken würden, war dieser Tag der letzte, den er erlebte. Es brauchte ihn nur einer der Hunde zu wittern. Doch die Tiere schienen abgelenkt, rannten hektisch am Ufer entlang. Was taten die Männer? Vielleicht hatten sie Rauschgift im Wasser versteckt? Eine Weile blieben sie stehen, bis sie sich wieder aufmachten und im Wald verschwanden. Heinrich saß mit zitternden Knien da und versuchte, sich zu beruhigen. Er würde nie wieder herkommen. Sie hätten ihn getötet, wäre er entdeckt worden.

41

Erik

Als Erik zur Baracke kam, waren die anderen schon druff und voll dazu. Etliche Bierflaschen waren an der Wand aufgereiht. „Nett, dass'de auch mal auftauchst, ich dachte, wir hätten'ne feste Zeit ausgemacht", lallte Mike.

„Schon klar, aber ich habe die Straßenbahn verpasst. Und du weißt, dass man von der Mörfelder noch eine stolze Strecke zu Fuß zurücklegen muss. Wo sind Hunter und Catcher?" Erik sah sich um.

„Zu Hause. Nerven, weil ich'se auf Diät gesetzt habe."

„Setz dich her, wir planen 'ne Fuhre."

„Eine was?"

Mike stutzte und schüttelte dann den Kopf. „Bin voll, ich meinte 'ne Tour." Er nickte zu Ben und Sammy. „Die Jungs ham Stress, brauchen mal 'ne Abwechslung, stimmt's? Konnte sie mit 'ner Line aber wieder glücklich machen. Willste jetz endlich auch eine? Wirkt Wunder, kannste mir glauben."

Erik schüttelte den Kopf.

„Kommste auch mit oder erlaubt das dein Alter nicht?"

„Ich werde ihn nicht fragen."

„Oh, Erik wird erwachsen. Habt ihr gehört?" Mikes kläglicher Versuch zu klatschen scheiterte, weil sich seine Hände im Suff verfehlten.

Erik deutete zur Box. „Ist sie versorgt, oder soll ich?"

„Nun hört euch das an", gackerte Mike. „Er will wissen, ob se versorgt ist."

Pete lachte hysterisch.

„Nee, Erik, sie ist durch die Gitterstäbe entkommen, weil se nicht fett genug war. Du hast se nicht genug angefüttert. Kennste Hänsel und Gretel, du Nerd? Das Märchen haben dir Mama und Papa doch bestimmt jeden Abend vorm Schlafengehen vorge..., vorgetragen, richtig?" Er setzte die Bierflasche an, trank und rülpste. „Wenn man so will, müsste ich Ben die Fresse polieren, weil er dich angeschleppt hat. Aber der entpuppt sich ja ebenfalls als Weichei, stimmt's?" Mike stieß Ben an. „Lewy, erklär ihm, was mit Verrätern passiert."

„Bin kein Verräter."

„Wenn du aussteigst, schon. Dann wirst du Mikes Lieblinge hautnah erleben", warnte Pete.

Ben schielte, als er aufblickte und versuchte, ein Nicken zustande zu bringen, eh sich seine Augen wieder schlossen. Mike schwankte selbst im Sitzen, sodass er sich an Bens Schulter halten musste. „Der is voll wie `ne Bitze."

Pete prustete. „Er meint Haubitze. Ändert aber eh nichts."

„Ist sie in der Box? Ich höre nichts."

„Sie war ziemlich auf Krawall gebürstet", sagte Pete.

„Auf Krawall gebürstet triffst es. Die Alte is durchgeknallt", ergänzte Mike.

Pete verschluckte sich vor Lachen, hustete und spuckte auf den Boden.

„Was habt ihr mit dem Mädchen gemacht?"

„Wir haben sie soßu..., soßusagen gezähmt." Mikes Zunge wurde immer schwerer. „Komm, nimm `ne Line. Dann glotzte nicht mehr so blöd. Ich kann deine Fresse nich ertragen. Sch..., schenk dir eine ..."

„Ist sie da drin oder nicht? Oder habt ihr etwa ... Habt ihr etwa heute Nacht gejagt?"

„War richtig geil. Sie is uns fast entwischt."

Ben blinzelte. „Was redest du da für'n Mist?"

Mike hob mit Anstrengung den Kopf, der ihm ständig auf die Brust sackte. „War'n Scherz, Alter."

Erik schwitzte. „Wo ist sie dann?"

„Im Teich jedenfalls nicht. Noch nicht. Mann, scheiß dir nich ins Hemd. Wir wollten uns'n schönen Nachmittag machen. Die hat rumgejammert. ‚Lasst mich raus' und so, hat sie geplärrt. Das Gezeter hält keiner aus."

„Was habt ihr mit dem Mädchen gemacht?"

Mike trank sein Bier auf ex, stand auf und torkelte auf Erik zu. „Erst haben wir sie reihum rangenommen."

„Ihr habt sie vergewaltigt?"

„Lass den Scheiß, Mike, der hat keinen Humor", blökte Pete.

„Okay, war'n Scherz. Kann aber noch kommen. Wir haben ihr was in den Tee gegossen, Mann, beruhig dich, die schlummert wie'n Engel. Weißu eigentlich, warum ich dich aufgenommen hab?"

Erik sah ihn auffordernd an.

„Du hass`s gesagt, dass de bei deim Erzeuger lebst, weil dich deine Alte loswerden wollte", lallte Mike. „Da dachte ich, du verachtest Frauen genau wie wir! Da sind wir uns nämlich alle einig, oder?"

Ben saß an der Wand und schlief, während Sammy Unverständliches vor sich hin sabbelte.

„Ben, schläfste?", rief Mike.

Ben öffnete die Augen und zuckte die Achseln, bis ihm die Lider wieder zufielen.

„Der hält nix aus", stellte Mike fest und versuchte, seinen Stand zu stabilisieren, indem er sich mit einer Hand an der Wand abstützte. Er kam Erik dabei so nah, dass ihm die Alkoholfahne in die Nase stieg. Mike setzte erneut an, fand keine Worte, kniff die Augen zusammen und fing an zu kichern.

„Mein Alter war auch ein Arsch, aber meine Mutter hasste ich, dass sie sich um mich gekümmert hat. Neee ...", kicherte er. „Ich meine nicht um mich gekümmert hat, verstehst du? Hihihi."

„Ich verstehe", antwortete Erik. Mike knickte um und fiel Erik in die Arme. „Hoppla. Muss mich mal setzen." Er rutschte mit dem Rücken die Wand runter und zog Erik mit sich. Mike kippte zur Seite und mit dem Kopf auf Sammys Schoß.

„Komm zu Papi", brabbelte der und begann zu schnarchen.

Ben war mittlerweile wieder wachgeworden. „Krieg ich noch 'ne Stange?"', fragte er.

Erik dachte hektisch nach. Die Tiere waren nicht da und die Kerle vollkommen zugedröhnt, das war seine Chance. „Ich hol mir ein Bier. Soll ich euch noch was mitbringen?" „Da fragst du noch? Klar. Und wenn du schon auf dem Weg bist, guck mal, ob die Tussi noch schläft", plapperte Pete. „Keine Lust aufzustehen."

Erik lief durch den Korridor, horchte an der Wand der Box und öffnete dann die Tür einen Spaltbreit. Die Augen des Mädchens, das zusammengekauert neben dem Strohballen lag, öffneten sich. Sie bewegte die Lippen, doch Erik schüttelte energisch den Kopf und legte den Zeigefinger auf seinen Mund. „Ich hole dich hier raus", flüsterte er. „Aber wenn jemand nach dir schaut, stell dich schlafend. Verhalte dich unbedingt ruhig, bis ich dich hole. Vertrau mir!"

Er schloss die Tür und schob den Riegel wieder vor. Nun betrat er die Nachbarbox. Darin standen vier Bierkästen. Leer, bis auf wenige Flaschen. Jetzt würde er ihnen den Rest geben. Er nahm drei Flaschen und entdeckte eine kleine Plastikdose. ‚Zopiclon', stand drauf. ‚Rezeptpflichtiges Schlafmittel. Kann schlaferzwingend wirken'. Eriks Herz schlug heftig. Sie hatten es dem Mädchen gegeben. Erik musste versuchen, auch Pete und Mike auszuschalten. Die anderen schliefen schon fest.

„Wo bleibst du, wir haben Durst", rief Pete.

„Bin gleich da, finde den Flaschenöffner nicht", rief Erik.

„Liegt direkt neben dem Bierkasten, du Horst."

Erik brach der Schweiß aus.

„Hast du ihn endlich?"

„Ah, da ist er ja, Moment. Komme sofort." Erik öffnete die Bierflaschen, schraubte die kleine Dose auf und kippte wenig Pulver erst in die eine, dann in die andere Flasche. Dann schraubte er die Dose zu und stellte sie zurück. Er nahm seine Flasche in die linke, die anderen beiden in die rechte Hand, ging zurück und gab jedem der beiden eine Flasche. Aufmerksam blickte er auf die Schlafenden. Sie schnarchten. Schliefen tief und fest und würden, so hoffte er, in der nächsten Zeit nicht aufwachen. Mike setzte die Flasche an, trank einen großen Schluck und seufzte zufrieden.

„Schläft sie noch?", wollte Pete wissen und trank ebenfalls.

„Wie ein Murmeltier", antwortete Erik. „Prost." Ihm war klar, was er aufs Spiel setzte. Doch eine solche Gelegenheit fand sich wahrscheinlich nie wieder. Er musste die abartige Jagd für immer beenden. Sobald er das Mädchen rausgeschafft hatte, würde er die Tür von außen verriegeln, sich mit ihr durch den Wald auf die Straße durchschlagen und ein Auto anhalten. Solange die Kerle noch da drin waren und schliefen, musste er die Polizei alarmieren. Er würde ebenfalls verhaftet, aber das war ihm egal. Viel zu lange hatte er tatenlos zugesehen, wie dieser Wahnsinnige alle mit in den Abgrund riss. Ben und Sammy waren ebenso wie er in die Falle getappt. Nun gab es kein Zurück.

Schneller als erwartet, sackten Mike und Pete regelrecht weg. Wahrscheinlich hätten die konsumierten Drogen und der Alkohol genügt, die beiden auszuschalten. Vorsorglich berührte er sie an der Schulter. Keiner von ihnen regte sich mehr. Nun kam es darauf an, dass sie schnell genug hier wegkamen. Er schlich durch den Korridor und öffnete behutsam und so geräuschlos wie möglich die Box. Das leise Quietschen des Riegels klang ihm in diesem Moment laut wie ein Presslufthammer in den Ohren. Er hielt den Atem an, lauschte. Keine Reaktion.

Das Mädchen saß auf dem Boden und blickte ihm voller Angst entgegen.

„Ich tu dir nichts", flüsterte er. „Steh auf, ich bring dich jetzt hier raus. Aber wir müssen sehr, sehr leise sein und vorsichtig."

Michelle war durch das Medikament wacklig auf den Beinen und konnte nur mit Eriks Hilfe stehen. „Ich kann nicht laufen", flüsterte sie.

„Du musst, sonst werden sie uns töten." Erik legte sich ihren linken Arm über die Schulter und umfasste mit seinem rechten ihre Hüfte. „Wir müssen an denen vorbei. Einen anderen Weg nach draußen gibt es nicht. Aber keine Sorge, sie schlafen. Du darfst keine Angst haben. Und du musst still sein."

Sie gingen zusammen ein paar Schritte vorwärts, was sich als mühsam erwies.

„Hör gut zu: Um dich rauszulassen, muss ich die Tür vorne entriegeln. Das kann Lärm machen. Sobald ich geöffnet habe, rennen wir, so schnell wir können, raus, verstanden?"

„Ich glaube, ich kann nicht. Meine Beine wollen mir nicht gehorchen."

„Pssst, nicht so laut. Du musst!", raunte er. „Das ist deine einzige Chance. Glaub mir. Aber vorher sehe ich nochmal nach, ob da vorn alles ruhig ist, dann hol ich dich. Bleib hier stehen und rühr dich nicht. Ich komme sofort zurück."

Wieder schlich Erik nach vorn. Keiner von ihnen hatte seine Position verändert. Erik rannte zurück. „Los, leg den Arm wieder um mich."

So schnell es ging, es kam ihm dennoch wie eine Ewigkeit vor, durchquerten sie den Korridor. Einmal stöhnte sie auf.

„Ruhig", zischte er.

Als sie die vier schlafenden Männer ohne Masken vor sich sah, begann sie zu zittern.

„Weiter, nicht hingucken. Stell dich hier neben die Tür. Ich öffne jetzt." Erik schob langsam den Riegel beiseite. Mike musste ihn geölt haben. Die Tür ließ sich problemlos und beinah ohne Geräusch öffnen.

„Komm jetzt!", flüsterte er und nahm ihre Hand. Da trat das Mädchen versehentlich gegen eine der leeren Bierflaschen. Sie kippte um und rollte durch den Raum.

„Scheiße!", flüsterte Erik. „Hauen wir ab."

Als sie draußen waren, schloss er die Tür, wollte den Riegel zu schieben, doch ein Vorhängeschloss hing davor. Erik wurde panisch. „Komm, wir müssen verschwinden." Er schnappte ihre Hand und zerrte sie in das Waldstück direkt neben der Baracke. Je mehr er sie antrieb, desto schwerer keuchte das Mädchen.

„Ich kann nicht mehr", schluchzte sie und blieb stehen.

„Du schaffst es. Da vorne kommen wir auf die Mörfelder. Dann halten wir ein Auto an, komm!"

In diesem Moment hörten sie sehr nah den Anlasser eines Motorrads. Das Geräusch konnte nur vom Parkplatz gekommen sein. Da sahen sie bereits den Scheinwerfer.

„Ach du Scheiße", presste Erik hervor. „Das kann doch nicht sein. Das Pulver hat nicht ausgereicht."

Das Mädchen wurde panisch, riss sich von ihm los und rannte in Richtung Isenburger Schneise davon. Er konnte ihr nicht mehr helfen, musste selbst verschwinden. Er rannte, so schnell er konnte. Da hörte er quietschende Reifen, einen grellen Schrei, dem ein dumpfer Schlag folgte.

42

Mike

Mike lag seit Stunden auf dem Bett und verfolgte auf seinem Tablet die neuesten Schlagzeilen. *Mittwoch, 14. Juni. Gegen 16 Uhr ereignete sich an der Isenburger Schneise ein Verkehrsunfall mit einer Schwerverletzten. Eine Frau wurde beim Überqueren der Fahrbahn von einem Autofahrer erfasst und lebensgefährlich verletzt. Sie wurde mit einem Hubschrauber in ein Krankenhaus geflogen.*

Im nächsten Artikel stand: *Junge Frau wurde um 16.15 Uhr von einem Autofahrer erfasst und schwer verletzt. Der Fahrer stand unter Schock, wurde jedoch nur leicht verletzt. Die junge Frau ist nicht bei Bewusstsein und ihre Identität konnte bisher nicht ermittelt werden. Wer vermisst eine etwa 25-jährige Frau, Größe 1,66 Meter, schlank, mittellange braune Haare, braune Augen. Sie war zur Unfallzeit mit einem bauchfreien weißen Oberteil und einer Bluejeans bekleidet. Schuhe trug sie nicht. Laut Ärzten soll sie unter schweren Beruhigungsmitteln gestanden haben. Wer glaubt, diese Frau zu kennen, wendet sich bitte an die nächste Polizeidienststelle.*

„Verdammte Scheiße. Ich dacht, die is tot. Das hat mir diese Nulpe eingebrockt."

Mike wählte Petes Nummer. Der ging nach dem vierten Freizeichen ran. „Ja?", meldete er sich außer Atem.

„Was ist los, wo treibst du dich rum?"

„Mensch, wo schon? Ich sitze auf der Maschine. Musste erst anhalten. Mir tut vielleicht der Schädel weh."

„Hast du schon die Unfallnachrichten gelesen?"

„Nee, ist sie identifiziert?"

„Nur 'ne Frage der Zeit. Aber viel schlimmer is, dass'se noch lebt."

„Was? Nicht dein Ernst."

„Is aber nicht bei Bewusstsein. Hoffen wir, dass se nich mehr zu sich kommt. Verdammt, die hast du angeschleppt."

„Soll heißen, ich geh in die Klinik und murkse sie ab, wie in den dämlichen Filmen? Du spinnst wohl."

„Wer sagt denn das! Such Erik, den verdammten Hund. Der muss geradestehen, wenn sie wach wird."

„Wie meinst du das?"

„Na denk mal nach. Ich werd Ben oder Sammy Zeugen spielen lassen. Die werden aussagen, dass'se Erik gesehen haben, wie er aus'm Oberforsthaus kam."

„Wieso gerade die beiden?"

„Die Schnepfe kennt dich, weiß, wie de aussiehst. Sie wird also gegen dich aussagen. Wenn'se überhaupt wach wird. Außer sie ist dann ballaballa. Was bei 'nem schweren Unfall sein kann. Der glaubt dann eh kein Mensch, dass'se sich noch genau erinnern kann. Deshalb ist Erik der perfekte Sündenbock. Er hat die in der Box versorgt. Die finden jede Menge Spuren von ihm und das dämliche Schlafmittel. Ich glaub, der hat uns auch was reingekippt. Ich bin echt Matsch inner Birne."

„What? Das hätte ich dem echt nicht zugetraut."

„Is auch egal jetzt. Den mach ich eh kalt, wenn ich den · erwisch. Mal sehn, vielleicht hat Ben gesehen, wie er sie vors Auto gestoßen hat. Ich denk drüber nach."

„Hä? Wie willst du dem die Aussage verkaufen?"

„Der war hacke voll, Sammy auch. Ich behaupte's einfach. Bin mir aber noch nicht sicher. Mal gucken, wie sich's entwickelt. Hauptsache du findest das Schwein."

„Und wo soll ich den suchen?"

„Lass dir was einfallen, Mann. Du hast Michelle angeschleppt, deshalb biste für die Scheiße verantwortlich." Mike machte eine Pause. „Kennt sie deinen Nachnamen?"

„Sie weiß nur, dass ich Peter heiße."

„Na wenigstens das. Du sagtest Peter, nicht Pete?"

„Genau."

„Weiß die, wo du wohnst?"

„Quatsch. Da fällt mir gerade ein, dass von dir auch keiner weiß, wo du wohnst."

„Spielt keine Rolle. Okay, ich rate dir, finde Erik. Oder frag von mir aus seinen Alten, wo er ist."

„Und was soll ich dem sagen?"

„Mensch Lewy, frag doch nicht so dämlich, was weiß denn ich? Ist 'ne beschissene Situation. Lass dir halt was einfallen. Und jetzt mach schon. Ist echt Wahnsinn. Da wird die von 'nem SUV angefahren und überlebt. Das gibt's nich."

Mike schaltete das Handy aus. Er massierte seine Schläfen. Sollte Michelle aus dem Koma erwachen und klar bei Verstand sein, würde sie Pete genau beschreiben können. Nötigenfalls würde sich Mike anonym melden und den Bullen einen Hinweis geben. Er würde ihm den Mord an Ayla anhängen und schildern, dass er ein perverser Irrer war. Ben und Sammy würde er nur für den Notfall einbeziehen. Die waren froh, wenn sie heil aus der Nummer rauskamen. Und Pete war dümmer als gedacht, dass er sich von ihm kommandieren ließ. Denn dass die Situation eskaliert war, war allein seine Schuld. Wie hatte er sich nur so zudröhnen können? War klar, dass Erik ein Sonderling ist. Er musste schnellstmöglich unschädlich gemacht werden. Der Vollidiot hatte all seine Pläne zerstört. Und was aus der Jagd werden würde, stand in den Sternen. Momentan musste er die Füße stillhalten.

43

Pete

Etwa eine halbe Stunde später klingelte Mikes Handy.

„Ja?"

„Pete hier. Der Alte weiß nichts."

„Hast du ihn angerufen?"

„Nee, ich war bei dem zu Hause. Wollte auf Nummer sicher gehen, dass der mir nichts vormacht und den Filius versteckt."

„Was haste dem gesagt?"

„Dass ich ein Freund bin. Der hat mich blöd angeguckt und gesagt, dass es kein Wunder ist, dass er das Abi schmeißt, wenn der Typen wie mich kennt. Ich meinte, da soll er erst mal dich kennenlernen."

„Biste noch ganz richtig? Du hast von mir gesprochen?"

„Scherz, Mann! Ich kenn doch den Ehrenkodex. Jeder Hunter is'n Verwandter. Aber Spaß beiseite. Der Alte hat keine Ahnung, wo sich Erik rumtreibt. Hat den auch nicht besonders gestört, ist mein Eindruck. Er sagt, sie hatten Streit. Und ich hab dann noch die Schnalle angerufen."

„Wen meinste?"

„Lisa."

„Spinnst du?"

„Komm, als hättest du'n besseren Plan."

„Woher haste ihre Nummer gehabt?"

„Die Festnetznummer von Bergmanns steht im Telefonbuch."

„Woher weißte, wie sie heißt?"

„Du hast mal ihren Nachnamen genannt. Na ja, die hat erst geglaubt, ich sei ein Geschäftspartner von ihrem Alten, weil ich mich mit meinem Vornamen gemeldet hab. Sie meinte, ihre Eltern seien verreist. Ich dann so: Bin`n Freund von Erik. Die hat sofort gefragt, ob dem was passiert ist."

„Wie hast du's begründet?"

„Dass wir verabredet sind. Wegen `nem Job und so weiter. Dass ich nicht kapiere, weshalb er nicht gekommen ist. Erst wollte ich sagen, dass er mit Michelle gesehen wurde. Um sie aus der Reserve zu locken, verstehst de?", höhnte er.

„Mach doch nicht so'n Fass auf. Wer weiß, wie die tickt. Und wer weiß, was die von Erik alles über uns weiß! Dem trau ich mittlerweile alles zu."

„Wieso? Ich fand die Idee genial. Reg dich ab, hab's ja nicht getan."

„Hat`se `ne Ahnung, wo der stecken kann?"

„Was?"

„Na, wo der ist, Hirni."

„Nee, die war ganz aus dem Häuschen. Hat gleich'n Kloß im Hals gehabt und wollte wissen, warum ich nicht bei ihm zu Hause anrufe."

„Haste etwa gesagt, dass du bei dem Alten warst?"

„Klar, wollte es ja dringend machen."

„Du bist ein Idiot. Such den Kerl und halt dich aus allem andern raus. Du machst alles nur schlimmer."

„Was ist mit seinem Handy, hast du's mit verdeckter Nummer versucht?"

„Der hat kein Handy, hab's ihm abgenommen. Der hätte es doch eh ausgemacht, wenn er abtaucht."

„Wollen wir uns nicht besser erst mal im Clubraum treffen? Zusammen mit Ben und Sammy? Ich meine, wir sollten eine Strategie entwickeln."

„Du glaubst doch nicht wirklich, dass wir uns wieder im Oberforsthaus versammeln können, bevor Gras über die Sache gewachsen ist und vor allem, bevor wir Erik ausgeschaltet haben. Im besten Fall passen uns die Bullen dort ab. Dann wandern wir direkt in den Bau."

„Du hast doch deine Hunde gut im Griff. Wo ist das Problem, setz sie auf ihn an."

„Hab dich für weniger blöd gehalten. Dir ist doch klar, dass'se keine Hunde sind. Weißt du doch, oder etwa nicht? Für die Zwecke meiner Spezialjagd ham se sich spitzenmäßig geeignet. Aber man kann se nun mal nicht abrichten. Ich bin froh, dass'se zuverlässig zu mir zurückkommen, wenn ich die rufe. Das tun'se aber aus Futtergier, nicht aus Gehorsamkeit. Sind nun mal keine Spürhunde. Und selbst wenn se's könnten, wie stellst du dir das vor, soll ich die vors Motorrad spannen und quer durch Frankfurt hetzen?"

„Okay, dann rechne damit, dass er zu den Bullen geht."

„Möglich, aber unwahrscheinlich. Er weiß, was dann passiert. Schade, dass ich Lisa vorerst verschonen muss. Aber das weiß nur ich, er nicht. Hatte mich schon so auf ihren Auftritt gefreut."

„Ich denk, das ist vorbei mit denen?"

„Hat er nur behauptet. Konnt'ich an seinem ängstlichen Blick sehen, wenn man die nur erwähnt."

44

Lisa

Lisa hatte die ganze Nacht wachgelegen und sich unruhig hin und her gewälzt. Das merkwürdige Telefonat, das sie mit Eriks angeblichem Freund geführt hatte, ging ihr immer wieder durch den Kopf. Ausgerechnet jetzt, da ihre Eltern für zwei Wochen an die Côte geflogen waren, passierten Dinge, die sie völlig überforderten. Dabei hatte sie sich so sehr darauf gefreut, endlich sturmfrei zu haben. Das war jedoch, bevor Erik ihr den Laufpass gegeben hatte. Denn jetzt bestand ihre Freiheit nur noch aus Angst. Sie ging selten vor die Tür, verbrachte den halben Abend damit, sich zu vergewissern, dass alles sorgfältig verriegelt war, und zog selbst tagsüber kaum noch die Vorhänge auf. Den Blick in den dunklen Wald mied sie. Ohne die Alarmanlage hätte sie es im Haus kaum ausgehalten.

Wenn sie zum Einkaufen ging, war sie fahrig und sah sich immer wieder ängstlich um. Motorradfahrer verursachten ihr Panik. Das gestrige Gespräch hatte sie komplett verunsichert. War dieser Pete einer der Männer, vor dem sie sich in Acht nehmen sollte? Vielleicht konnte Erik das Motorrad nicht abbezahlen und die waren deshalb hinter ihm her? Oder hatte er einen Unfall gehabt, weshalb er den Mann versetzt hatte? Das war's, er lag bestimmt im Krankenhaus. Aber wäre dann nicht sein Vater verständigt worden? An das angebliche Jobangebot glaubte sie instinktiv nicht. Sie hatte den dringenden Wunsch, ihre Sorgen mit jemandem zu teilen. Wem durfte sie sich anvertrauen? Es gab nur einen einzigen Menschen.

Nach reiflicher Überlegung hatte sie am Morgen ihr Fahrrad genommen, um zum Schweizer Platz zu fahren. Sie hoffte inständig, dort auf Heinrich zu treffen. Sie hatte ihm ein großes Lunchpaket zurechtgemacht mit Sandwiches, Keksen und Obst, dazu eine Flasche Wasser, einen reichhaltigen Vitaminsaft und ein paar Vitamintabletten. Sie steckte alles zusammen in einen Stoffbeutel, setzte sich aufs Fahrrad und fuhr los. Selbst wenn er nicht da war, sie würde sich Zeit nehmen und auf ihn warten. Doch schon von weitem sah sie den alten Mann neben dem Kiosk sitzen. Sie war wohl noch nie in ihrem Leben so erleichtert gewesen. Sie schloss ihr Fahrrad an einen Laternenpfahl und ging eilig zu ihm rüber.

„Lisa", sagte er erfreut. „Ich habe oft nach dir Ausschau gehalten. Ich hätte dennoch schwören können, dich heute zu treffen." Er duzte sie.

Sie reichte ihm den Stoffbeutel und hockte sich neben ihn. „Ich habe Ihnen ein paar Vorräte mitgebracht und hoffe, dass ich Ihren Geschmack getroffen habe. Wenn Sie noch etwas anderes brauchen, sagen Sie es mir bitte."

Er nahm den Beutel erfreut entgegen. „Ich werde bestimmt alles essen, vielen Dank, aber nur, wenn du mich duzt."

Lisa errötete. „Danke Heinrich, das mache ich gern. Ich kann dir nicht sagen, wie froh ich bin, dich zu sehen." Sie wollte seine Hand nehmen, doch er entzog sie ihr.

„Zu schmutzig", sagte er und blickte sie eine Weile aus sanften Augen an. „Du hast immer noch Sorgen?"

Lisa nickte energisch.

„Ist es wegen deines Freundes?"

Wieder nickte sie.

„Ihr habt euch nicht vertragen?"

Lisa schüttelte traurig den Kopf, dann erzählte sie ihm die ganze Geschichte. Als sie geendet hatte, schwieg Heinrich lange Zeit und blickte zu Boden.

„Entschuldige, wenn ich dich damit gelangweilt habe."

Heinrich hob den Kopf. „Oh nein, das hast du nicht. Ich denke nur darüber nach und versuche, dir einen vernünftigen Ratschlag zu geben. Ich habe in meinem Leben zu viele Fehler begangen. Nun befinde ich mich auf meiner Zielgeraden und will nie mehr etwas Falsches tun." Erst recht diesem Mädchen wollte er keinen falschen Ratschlag geben. Ihr durfte nichts zustoßen. „Es rührt mich, dass du mir deine Sorgen anvertraust, aber ich bin vor allem in großer Sorge um dich."

„Heinrich, ich habe eine Idee. Ich bin augenblicklich allein zu Hause. Du könntest mit mir kommen, eine Weile im Gästezimmer wohnen, dir ein Bad gönnen und ja, ich könnte dir die Haare schneiden. Außerdem wären wir beide nicht allein und könnten aufeinander achten. Was meinst du dazu? Ich würde mich so sehr freuen."

Heinrich lächelte. „Das ist ein verlockendes Angebot, Lisa. Aber glaube mir, einen alten Mann wie mich kannst du nicht mehr ändern. An mein Äußeres habe ich mich gewöhnt. Es hält mir die Menschen vom Leib. Ich bin kein Menschenfreund, musst du wissen. Du bist die große Ausnahme. Ja, und für die letzten paar Tage, die mir noch bleiben, habe ich meinen Platz gefunden."

„Das ist schrecklich, wenn du so redest. Bist du krank? Oder weshalb sprichst du von den letzten Tagen?"

Er lächelte. „Das mag sinnbildlich gewesen sei. Aber es ist ein Geschenk der Einsamkeit, dass man auf sein Inneres hört. Ich höre die innere Uhr ticken und spüre nun einmal, dass meine Zeit bald ablaufen wird."

Eine ältere Frau schüttelte angewidert den Kopf, als sie an den beiden vorüberging. „Du wirst dir den Tod holen, Mädchen, wenn du dich mit solchen Kreaturen abgibst", sagte sie. „Hast du gehört, was sie sagt, Lisa? Das ist die Realität. Für Menschen wie mich ist kein Platz hier oder anderswo. Was glaubst du, würden deine Eltern sagen, wenn mich deine Nachbarn entdecken. Am Ende würde man mich für einen Sittenstrolch halten."

„Natürlich nicht. Denen würde ich was erzählen. Bitte Heinrich."

Nun nahm Heinrich doch noch Lisas Hand und drückte sie. „Wir werden uns hier noch ein paar Mal begegnen, Lisa. Das wünsche ich mir, denn es sind besondere Begegnungen. Außerdem möchte ich dir gerne helfen. Aber lass mir mein Leben, so wie es ist. Und mein Ende auch."

„Dann sag mir wenigstens, wo du lebst."

„Irgendwo in der Natur. Es gibt keine Adresse dafür."

„Ich lebe im Wald, das ist Natur."

Heinrich schüttelte wieder den Kopf. „Ich wüsste nicht einmal, ob ich noch in der Lage dazu wäre, in einem Bett zu übernachten. Ich möchte es nicht ausprobieren. Außerdem wäre ich nur Ballast für dich."

Lisa war traurig. „Das wärst du nicht. Aber ich versuche, dich zu verstehen."

„Ein Obdachloser ist und bleibt nun einmal ohne Dach."

Heinrich lachte. „Aber du kannst über alles mit mir sprechen. Ich werde deinetwegen jetzt täglich herkommen, wenn du das möchtest und wenn ich es körperlich schaffe."

„Ja bitte. Und sag mir, wenn du Medikamente brauchst. Ich kann dir alles besorgen."

„Ich brauche nichts." Er zwinkerte. „Na ja, so ein Fresspaket lehne ich natürlich nicht ab. Damit kannst du mich sehr glücklich machen. Nun zu dir. Du machst alles richtig, wenn du vorsichtig und bedacht handelst. Und noch etwas. Ich habe kein gutes Gefühl bei dem Mann, der sich Pete nennt. Du hast völlig recht. Erik hätte ihm deine Nummer nicht gegeben. Er muss verzweifelt gewesen sein, wenn er dich inständig bat, vorsichtig zu sein. So etwas sagt man nicht einfach so. Ich glaube nicht, dass er dich freiwillig verlieren möchte. Er sah nur keine andere Möglichkeit, dich zu schützen. In letzter Zeit geschehen viele merkwürdige Dinge. Das ist auch mir aufgefallen. Selbst die Natur spielt verrückt."

„Was denkst du, was passiert sein könnte?", fragte Lisa.

„Ich kenne ihn nur nach deiner Beschreibung und glaube, dass du eine gute Menschenkenntnis hast. Er scheint da in etwas reingeraten zu sein, das er nicht unter Kontrolle hat. Bleibt zu hoffen, dass ihm nichts zugestoßen ist."

„Soll ich zur Polizei gehen?"

„Was willst du denen denn sagen? Du hast faktisch nichts in der Hand. Und eine Vermisstenmeldung muss der Vater machen, nicht du. Du lebst schließlich nicht mit ihm zusammen."

„Und wenn ich mich an den Vater wende?"

„Wie du das Verhältnis zwischen Vater und Sohn beschreibst, wird das nichts bringen. Wir warten ab, Lisa."

„Danke, dass du ‚wir' sagst. Das tröstet mich."

„Wann kommen deine Eltern zurück?"

„Erst in zwei Wochen."

„Ist euer Haus gut gesichert?"

„Ich denke schon. Wir haben eine Alarmanlage, die mit dem Sicherheitsdienst verbunden ist."

„Das ist gut. Ich denke, dass du dort sicher bist. Ich wäre dir ohnehin keine körperliche Hilfe. Aber ich versuche, wie ich bereits sagte, morgen wieder herzukommen. Jetzt nimm dein Fahrrad und fahr nach Hause. Ich gehe jetzt auch zurück." Er hob lächelnd den Beutel. „Das reicht für die nächste

Zeit. Du brauchst mir morgen nichts mitzubringen, sonst werde ich auf meine alten Tage noch dick." Er lachte. „Noch einmal herzlichen Dank für alles. Und auch für dein Vertrauen in mich. Ach, und vergiss bitte nicht, deine Hände zu waschen. Du hast einen schmutzigen alten Mann berührt."

45

Heinrich

Als er mit seinem prallgefüllten Rucksack vom Schweizer Platz zurückkehrte, hatte heftiger Regen eingesetzt. Er war in wenigen Sekunden bis auf die Knochen durchnässt und konnte es kaum erwarten, ins Trockene zu kommen. Hinzu kam, dass er müde war, unendlich müde, und seine Knochen schmerzten. Er wollte nur noch ausruhen und schlafen. In letzter Zeit war so viel auf ihn eingestürzt, dass er befürchtete, langsam die Nerven zu verlieren.

Er musste trotz des Regens einige Pausen einlegen, um zu Atem zu kommen. Lisa hatte es allzu gut mit ihm gemeint. Er konnte die schweren Vorräte kaum tragen. Die nächsten Tage würde er mit den neuen Vorräten über die Runden kommen. Er fragte sich, wie lange er noch in der Hütte bleiben konnte. Es musste den Förstern aufgefallen sein, dass sich das Damwild verzogen hatte. Es wunderte ihn, dass er noch immer unentdeckt war.

Als er die Hüttentür öffnete, kam ihm heftiger Schweißgeruch entgegen und er traute seinen Augen nicht, als er den blonden Mann entdeckte, der in einer Ecke kauerte, die Arme um die angezogenen Beine geschlungen, und ihn erschrocken anblickte. Auch Heinrich zuckte. Nach einem Förster sah der Mann allerdings nicht aus. Zunächst sprach keiner ein Wort. Heinrich stand noch immer unschlüssig im Eingang. Das Rauschen des Regens war das einzige Geräusch, das ihnen in die Ohren drang.

„Wer ... wer sind Sie?", flüsterte der Blonde, der den alten Mann verblüfft anblickte, als habe er ihn schon einmal gesehen.

„Das sollte ich dich auch fragen."

„Was machen Sie hier?"

„Es ist seit einiger Zeit mein Schlafplatz."

„Aber gehört das Haus nicht dem Forstamt?"

„Und warum bist du dann hier eingedrungen?"

„Ich ... ich bin im Wald vom Regen überrascht worden, hab einen Unterschlupf gesucht. Entschuldigen Sie, wenn es Ihnen lieber ist, dann gehe ich." Der junge Mann versuchte aufzustehen, fiel aber entkräftet auf sein Gesäß.

„Jetzt warte halt, bis der Regen nachgelassen hat."

„Danke."

Heinrich stellte den Rucksack auf den Boden und setzte sich ächzend auf seine Schlafmatte. Stumm beobachtete er den jungen Mann, dann sagte er: „Sieht aus, als hättest du dich schon längere Zeit hier rumgetrieben."

Der junge Mann nickte.

Heinrich blickte auf seinen Rucksack. „Hunger?"

„Und wie."

Heinrich packte die Lebensmittel aus, die ihm Lisa mitgebracht hatte. „Durst auch?"

„Oh ja."

Er reichte dem jungen Mann die Flasche mit dem Obstsaft. „Hier, damit du zu Kräften kommst."

Der junge Mann nahm die Flasche, zitterte jedoch so sehr, dass er sie nicht aufschrauben konnte.

„Gib her, ich mache das." Heinrich nahm die Flasche, öffnete den Verschluss und gab sie ihm zurück. Er trank sie in einem Zug leer. „Vielen Dank", seufzte er.

„Wollen mal sehen, was wir hier noch so haben." Heinrich legte nacheinander eine Packung Kekse, zwei Äpfel, zwei Bananen und zwei reich belegte Brötchen auf die Gummimatte.

„Brötchen?", fragte er und reichte es dem Blonden.

„Danke." Er biss heißhungrig hinein und verschlang es mehr, als es zu kauen.

Heinrich öffnete die Kekspackung, schob sie ihm rüber und nahm sich selbst ein Brötchen, das er genüsslich aß. Wie gut, dass ihm Lisa all das mitgebracht hatte.

„Kann ich mir auch einen Apfel nehmen?", fragte der Blonde schließlich.

„Nur zu, dafür liegt er da."

Als der junge Mann nach einer Weile satt zu sein schien, streckte er die Beine aus und seufzte. „Nochmal vielen Dank. Sie haben mich gerettet."

„Du hast länger nichts gegessen?"

„Ja."

„Hast du dich hier verlaufen? Der Wald ist doch recht überschaubar."

„Nein, ich kann hier momentan nicht weg."

„Hund entlaufen?", fragte Heinrich.

Der Blonde schüttelte den Kopf. „Entschuldigen Sie, darf ich einen Moment schlafen? Ich konnte seit Tagen kein Auge zumachen."

„Klar. Hier nimm den Rucksack als Kopfkissen, wenn er dir nicht zu schmutzig ist."

Doch der junge Mann hatte sich schon auf dem Boden aus-
gestreckt und war beinah sofort eingeschlafen.

Heinrich, der ebenfalls tief geschlafen hatte, erwachte von
einem ungewöhnlichen Geräusch. Als er die Augen öffnete,
war es stockfinster in der Hütte. Der junge Mann, vom Mond-
licht gespenstisch beschienen, stand in der offenen Tür.

Heinrich fuhr hoch. „Wo willst du hin?"

„Ich weiß nicht."

„Was soll heißen, ich weiß nicht?"

„Sie waren sehr nett zu mir, aber ich muss hier fort, ich will
Sie nicht in Schwierigkeiten bringen."

Heinrich lachte. „Du hast mich doch vorhin gesehen. Sehe
ich etwa aus, als hätte ich nicht ohnehin Schwierigkeiten? Da
kommt es auf weitere kaum mehr an. Komm, leg dich wieder
hin. Was willst du in der Nacht im Wald rumgeistern."

Der Blonde stand unschlüssig da, schloss jedoch die Tür und
schlurfte zurück zu seinem Platz.

„Willst du drüber reden?"

Er schwieg.

„Komm schon, nichts ist so schlimm, dass man nicht drüber
reden kann." Das musste genau er sagen, der so viele Jahre
nicht geredet hatte.

„Sind Sie oft hier im Wald?"

„Ich lebe hier."

„Ich auch seit ein paar Tagen. Aber auf Dauer könnte ich das
nicht aushalten. Ich bewundere Sie. Wie lange leben Sie hier
schon?"

„Viele Jahre, ich weiß nicht, wie lange. Aber ich liebe es. Die
Natur gibt mir viel."

„Hm. Ich könnte das nicht. So ganz ohne Bett und nur auf
mich allein gestellt. Das hat mich in den letzten Tagen echt fertig gemacht."

„Am Anfang ist es hart. Später gewöhnt man sich dran. Du glaubst gar nicht, an was sich ein Mensch gewöhnen kann."

„Wie alt sind Sie?"

„Ich zähle nicht mehr, aber ich bin über achtzig."

„Sie haben vergessen, wie alt Sie sind?"

„Was bringt es mir? Es ist eine Zahl, weiter nichts. Ich lebe hier mit den Tieren des Waldes. Glaubst du, sie kennen ihr Alter? Es ist ihnen egal. Sie sind im Einklang mit der Natur. Das reicht ihnen aus. Im Moment vermisse ich meine Rehe allerdings schmerzlich. Sie sind seit Wochen verschwunden. Ich heiße Heinrich und du?"

Der junge Mann schwieg.

„Frage nicht gehört?"

„Hören Sie, kann ich mich auf Sie verlassen? Niemand darf wissen, dass ich mich hier aufhalte. Ich meine, hier im Wald. Niemand!"

„Wem sollte ich es sagen? Den Füchsen, den Hasen? Also wie heißt du?"

„Erik."

Heinrich traf der Name wie ein Schlag. Er riss den Mund auf.

„Was haben Sie? Gefällt Ihnen mein Name nicht?"

„Das ist verrückt. Ich glaube, ich habe dich schon gesehen."

„Was? Wie meinen Sie das? Wo wollen Sie mich gesehen haben?"

„Vor gar nicht langer Zeit. Auf dem Schweizer Platz, zusammen mit Lisa. Habe ich recht?"

Jetzt war Erik völlig verwirrt. Schließlich nickte er. Ich dachte schon gestern, dass ich Sie schon mal gesehen habe. Ich kenne auch Ihren Namen, sie sagte ihn mir. Sie stand bei Ihnen. Sie waren dort als ... Sie haben dort ..."

„Gebettelt", ergänzte Heinrich. „Sprich es ruhig aus, es stört mich nicht."

„Sie, ich meine Lisa, sie hat von Ihnen gesprochen. Sie mag Sie. Was für ein unglaublicher Zufall! Wie geht es ihr?"

„Hör zu, Junge. Ich weiß nicht, was vorgefallen ist, aber Lisa macht sich große Sorgen um dich."

„Wann ... wann haben Sie sie gesehen?"

„Gestern, alles, was du hier gegessen hast, ist von ihr."

„Mein Gott."

„Was ist vorgefallen? Weshalb hast du ihr wehgetan? Und wovor willst du sie schützen, das willst du doch, oder? Sie sagte mir, dass sie einen Anruf bekommen hat, von einem Pete, er wollte wissen, wo du bist."

Erik schlug die Hände vors Gesicht. „Ich wusste es. Sie lassen Lisa nicht in Ruhe. Es ... es ist alles so grausam, dass ich es kaum aussprechen kann." Dann begann Erik zu erzählen. Als er geendet hatte, war die Sonne aufgegangen. „Und das Schlimme sind die Hunde. Besser gesagt bin ich fast sicher, dass es Wölfe sind, auch wenn er das nicht zugibt. Aber die Geräusche, die sie machen, sind eigentümlich. Sie ... heulen."

„Ich habe die Tiere gesehen. Jetzt ist mir klar, weshalb das Damwild nicht zurückkehrt. Vermutlich sind es Wölfe. Dieser Mike hat schwarze Haare, Ohrringe und so einen Dutt auf dem Kopf. Habe ich recht?"

„Das ist er. Woher kennen Sie ihn?"

„Hör erst mal auf mit dem albernen Sie. Sieh mich an, ich bin kein Herr, nur ein runtergekommener alter Mann."

„Danke Heinrich für das Angebot. Also wo hast du ihn gesehen?"

„Hier im Wald, nahe dem Jacobiweiher. Besser gesagt, erst waren es die Hunde oder eben Wölfe. Ganz furchtbar, dass ein Mensch diese Geschöpfe missbraucht. Wölfe sind schützenswerte Tiere. Was der Mann tut, ist Tierquälerei. Ich habe die Tiere angelockt. Da tauchte der Mann auf, hat mir mit einem Jagdmesser gedroht, sollte ich jemanden informieren, dass sie hier rumlaufen. Er ist ein gefährlicher Mann. Aber du hast recht, du hast dir große Schuld aufgeladen. Denn auch, wenn du das alles nicht wolltest, du bist nicht ausgestiegen. Dafür wirst du mit Sicherheit im Gefängnis landen."

Erik nickte. „Ich weiß, das ist mir egal. Aber er droht, dass er Lisa etwas antut, wenn ich ihn verrate. Sonst hätte ich mich längst gestellt und hätte dem Wahnsinn ein Ende gemacht. Und dann wollte ich wenigstens das zweite Mädchen retten und habe sie dadurch getötet. Durch diesen verdammten Autounfall."

Heinrich seufzte. „Du glaubst gar nicht, wie viel wir beide gemeinsam haben."

„Wie meinst du das?"

„Das ist eine lange Geschichte, die im Moment keine Rolle spielt. Bist du sicher, dass das Mädchen gestorben ist?"

„Kann man sowas etwa überleben?"

Heinrich schüttelte den Kopf. „Wahrscheinlich nicht."

„Ich verschanze mich seither im Wald. Ist klar, dass die mich töten, wenn sie mich kriegen."

„Dass du dem Mädchen geholfen hast, rechne ich dir hoch an. Das war verdammt mutig. Wie heißt Mike mit Nachnamen?"

„Das ist es ja, ich weiß es nicht."

„Und dieser Pete?" Erik zuckte die Schultern. „Ich weiß keine Nachnamen, außer dem von Ben. Das hat sich alles im Oberforsthaus abgespielt."

Heinrich schüttelte verständnislos den Kopf. „Allein, dass er euch dort getroffen hat, ist absoluter Irrsinn. Ich habe noch nie gehört, dass sich jemand freiwillig über längere Zeit auf einer Baustelle herumtreibt. Und die anderen beiden, die mit der Werkstatt? Du sagst, sie waren vernünftiger."

Erik nickte. „Ben Hegmann ist der Besitzer. Mike hat mal bei ihm gearbeitet. Ben kennt bestimmt seinen Nachnamen. Der andere heißt Samuel, nennt sich Sammy. Seinen Nachnamen kenn ich auch nicht."

„Glaubst du, wir kriegen die auf unsere Seite? Würden die gegen Mike aussagen?"

„Das kann ich mir nicht vorstellen. Die haben auch Schiss vor ihm. Außerdem haben die ein echtes Suchtproblem. So hat er die auf seine Seite gekriegt."

„Ach daher. Tja, Drogen und Alkohol sind zerstörerisch. Du siehst, was sie anrichten können."

„Schon, aber ich bin ein feiger Hund. Das ist auch nicht besser."

„Wenn du so feige wärst, hättest du das Mädchen nicht befreit. Hör zu, Erik. Ich habe eine Idee. Ich bin nämlich heute wieder mit Lisa verabredet."

Als Heinrich seinen Vorschlag unterbreitet hatte, winkte Erik entschieden ab. „Bitte halte sie da raus. Er wird ihr etwas antun. Oder Pete, egal."

„Du unterschätzt Lisa. Deine Warnung hat sie ernst genommen. Mike und der andere können sie nicht am helllichten Tag vor allen Leuten schnappen. Ihr Haus ist zum Glück eine kleine Festung. Sie ist die Einzige, die uns helfen kann. Wenn wir Mike und Pete nicht drankriegen, werden noch weitere schreckliche Dinge geschehen. Unfassbar, was der Mann vorhat. Hast du ein Handy?"

„Er hat es mir weggenommen."

„Wir müssen etwas tun, bevor er dich findet. Vorher wird er sich sowieso nicht an Lisa ran wagen, denn er muss damit rechnen, dass du ihn angezeigt hast und eine Fahndung läuft. Er ist vermutlich wahnsinnig, aber nicht dumm."

„Also gut, sprich mit ihr, aber bitte sag ihr nicht die Wahrheit. Sie würde mich dafür hassen."

„Verlass dich auf mich."

„Wirst du noch etwas für mich tun?"

„Was?"

„Grüße sie von mir und sage ihr ... ach nichts."

*

Heinrich wusste, dass er nicht mehr lange die Kraft für die weiten Wege aufbringen würde, so sehr er sich auch bemühte. Aber dieses Treffen duldete keinen Aufschub. So war Heinrich bereits eine Stunde nach dem Gespräch unterwegs zum Schweizer Platz. Erik hatte er angewiesen, sich nur aus der Hütte zu wagen, wenn der Förster auftauchen sollte.

Heute kam er deutlich langsamer voran und hoffte, dass Lisa nicht die Geduld verloren hatte. Doch zu seiner Erleichterung wartete sie bereits, lief ihm entgegen, nahm ihm den Klappstuhl ab, schlug ihn auf und bedeutete ihm, sich zu setzen. „Heinrich, ich bin so froh, dass du da bist."

Er seufzte und sank erschöpft auf den Stuhl. „Verzeih, in meinem Alter dauert alles viel länger. Ich habe dich warten lassen."

Besorgt sagte sie: „Aber nun bist du da. Ich könnte dich zu meiner Ärztin bringen, wenn du Schmerzen hast."

„Es sind nicht die Schmerzen, mein Körper will nicht mehr, Lisa. Ich habe dir das doch schon gesagt."

„Heinrich, es gibt immer mal Tage, an denen man sich nicht wohlfühlt. Das kennen auch viel jüngere Menschen, selbst ich! Außerdem, was wird aus mir, wenn du nicht mehr da bist?"

Jetzt lachte Heinrich laut. „Das, was du auch vorher warst. Ich bin kein Ersatz für deinen Opa. Das darfst du dir nicht einbilden. Ich bin ein alter Mann, der tief gesunken ist. Aber du hast mich am Ende des Lebens noch einmal glücklich gemacht."

„Aber was habe ich getan?"

„Es ist dir egal, wie abschreckend ich aussehe. Du hast keine Berührungsängste. Das ist beachtenswert. Ich habe mich kürzlich einmal im Spiegel betrachtet und bin vor mir selbst erschrocken. Es war mir bisher völlig gleichgültig. Nur vor dir schäme ich mich. Denn ich bin froh, dein Freund zu sein. Du wirst ein kleines Plätzchen in deinem Herzen für mich einräumen, ja?"

„Das klingt so tragisch. Natürlich werde ich dich nie vergessen. Du bist ein weiser und vor allem netter Mann. Ich werde dich sogar eines Tages, und hoffentlich nicht allzu bald, auf dem Friedhof besuchen, wenn du das möchtest."

„Du musst erwachsen werden, Kind. Ein Wohnsitzloser wie ich wird vom Sozialamt irgendwo ohne Namen beerdigt. In einem anonymen Grab. Und das ist gut so. Ich möchte keinen Besuch. Wozu? Ein bisschen Asche wird von mir übrigbleiben. Nein, ich gehe zu meiner Familie zurück und hoffe, sie wollen mich noch, wenn es so etwas wie ein Leben da oben gibt." Er blickte lächelnd zum Himmel hinauf. „Aber nun genug davon. Ich werde sentimental und wunderlich, merkst du es? Deswegen bin ich nicht hergekommen." Er sah ihr eine ganze Weile liebevoll in die Augen. Dann sagte er: „Ich habe Erik gefunden. Und ich soll dich grüßen."

„Du hast wen gefunden?", platzte sie heraus.

„Nicht so laut, Lisa. Niemand darf wissen, wo er ist. Er hat Probleme." Heinrich blickte sich verstohlen um.

Lisa kniete sich neben ihn. „Bitte erkläre mir das."

Heinrich schüttelte den Kopf. „Das ist nicht gut. Es würde dich nur belasten. Du musst mir aber einen großen Gefallen tun, hörst du?"

Lisa nickte.

„Hast du dein Handy bei dir?"

„Natürlich."

„Kommst du hier ins Internet?"

Lisa zog ihr Handy aus der Hosentasche, öffnete das Display mit dem Daumenabdruck und klickte auf Google. Sie nickte. „Komm rein."

„Gut, wir suchen einen Autounfall, der sich am Nachmittag des 8. Mai auf der Isenburger Schneise ereignet hat. Ein Mädchen ist an dem Tag schwer verletzt worden."

„Mein Gott. Hat Erik den Unfall verursacht?"

„Nein, es war ein Unfall mit einem SUV. Aber nun mach schon!" Heinrich seufzte schwer.

„Belästigt Sie der Penner?", fragte ein vorbeigehender Mann.

Lisa blickte wütend auf. „Nein. Aber Sie belästigen mich gerade."

„Dumme Tussi", erwiderte der Mann.

Heinrich lachte. „Du bist ja richtig schlagfertig, das gefällt mir." Wieder seufzte er.

„Warum stöhnst du so?", fragte Lisa.

„Ich bin matt."

„Bitte sag mir zuerst, ist Erik bei dir?"

„Lisa, wenn sich alles aufklärt, wird er sich bei dir melden, mach dir keine Sorgen. Aber jetzt tu endlich, was ich dir sage."

Mit zitternden Fingern gab Lisa die Daten ein. Sie scrollte hektisch. „Ich finde nichts."

„Langsam, Lisa, immer mit der Ruhe." Wieder seufzte Heinrich.

„Wann war das nochmal?"

„8. Mai."

„Hier", sie hielt ihm das Handy vor die Augen.

„Lies es mir vor, ich kann das ohne Brille nicht lesen."

„Ein schwerer Verkehrsunfall ereignete sich am Montag, 8. August um 16 Uhr, auf der Isenburger Schneise. Eine junge Frau hatte versucht, die Fahrbahn fußläufig zu überqueren. Der Fahrer eines herannahenden SUV konnte nicht mehr rechtzeitig bremsen. Die Frau wurde schwer verletzt und in die Unfallklinik geflogen. Sie ist zurzeit nicht bei Bewusstsein. Zeugen, die den Unfall beobachtet haben, wenden sich bitte an die nächste Polizeidienststelle. Meintest du das?"

„Ja, ich danke dir. Gibt es noch mehr?"

„Ja, die ähneln sich alle. Immer wieder der SUV-Fahrer. Was hat das alles mit Erik zu tun?"

„Guck mal, ob du etwas Aktuelleres findest. Heute ist der 16. August."

Wieder scrollte Lisa, schüttelte den Kopf, hielt dann aber inne. „Tatsächlich hier, von gestern."

„Lies schon."

„Die Kriminalpolizei bittet um Aufmerksamkeit! Junge Frau aus dem Koma erwacht. Die 25-jährige Michelle M., die am Nachmittag des 8. Mai auf der Isenburger Schneise von einem SUV erfasst und schwer verletzt wurde, ist aus dem Koma erwacht. Die Geschichte, die sie bei klarem Verstand erzählte, ließ die Ermittler um Atem ringen. Glaubwürdig berichtet sie von ihrer Entführung durch einen Motorradfahrer und von einer skurrilen Jagd, bei der sie als ‚Köder' auserwählt wurde." Lisa stoppte. Ihre Lippen waren aschfahl geworden. Sie sah Heinrich an. „Köder? Was hat das zu bedeuten? Eine Jagd auf das Mädchen? Das kann doch nicht sein."

„Bitte weiter", drängte er.

„Eine Rockergruppe hätte sie im ehemaligen Oberforsthaus in einer Pferdebox wie ein Tier gefangen gehalten. Auch von zwei wolfsähnlichen Tieren berichtet sie, die in der Obhut der Männer gewesen sein sollen. An jenem Nachmittag hatte einer der Täter

offenbar Mitleid mit Michelle M., denn er befreite die junge Frau aus ihrem grausamen Gefängnis. Dann allerdings eskalierte die Situation, aus der Redaktion unbekannter Ursache, und das Mädchen floh auf die Straße. Von ihrem Retter fehlt jede Spur. Sie konnte jedoch sowohl den Kidnapper als auch den Retter beschreiben, siehe Phantomzeichnungen, obwohl sie unter dem Einfluss starker Schlafmittel gestanden hatte, die sie, wie sie erklärte, nicht freiwillig genommen hatte. Der Kidnapper, der sich Peter nannte, soll 25 Jahre alt und etwa 1,90 Meter groß sein. Er fährt eine schwarze Harley Davidson. Er trug zur Tatzeit eine auffällige Lederjacke mit einem Wolfsgesicht auf dem Jackenrücken. Er könnte laut ihrer Aussage der Kopf der Bande gewesen sein. Während der Retter etwa eine Größe von 1,78 Meter hatte und jünger war. Weitere Mittäter hat sie schemenhaft in Erinnerung, kann jedoch nicht sagen, um wie viele es sich handelte und wie sie aussahen, da sie laut ihrer Aussage regelmäßig Masken trugen. Hinweise zu den Gesuchten oder ungewöhnlichen Beobachtungen nimmt jede Polizeidienststelle entgegen." Lisa fiel das Handy aus der Hand. Sie nahm es mit schweißnassen Händen auf. „Den einen auf dem Phantombild kenne ich, Heinrich, das ist Erik, nicht?"

Heinrich nickte. „Ich schätze schon. Es ist eine lange und düstere Geschichte. Aber dein Erik ist kein böser Mensch. Auch ich habe einmal eine schwere Last auf mich geladen. Weil ich mich im rechten Moment falsch entschieden habe. Ich habe dafür mein Leben lang Buße getan. Das wünsche ich Erik nicht. Er soll für das, was er getan hat, Verantwortung übernehmen, aber ich wünsche ihm nicht das gleiche Leben, wie ich es führe. Weißt du Lisa, jeder von uns gerät im Leben an Weggabelungen und wenn man falsch abbiegt, muss man die Konsequenzen tragen."

„Mein Gott, was ist das für eine Jagd, Heinrich? Was haben die getan? Und was bedeutet das mit den Tieren?"

„Dauert jetzt zu lang, dir das zu erklären. Lisa, du sprachst von dem Mann, der dich angerufen hat. Er hat sich nach Erik erkundigt, oder?"

Lisa nickte.

„Er nannte sich Pete, sagtest du?"

Sie nickte.

„Wie weiter?"

„Keine Ahnung. Aber Moment mal. Der Entführer hieß Peter? Peter, Pete. Oh mein Gott. Heißt das ...?"

„Sind deine Eltern schon zurück?"

„Nein, ich sagte dir doch gestern bereits, dass sie für vierzehn Tage weggefahren sind."

„Dieser Pete, er hat dich auf dem Festnetz angerufen?"

„Ja."

„Gut, ich habe zwar schon lange nicht telefoniert, aber die Apparate haben doch heute alle ein Display, oder?"

Lisa nickte. „Dann geh schnell nach Hause und such nach der Handynummer, die dich angerufen hat. Ich versuche, morgen wieder herzukommen. Dann entscheiden wir, was zu tun ist. Erik glaubt außerdem, dass der Mann von der Werkstatt vielleicht eine Aussage machen kann. Bei dem hat Mike, so heißt der Wolfbesitzer, einmal gearbeitet."

„Ich wusste von Anfang an, dass dieser Mike nicht in Ordnung ist", murmelte Lisa. „Erik hat zwar nur seinen Namen genannt, aber er selbst war auch skeptisch."

„Das weiß ich doch. Aber jetzt hilf mir bitte, aufzustehen." Heinrich streckte ihr die Hände entgegen.

Lisa brauchte all ihre Kraft und zwei Versuche, um ihn auf die Beine zu stellen.

„Ich bringe dich zurück, Heinrich, bitte. Du bist so schwach."

„Kommt nicht infrage. Ich schaffe das schon. Du gehst nach Hause und suchst nach der Handynummer, hörst du?

Mehr brauchst du nicht zu tun und schließ dich ein. Wir werden das alles zu einem guten Ende bringen."

„Wurdet ihr zusammen gesehen?"

Heinrich schüttelte den Kopf.

„War Erik bei dieser, dieser Jagd dabei?"

„Alles, was du nicht weißt, schützt dich. Wenn die Zeit gekommen ist, wirst du es erfahren und jetzt nimm dein Fahrrad und schieß los. Wir sehen uns morgen." Er streckte die Arme aus und Lisa umarmte den alten Mann. „Du musst mir versprechen, immer gut auf dich zu achtzugeben, Lisa. Du bist ein sehr wertvoller Mensch."

„Na klar, wir sehen uns morgen." Traurig ließ sie ihn stehen, ging zu ihrem Fahrrad, drehte sich um, winkte ihm noch einmal zu und fuhr davon.

*

Heinrich machte sich auf den beschwerlichen Rückweg. Erst bei Einbruch der Dunkelheit erreichte er die Hütte. Wieder und wieder war er im Wald stehengeblieben und hatte nach den Rehen Ausschau gehalten.

„Wo seid ihr nur, meine Freunde?", fragte er. „Ich möchte euch doch so gern noch einmal in eure sanften Augen sehen."

Erik wartete bereits unruhig im Eingang auf ihn. „Hast du mich lange warten lassen! Ich dachte, du kommst nicht wieder. War echt besorgt. Ich wollte schon nach dir suchen gehen."

„Ist ein langer Weg. Tut mir leid." Heinrich ächzte.

„Hast du sie getroffen?"

„Das habe ich."

„Und hast du ihr meine Grüße bestellt?"

Heinrich seufzte schwer und ließ sich auf seine Gummi-matte sinken. „Natürlich."

„Geht es ihr gut? Was sagt sie?"

„Ich denke, sie würde sich freuen, dich zu sehen. Ich werde sie morgen wieder treffen, denn sie muss mir einen Gefallen tun."

„Dann komme ich mit."

„Nein. Die sind mit den Wölfen noch in der Nähe, sonst wäre das Damwild wieder da. Aber jetzt bin ich zu erschöpft. Ich werde dir morgen berichten. Ich muss aber zuerst schlafen."

„Iss doch wenigstens noch eine Kleinigkeit, du brauchst Kraft."

„Morgen, Erik. Jetzt bin ich zu müde und ich habe gar keinen Hunger. Es war ein sehr anstrengender Tag. Gute Nacht."

Heinrich legte sich auf seine Matte, drehte sich zur Seite und schlief sofort ein.

Erik jedoch konnte nicht schlafen. Er hätte so vieles fragen wollen. Er aß das hart gewordene Brötchen und dachte an Lisa. Heinrich sagte, sie wolle ihn sehen. Und das, obwohl er sie so hartnäckig abgewiesen hatte. Vielleicht würde doch noch alles gut. Wenn doch diese Nacht nur schon vorbei wäre. Irgendwann gegen Mitternacht legte auch er sich schlafen, den Rucksack als Kopfkissen benutzend. Nur damit Heinrich nicht heimlich verschwinden konnte. Wenn er ihm morgen früh alles erzählt hatte, würde Erik ihn davon überzeugen, dass er ihn begleiten musste. Einen weiteren Tag konnte er nicht warten. Er würde Lisa um Verzeihung bitten. Und außerdem war es unverantwortlich, den alten Mann ohne Hilfe losziehen zu lassen. Erik versank in einen unruhigen Schlaf. Als er am nächsten Morgen aufwachte, streckte er sich. Sein Arm war auf dem harten Boden eingeschlafen. Wie gerne würde er sich endlich wieder auf einem Bett ausstrecken. Heinrich hatte seit Jahren keines mehr gesehen. Er musste unglaublich zäh sein, dass er das hier in seinem Alter jede Nacht ertrug. Ein tapferer alter Mann, der nie klagte. Gleich würde Heinrich ihm endlich von gestern berichten. Er hoffte so sehr, dass dieser Albtraum nun ein Ende fände. Er setzte sich auf und gähnte. Der alte Mann lag noch immer auf der Seite, wie er gestern eingeschlafen war. Kein Wunder nach den Strapazen. Erik stand auf und öffnete leise die Tür einen Spalt und stutzte. Er musste zweimal hinschauen. Ein Rehbock stand direkt vor der Hütte und wackelte mit dem Schwanz.

Erik lächelte. „Das gibt's doch nicht. Sieh mal Heinrich, wir haben Besuch. Nun komm schon, guck dir das an. Da vorne sind noch ein paar Rehe. Sie sind zu dir zurückgekehrt."

Er drehte sich freudig um und schloss die Tür wieder. „Heinrich, hör doch, sie sind zurück, genug geschlafen. Außerdem hast du eine Verabredung. Wir dürfen Lisa nicht warten lassen. Ich habe mich entschieden, mit dir zu kommen. Die Wölfe sind fort. Sonst wären deine Freunde nicht wieder da. Heinrich?"

Erik kniete sich neben den alten Mann. „Hey alter Junge, aufwachen." Erik berührte sanft seine Schulter, tätschelte seine Wange. „Heinrich?" Er zog die Hand erschrocken zurück. Die Wange war eiskalt. „Mein Gott", flüsterte er und fiel taumelnd gegen die Hüttenwand. „Das gibt's doch nicht. Du kannst doch nicht einfach ... Oh Gott, deshalb warst du gestern so erschöpft."

Im ersten Moment glaubte er, aus der Hütte fortlaufen zu müssen. Es schauderte ihn, die Nacht neben einem Toten geschlafen zu haben. Was sollte er nun tun? Er konnte ihn nicht tragen, aber dort auch nicht liegenlassen. Als er sich ein wenig beruhigt hatte, setzte er sich neben den toten Mann. Er sah so friedlich aus und Erik glaubte, dass es seine Pflicht war, noch eine Weile bei ihm zu bleiben.

„Auch wenn ich dich nicht lange kannte, du warst ein guter Mensch. Danke für deine Hilfe." Zärtlich streichelte er Heinrichs Wange. „Ruhe in Frieden. Lisa wird sehr traurig sein. Ich werde dafür sorgen, dass dich jemand hier abholt."

Eine Zeitlang saß er noch da, während sich seine Gedanken überschlugen. Irgendwann jedoch fasste er einen Entschluss.

46

Erik

Erik wusste, er musste jetzt erst recht mit Lisa sprechen. Er stand auf, öffnete Heinrichs Rucksack und durchsuchte ihn. Ein verschrumpelter Apfel, schmutzige Kleidung, trockenes Brot. Er zog eine schwarze Jacke heraus und entdeckte weiter unten eine ebenfalls schwarze Wollmütze, die er mit spitzen Fingern hervorholte und ausschüttelte.

„Ekelhaft, aber die Klamotten kommen wie gerufen."

Die Jacke reichte ihm bis zu den Oberschenkeln. Heinrich musste darin versunken sein. Er zog die Jacke wieder aus, hängte sich den Rucksack vor den Bauch, zog die Jacke wieder an und knöpfte sie zu. Sie spannte sich nun prall um seine Taille. Er schob die Hände in die Jackentaschen und fand ein festes Stück Papier. Es war ein altes abgegriffenes Foto.

Eine junge Frau und ein kleines hübsches Mädchen winkten in die Kamera. Um die beiden herum war mit Bleistift ein Herz gezeichnet. Er blickte vom Foto zu Heinrich. „Deine Familie?"

Schwer zu sagen, ob die Kleine ihm ähnelte. Aber vielleicht waren die beiden der Grund für sein einsames Leben? Er hatte diese seltsamen Bemerkungen gemacht. Erik nahm das Bild und drückte es in Heinrichs kalte Hand. „Vielleicht ist das dein einziger Schatz. Leb wohl."

Erik nahm die schmutzige Mütze und schob sie über seine blonden Haare. Auf den ersten Blick würde ihn nun niemand erkennen, den untersetzten Mann mit der schmutzigen Kleidung. Er warf einen letzten Blick auf Heinrich.

„Ich sorge dafür, dass man dich hier wegbringt. Danke für alles und ruhe in Frieden", murmelte er und lehnte die Tür der Hütte an, als er sie verließ. Das Damwild hatte sich mittlerweile rund um die Hütte versammelt. Als spürten die Tiere, was drin geschehen war. Eilig zog er los. Wenige Augenblicke später begegneten ihm zwei Jogger.

„Haben Sie ein Handy dabei?", rief er ihnen entgegen.

Einer der beiden nickte.

„Könnten Sie den Notruf wählen? Da vorne in der Hütte liegt ein alter Mann, ich glaube, er ist tot."

„In welcher Hütte?"

„Wenn Sie hier um die Ecke biegen, stoßen sie automatisch drauf. Sie steht gleich auf der rechten Seite."

„Du sagst, da liegt ein Toter? Ach du Schreck, ich rufe gleich an", sagte der eine und kramte sein Handy aus der Gürteltasche. „Wen ruft man da an?", fragte er seine Begleitung.

„He, warte", rief der eine. „Was hast du eigentlich da drin gemacht?"

Doch Erik stürzte davon. Hinter dem Tor wählte er den Waldweg Richtung Innenstadt. Bei jedem Motorengeräusch, das er vernahm, hielt er die Luft an. Kurz hinter der Sachsenhäuser Warte kamen ihm Krankenwagen und Polizeistreife mit Blaulicht entgegen. Sie überquerten die Ampel Richtung Neu-Isenburg. Er hoffte, dass Heinrich nun Hilfe bekam. Obwohl er sich abhetzte, brauchte er eine gute halbe Stunde, bis er endlich den Schweizer Platz erreichte. Er sah sich um. Von Lisa keine Spur. Verdammt, das wäre ja auch zu einfach gewesen. Er hatte kein Geld, kein Handy und keine Möglichkeit Kontakt zu ihr aufzunehmen. Mutmaßlich hatte sie auf Heinrich gewartet und war längst wieder fort. Wohin sollte er sich nun wenden? Zum Vater konnte er nicht, dort würden sie ihn zuerst suchen. Wenn nicht Mike und Pete, dann die Polizei. Er sah sich um. Vor einem Schaufenster stand, die dunkelblonden Haare zusammengebunden, eine junge Frau und kehrte ihm den Rücken zu. Sein Herz machte einen Sprung. Lisa! Er ging auf sie zu, berührte sie an der Schulter.

Die Frau fuhr erschrocken herum. „Was soll das?" Erzürnt wich sie zurück.

„Oh Entschuldigung. Tut mir leid. Eine Verwechslung."

„Ich würde eher sagen, dumme Anmache. Wasch dich mal, statt hier Frauen anzulabern, du hässlicher Freak."

Da kam plötzlich eine weitere junge Frau um die Ecke. Und das war Lisa.

Er hielt die Luft an, jetzt kam es drauf an. Er stellte sich ihr in den Weg. „Nicht erschrecken bitte, ich bin's, Erik."

Sie blieb verwirrt stehen, musterte ihn.

„Entschuldige meine ... meine Kleidung."

Sie blickte ungläubig in sein Gesicht, dann auf seinen prallen Bauch.

„Ein Rucksack", erklärte er. „Ich kann nicht riskieren, entdeckt zu werden, und musste mir von Heinrich ein paar Sachen leihen. Du weißt doch von ihm, dass ich Stress habe, nehme ich an."

Sie blickte sich um. „Wo ist er? Warum hast du ihn nicht mitgebracht? Wir waren verabredet und ich habe gerade ein paar Lebensmittel für ihn besorgt." Sie deutete auf ihren Einkaufsbeutel.

„Lisa, ähm, ich weiß nicht, wie ich es sagen soll. Er ..."

Lisa wurde blass. „Ist er krank? Er war gestern so schwach. Oh nein, ich hätte ihn zurückbringen sollen. Aber er wollte nicht. Braucht er Medikamente? Ich kann ihm was besorgen."

Erik schüttelte den Kopf.

Ein Motorrad hielt an der gegenüberliegenden Ampel und Erik blickte rasch zu Boden. Die Ampel wurde grün, das Motorrad fuhr weiter. Erleichtert atmete er auf.

„Spann mich nicht länger auf die Folter, Erik. Was ist mit ihm?"

„Ich bin nicht sicher, ob du weißt, dass wir die letzten Tage zusammen in einer Hütte im Stadtwald gehaust haben."

„Nein, weiß ich nicht. Heinrich hat mir nie gesagt, wo er lebt. Ihr wart im Stadtwald? Mein Gott, ich hätte ihn zurückbringen müssen. Das ist eine so große Strecke."

Erik fuhr fort: „Es ist eine Hütte in der Nähe der Futterstellen des Wildbestands. Gestern Abend kam er sehr müde zurück. Er hat nicht viel gesagt, wollte nur ruhen. Als ich heute Morgen aufwachte, lag Heinrich noch auf seiner Gummimatte. Ich wollte ihn wecken ... aber ..."

Lisa packte Eriks Arm und schüttelte ihn. „Sag mir nicht ..." Tränen stiegen ihr in die Augen.

Erik nickte traurig. „Es ... es muss ein ganz, ganz friedlicher Tod gewesen sein. Er hat nicht gelitten. Ich hatte das Gefühl, dass er lächelt."

Lisa ließ den Beutel fallen, schlug die Hände vors Gesicht und begann bitterlich zu weinen.

Erik wollte sie berühren, doch sie stieß ihn fort.

„Er war doch gestern noch hier", schluchzte sie. „Er kann doch nicht einfach fort sein." Sie blickte auf und aus dem verzweifelten Blick wurde Wut. „Du bist schuld an allem. Erst hast du mich verlassen und dann hast du auch noch ihn überfallen. Du machst alle um dich herum kaputt. Hast du keinen Respekt vor einem alten gebrechlichen Mann? Du bist ein Scheusal, weißt du das?"

„Du hast sicher recht", stammelte er. „Aber ich habe ihm nichts angetan. Ich mochte ihn."

„Du hast Heinrich um den Finger gewickelt. Er hat gesagt, dass er dir helfen wollte." Sie wischte sich die tränennassen Augen. „Ich habe ihn gebeten, dass er mir sagt, was du getan hast. Er wollte es nicht. Er wollte mich mit euren Abscheulichkeiten nicht belasten! Wie kann man einen alten Mann für deine … für eure Zwecke missbrauchen!"

„Lisa, das stimmt nicht."

„Ach nein? Ist es ein Zufall, dass du auftauchst, und dann, dann stirbt er ganz plötzlich? Sag mal im Ernst. Hast du das getan, weil du …?" Sie deutete auf Eriks Jacke. „Weil du ein paar Klamotten brauchtest?"

„Was? Wie kommst du denn darauf? Ich habe dir die Wahrheit gesagt."

„Ja, deine Wahrheiten kenne ich. Du legst sie dir zurecht, wie du sie brauchst. Das ist widerlich, weißt du das? Und … und weißt du, was das Schlimmste ist? Ich habe dich gerngehabt. Wie konnte ich nur so dumm gewesen sein?"

„Lisa, ich wollte dich doch bloß raushalten. Glaube mir."

„Was war das für ein Mädchen, Erik, deine neue Freundin?"

„Welches Mädchen meinst du?"

„Ich musste Heinrich gestern die Artikel aus dem Internet raussuchen. Das Mädchen, das angefahren wurde. War sie deine neue Freundin?"

Erik schüttelte verzweifelt den Kopf. „Ich … ich kannte sie kaum. Ich wollte ihr helfen und habe alles noch viel schlimmer gemacht. Ich verstehe, dass du wütend bist. Ich habe nichts Besseres verdient." Er wandte sich ab. Schließlich stammelte er. „Ich weiß, du … du kannst das alles nicht verstehen. Ich würde es dir gern in Ruhe erklären, wenn sich das überhaupt erklären lässt. Aber ich habe mir so viel Schuld aufgeladen. Und dann, dann musste das Mädchen auch noch meinetwegen sterben."

Lisa blickte Erik verwirrt an. „Wieso sterben?"

„Sie ist bei dem Unfall ums Leben gekommen."

„Ach ja? Wie kommst du denn darauf? Sie hat laut Artikel tagelang im Koma gelegen und ist jetzt wachgeworden."

„Was, sie lebt?"

„Sie hat ausgesagt und erwähnt, dass eine Person, die dir ganz offensichtlich ähnelt, sie retten wollte."

„Die mir ähnelt?"

„Laut ihrer Beschreibung sind zwei Phantombilder entstanden, Erik. Ziemlich gut, jedenfalls das von dir. Ich erkannte dich auf Anhieb. Den anderen kenne ich nicht. Er heißt ihrer Aussage nach Pete. Er soll sie entführt haben."

Erik nickte. „Das stimmt."

„Hast du ihm meine Nummer gegeben?"

„Was, wieso das denn?"

„Weil er mich angerufen hat."

„Aber ich hätte ihm doch nie deine Nummer gegeben. Ich wollte dich doch die ganze Zeit bloß raushalten."

„Es gab aber noch weitere Täter, sagt Michelle. Jedenfalls werdet ihr alle gesucht." Lisa verstummte und blickte zu Boden. „Es … es tut mir leid, dass ich dich so angefahren habe. Aber ich bin so traurig und ich war furchtbar enttäuscht von dir, Erik. Du hast mir viel bedeutet."

„Entschuldige Lisa. Ich habe das mit dir einfach vermasselt, weil ich egoistisch war. Glaub mir wenigstens, dass ich es wahnsinnig bereue."

Lisa schwieg eine Weile. „Er hat gestern bereits so merkwürdige Andeutungen gemacht. Ich meine, als ob er wusste, dass es zu Ende ginge. Und er hat immer wieder so angestrengt geatmet."

„Man sagt, sie wissen, wenn es so weit ist."

„Was ist jetzt mit ihm?"

„Ich bat im Wald zwei Jogger, den Notdienst zu verständigen. Die werden das Nötige veranlassen, hoffe ich. Auf meinem Weg hierher habe ich auch schon zwei Einsatzfahrzeuge gesehen. Sind zum Wald gefahren, denke ich. Aber Lisa, lass uns keine Zeit verschwenden. Ich wollte dich bloß verständigen und außerdem wollte ich wissen, dass es dir gutgeht. Du musst jetzt gehen. Heinrich sagte, dass du bei dir zu Hause sicher bist."

„Wirst du zu deinem Vater gehen?", fragte Lisa.

„Zu gefährlich."

„Und wo willst du jetzt hin?"

„Ich weiß es noch nicht."

„All das, was du mir eben gesagt hast, ist die Wahrheit?"

„Natürlich. Ich schwöre es."

„Dann komm mit, ich bin allein zu Hause. Aber lass uns lieber hier weggehen."

„Danke Lisa. Aber das ist zu riskant. Eine Frage von Zeit, bis die mich haben, ich bringe dich nur in Gefahr. Geh jetzt!"

„Was glaubst du, was die mit dir machen, wenn sie dich finden? Nein Erik, du bist hergekommen, jetzt hängen wir da gemeinsam drin. Du kommst mit zu mir, dann sehen wir weiter. Mein Fahrrad bleibt stehen, wir nehmen den Bus."

„Ich habe nicht einmal Geld für ein Ticket."

„Aber ich, beeil dich, da kommt er schon. Und soll ich dir was sagen?" Sie nahm seine Hand und grinste.

„Ja?"

„Du stinkst."

*

Die letzten dreihundert Meter legten sie von der Haltestelle zu Fuß zurück. „Beeil dich, wir müssen von der Straße weg. Wir nehmen die Abkürzung durch den Wald. Es gibt von dort aus einem Zugang direkt zum Garten." Sie hasteten über die Kreuzung und bogen in den Wald.

Als sie den Garten erreicht hatten und die Haustür hinter ihnen ins Schloss gefallen war, schaltete Lisa erleichtert die Alarmanlage scharf. „Ich glaube nicht, dass wir beobachtet worden sind. Aber wir können nicht vorsichtig genug sein."

„Stimmt. Ich werde mir nie verzeihen, wenn dir auch noch etwas zustößt."

„Das hättest du dir ganz am Anfang überlegen sollen, als du dich diesen Leuten angeschlossen hast."

„Zeigst du mir die Artikel im Netz?"

„Erst zeige ich dir das Bad. Ich möchte, dass du duschen gehst, und diese Klamotten müssen weg." Sie öffnete die Tür zum Badezimmer, nahm einen Stapel Handtücher aus dem Schrank und reichte ihn Erik. „Ich lege dir einen Müllsack und ein paar frische Sachen meines Vaters vor die Tür. Er hat ungefähr die gleiche Kleidergröße wie du. Pack das dreckige Zeug in den Sack und verknote ihn."

„Aber ich kann doch nicht einfach die Sachen von ..."

„... Der merkt das nicht", unterbrach Lisa. „Und mach bitte die Seife leer, sonst kriegst du den Dreck nicht ab. Danach komm in die Küche, die ist gleich da vorne."

Als Erik zurückkam, trug er ein frisches T-Shirt und Jeans, die ihm etwas zu groß waren. Lisa hatte Rühreier mit Speck gebraten und Kaffee gekocht.

„Jetzt erkenne ich dich wenigstens wieder." Sie lächelte. „Bist doch nicht so dick, wie du aussahst. Jetzt iss und dann erzähl mir bitte alles. Und ich meine wirklich alles."

Während Erik redete, wechselte Lisas Ausdruck zwischen Entsetzen, Verärgerung und Trauer.

„Wie konntest du dich auf eine solch perverse Jagd einlassen? Ich verstehe das nicht. Wir hätten was Großartiges auf die Beine stellen können."

„Ich weiß. Strafe habe ich verdient und ich wundere mich, dass du mir geholfen hast. Ich weiß auch nicht, was in mich gefahren ist. Es war wohl, weil ich cool sein wollte und mein Zu Hause mir nicht nur fremd war, ich hasste es. Ich weiß auch nicht. Seit ich in Frankfurt bin, hatte ich das Gefühl, mich selbst verloren zu haben. Ich hatte niemanden. Von dir abgesehen. Und das habe ich auch noch vermurkst."

„Okay Erik, das habe ich bemerkt. Du hast dich von dem Zeitpunkt, als ich dich kennenlernte, ziemlich verändert. Erst zum Positiven, wie ich fand, dann plötzlich ins Gegenteil. Aber lassen wir das. Es ist eh nicht mehr zu ändern. Wie wollen wir uns jetzt verhalten?"

„Ich werde mich der Polizei stellen. Ich habe diesen kleinen Bonuspunkt."

„Du meinst, wegen Michelles Aussage?"

Erik nickte.

„Du wirst in jedem Fall einen guten Anwalt brauchen."

„Den wird mir mein Vater bestimmt nicht finanzieren. Es lässt ihn scheinbar völlig kalt, was aus mir geworden ist. Jetzt lass mich sehen, was du von der Sache im Internet gefunden hast."

Als Lisa ihm die Phantombilder zeigte, staunte er. Zwar war die Zeichnung von Pete noch ähnlicher, aber auch er konnte sich erkennen. „Wahnsinn, dabei hat sie mich nur am Tag, als ich sie da rausgeholt habe, gesehen. Mich wundert wirklich, dass sie sich so gut erinnert. Wir haben nämlich sonst immer Masken getragen. Bis auf Pete natürlich. Der hat sie mehrfach getroffen, bevor er sie entführte."

Lisa nahm ihr Handy und legte es auf den Tisch. „Hör zu, ich habe hier seine Nummer notiert. Das war ein Auftrag von Heinrich." Sie öffnete die Notizen, nahm sich einen Zettel, schrieb die Nummer aufs Papier und reichte sie Erik.

„Wessen Nummer?"

„Die von Pete natürlich. Er hat mich doch auf dem Festnetz angerufen. Heinrich wollte mit mir heute über die nächsten Schritte sprechen."

„Die liegen auf der Hand. Die Kripo wird ihn über die Ortung ausfindig machen. Wenn er das Ding noch hat."

„Und was ist mit Mike?"

„Ich habe den Eindruck, dass er sich davongemacht hat."

„Wie kommst du darauf?"

„Heinrich hat mir erklärt, dass das Damwild wegen der Wölfe aus dem Stadtwald verschwunden war. Heute Morgen standen einige Rehe direkt vor der Waldhütte. Ich wollte sie ihm zeigen. Er hätte sich so gefreut. Aber sie sind der Beweis dafür, dass die Wölfe nicht mehr im Wald sind, denke ich. Und dann ist Mike wahrscheinlich auch nicht mehr dort."

„Was wird aus den beiden von der Werkstatt?"

Erik zuckte die Schultern. „Die waren Mitwisser wie ich. Sie haben nichts weiter getan. Im Gegenteil, ich habe das Mädchen versorgt. Die beiden nicht. Sie wollten nur Drogen. So ist das, wenn man süchtig ist."

„Was wollen wir jetzt unternehmen? Dieser Pete wird gesucht, so wie du."

47

Mike

„Hast du mal ins Netz geguckt?", brüllte Mike ins Handy.

„Warum?", fragte Pete.

„Mach deinen scheiß Computer an und guck dir dein Fahndungsfoto an."

„Mein was?"

„Erik ist der Held des Tages. Michelle hat ausgespuckt."

„Ich werd verrückt. Die hat das gepackt? Ich dachte, die liegt im Koma, bis sie stirbt."

„Du bist ein verdammter Idiot. Guck dir den dämlichen Artikel an. Der wird sich jetzt stellen und uns alle in die Pfanne hauen. Ich sagte dir, du sollst den Kerl finden, bevor der Mist baut."

„Alter, reg dich ab. Ich such ihn seit Tagen im Wald. Die haben da heute `ne Leiche rausgeschafft."

„Woher weißt du das?"

„Ich sage doch, ich war im Stadtwald, hörst du mir nicht zu, oder was?"

„Ich meine, woher weißt du das mit der Leiche?"

„Man begegnet nicht allzu häufig `nem Leichenwagen im Wald, Mann."

„Mach mich nicht schwach, am Jacobiweiher?"

„Nee, auf der anderen Seite."

„Oh Mann, ich dachte schon."

„Keine Sorge, ich bin extra zum Weiher gefahren. Der wäre abgesperrt gewesen, wenn die dort was gefunden hätten."

„Was soll das für 'ne Leiche gewesen sein? Glaubst du etwa, Erik ist tot?"

„Was weiß ich, bin nicht hingegangen und habe gefragt, ob ich mal reingucken kann. Gestorben wird immer. Aber ich glaub schon, dass der Typ sich im Wald rumgetrieben hat. Da konnte er sich am besten verstecken. Wo würdest du dich aufhalten, wenn'de nicht gefunden werden willst? Moment, ich seh gerade die Anzeige." Er schwieg eine Weile. „Ach du Scheiße", sagte er. „Die glaubt, ich bin der Kopf? Und Erik ist der Retter, na klasse. Das hat hingehauen."

„Ist nicht meine Schuld, du Idiot. Hättste besser planen müssen. Dumm, dass de ihr deine hässliche Visage gezeigt hast."

„Echt der Hammer und du bist fein raus, was?"

Mike feixte innerlich. Es lief wie geschmiert. Jetzt würden sie Pete drankriegen. Von ihm selbst war nicht mal die Rede gewesen. „Jetzt sag schon, glaubst du, den hat's erwischt?"

„Woher soll ich das wissen? Dir gehören die scheiß Wölfe. Vielleicht sind die über ihn hergefallen."

„Niemals!", antwortete Mike. „Was glaubst du, was das für Schlagzeilen machen würde. Der Typ hat uns das Zeug, was'de ihr eingetrichtert hast, ebenfalls untergejubelt", sagte Mike. „Die Dose war halbleer. Hast se da rumstehn lassen. Du bist echt nicht bei Trost."

„Hör schon auf. Wer hat denn die Lines verteilt. Du oder ich?"

„Jedenfalls hat der uns so richtig drangekriegt. Der hat dir und mir noch'n Bier geholt", sagte Pete. „Mehr weiß ich nicht."

„Ich schon, Mann. Da is'ne Flasche an mein Bein gedonnert, davon bin ich hochgeschreckt. Hat mir wohl nicht genug von dem Zeug verpasst, zum Glück. Die Tür stand offen. Ich guck zur Box und mich trifft der Schlag. Ich bin dann raus und aufs Motorrad. Den Rest kennste ja selbst. Die andern beiden ham nix mitgekriegt. War'n im Koma."

„Scheiße, jetzt hängen mir die Bullen am Hacken."

„Erik auch. Oder glaubste, der kommt einfach davon?"

„Sie hat doch für ihn ausgesagt, Mike."

„Überleg doch mal, Alter. Die hat euch verwechselt. Wer glaubt schon 'ner Alten, die im Koma lag. Die hat das im Hirn nicht mehr klargekriegt. Und dann noch benebelt von den Schlafmitteln."

„Ey Alter, du steckst da mit drin, hilf mir gefälligst da raus."

„Klar doch. Am besten, du findest Erik. Dann machen wir ihn kalt. Lass dir was einfallen. Wer sich die Brühe einlöffelt, der muss'se auch trinken."

„Bist du noch dran?", fragte Pete.

Doch Mike hatte das Gespräch weggedrückt.

„So ein Idiot, quatscht ständig dummes Zeug, kommt aber davon. Das kann doch nicht wahr sein."

48

Sina

Sina saß im Polizeipräsidium Südosthessen und gab ihre Personalien zu Protokoll.

„Sie können eine Aussage zu dem Unfall machen, bei dem Frau Müller zu Schaden kam?", fragte Hauptkommissar Sattler.

„Nicht direkt. Ich kenne Michelle aus der Pizzeria, in der sie gearbeitet hat. Ich bin sehr froh, dass es ihr besser geht. Ich sprach neulich gerade mit ihrem Chef, der konnte sich auch nicht erklären, warum Michelle nicht zur Arbeit gekommen war, zumal sie zuverlässig ist. Als ich dann gelesen habe, dass sie von einem Motorradfahrer entführt wurde, hat es mich wie ein Schlag getroffen. Ich bin eine enge Freundin von Ayla Arslan. Die Eltern haben sie vor Kurzem als vermisst gemeldet, wie ich von meiner Lehrerin erfahren habe. Bevor sie verschwunden ist, erzählte sie mir, dass sie von einem Motorradfahrer verfolgt wurde."

„Was bedeutet, verfolgt?"

„Er hat sie angeblich mehrfach auf ihrem Schulweg abgepasst und einmal war er mit seiner Maschine sogar auf unserem Schulhof gewesen. Ich habe ihn selbst gesehen. Also hundertprozentig sicher bin ich nicht, denn die Maschinen ähneln sich ja, wenn man keine Ahnung von Motorrädern hat. Aber er ist uns aufgefallen, weil er sich merkwürdig verhalten hat."

„Inwiefern?"

„Weiß auch nicht. Er ist ständig im Kreis gefahren und hat zu uns rübergeguckt."

„Haben Sie sich das Kennzeichen gemerkt?"

Sina schüttelte den Kopf. „Man guckt doch nicht gleich aufs Kennzeichen."

„Dann können Sie ihn aber sicherlich beschreiben."

„Leider nicht, sein Visier war zu. Kann sogar sein, dass ich ihn später mal vor Aylas Haus gesehen habe, als ich bei der Mutter von ihr war. Also ich meine nach ihrem Verschwinden. Ich kann's aber nicht mit Gewissheit sagen."

„Hat sie Ihnen Näheres zu dem Mann gesagt?"

Sina schüttelte den Kopf. „Er hat sie, so hat sie behauptet, nicht ein einziges Mal angesprochen oder ihr sein Gesicht gezeigt. Ich fand das schon damals sehr merkwürdig und habe sie vor ihm gewarnt."

„Gewarnt?"

„Na ja, wenn so einer ständig auftaucht, ohne was zu sagen, ist das doch gruselig, oder? Und dann war sie plötzlich weg. Von heute auf morgen."

Der Kommissar schaute aufmerksam in seinen Computer. „Ganz recht, sie wurde exakt vor drei Wochen als vermisst gemeldet. Von ihrer Familie. Ist aber eine Ausreißerin, wie die Mutter einlenkte. Deswegen hat sie sich anfänglich nicht gesorgt."

Sina nickte. „Ich weiß!"

„Aber Ihre Aussage, Frau Bäcker, verändert natürlich die Sachlage. Mit gewissem Vorbehalt möchte ich behaupten, dass es möglich ist, dass ein Zusammenhang zwischen den beiden Fällen besteht."

49

Pete

Pete hatte mehrfach versucht, Mike zu erreichen, ohne Erfolg. Sein Handy war scheinbar dauerhaft ausgeschaltet. Von Erik fehlte nach wie vor jede Spur. Vom Toten im Wald war in den Nachrichten ebenfalls nichts berichtet worden. Nicht einmal, dass dort überhaupt ein Toter gelegen hatte. Anhand des Fahndungsfotos hätte die Polizei Erik jedoch sicher identifiziert. Da der Fall hohe Wellen schlug, wären die Frankfurter längst informiert worden, hätte es sich um ihn gehandelt. Es war also eine Frage der Zeit, bis Pete, der sich den Schädel kahlrasiert hatte und einen Baumwollschal um den Hals trug, geschnappt werden würde. Doch obwohl er mehrfach Streifenwagen in der Stadt gesehen hatte, war er nicht aufgefallen. Und Ben und Sammy? Selbst wenn Mike ihn ein paarmal vor den anderen Lewy genannt hatte, würde das schwerlich Rückschlüsse auf den Namen Lewandowsky zulassen. Wo konnte sich Erik versteckt halten, wenn er noch lebte? Den Vater noch einmal aufzusuchen, war völlig absurd. Dort würden ihn die Bullen sofort einkassieren. Es gab nur noch eine Person, der er zutraute, dass sie wusste, wo Erik steckte.

50

Lisa

Lisa hatte den halben Abend damit verbracht, Erik davon zu überzeugen, dass sie ihn definitiv zur Polizei begleiten würde. „Wir hängen da gemeinsam drin." Heinrich hätte auch gewollt, dass ich dir helfe." Erik waren im Laufe des Abends die Argumente ausgegangen und er hatte sich geschlagen gegeben. Sie hatten sich für die Polizeidienststelle an der Darmstädter Landstraße entschieden und waren am nächsten Morgen kurz nach sieben aufgebrochen. Gemeinsam schritten sie über den Lerchesbergring.

„Wer sollte uns am frühen Morgen hier auflauern? Das ist für uns die kürzere Strecke", erklärte Lisa.

Erik sprach kaum, war zu nervös.

Lisa nahm seine Hand. „Du wirst sehen, es wird schon alles gut. Hauptsache, du sagst die Wahrheit. Du wirst einen Anwalt brauchen, aber dabei hilft dir mein Vater, da bin ich mir sicher. Ich unterstütze dich in jedem Fall, wenn es schon dein Vater nicht tut."

Am Ende der Straße heulte ein Motor auf. Kurz darauf blendete sie helles Scheinwerferlicht, als plötzlich ein Motorrad auf sie zuschoss. Erik packte Lisas Hand, versuchte das Tor eines Vorgartens zu erreichen, um sie vom Gehweg zu ziehen, doch es war zu spät. Der Fahrer fuhr über den Bordstein und versperrte den Weg. Lisa stürzte und schrie auf. Der Fahrer hatte das Visier geschlossen. In seiner behandschuhten Hand steckte ein langes Messer.

„Steig auf, sonst töte ich sie."

„Nein, tu es nicht, Erik", flehte Lisa und versuchte sich aufzurichten, doch der Fahrer stieß sie hart zurück. Verzweifelt schüttelte Erik den Kopf, stieg auf und das Motorrad schoss davon.

„Was ist denn hier los?" Ein Anwohner war aus dem Gartentor getreten und eilte Lisa zu Hilfe. „Sind Sie überfallen worden?"

„Rufen Sie die Polizei", schrie Lisa. „Schnell!"

51

Mike

Bevor Mike endgültig die Zivilisation verlassen würde, um in die Einsamkeit der Berge der Sierra Nevada zu fahren, hatte er noch einmal getankt und sich an der Raststätte einen Kaffee und eine deutsche Tageszeitung gekauft. Rauchend saß er in der Sonne, überflog die Schlagzeilen und stutzte:

Berüchtigte Rockergruppierung wurde zerschlagen!

Er las sofort weiter:

Der erst vor wenigen Monaten gegründete kriminelle Hunters-Clan, der in Zusammenhang mit der Entführung von Michelle M. steht, die am 9.8. in Frankfurt auf der Babenhäuser Landstraße bei einem Autounfall schwer verletzt wurde, nachdem eines der Mitglieder sie aus ihrer Gefangenschaft zu befreien versucht hatte, ist aufgeflogen. Die Frankfurter Bürger können aufatmen. Die zur Fahndung ausgeschriebenen Männer Peter L. und Erik S. konnten festgenommen werden. Erik S. hat mittlerweile ein umfassendes Geständnis abgelegt. Nachdem er Michelle M. zu befreien versucht hatte, musste er laut seiner Aussage um sein eigenes Leben fürchten und hielt sich tagelang versteckt. Schließlich suchte er eine Freundin auf, die er um Hilfe bat, da er sich der Polizei wegen der Mitgliedschaft in einer kriminellen Vereinigung freiwillig stellen wollte. Als sich S. und seine Freundin am Montag, den 28. August, am frühen Morgen auf den Weg zu einer Polizeidienststelle machten, lauerte ihnen in einem Wohnviertel der ebenfalls Gesuchte, Peter L., auf und entführte S. unter vorgehaltener Waffe. Die junge Frau alarmierte daraufhin die Polizei. Über die Handyortung des Peter L. schnappte die Falle bereits eine halbe Stunde später zu. Gerade noch im rechten Moment, wie sich herausstellte, denn Erik S. sollte ausgeschaltet werden, um seine Aussage zu verhindern. In den Medien wurde bereits umfangreich über die Gruppe berichtet, die den Taten nach rechtsradikale Züge hatte.

S. sagte aus, dass der Kopf der Bande nicht etwa Peter L. ist, sondern ein 28-jähriger Mann, der den Vornamen Mike trägt, die 22-jährige Ayla A. kidnappte und im Stadtwald zur Jagd aussetzte. Die junge Frau ist an den Folgen dieser Jagd gestorben. Erik S. machte Angaben über den Verbleib ihres Leichnams. Der leitende Ermittler der SOKO ,Frankfurt-Hunters' spricht von einem der brutalsten Verbrechen der Frankfurter Kriminalgeschichte.

Michelle M. war als Folgeopfer geplant.

,Ohne S. wäre ich nicht mehr am Leben', sagte die junge Frau aus.

Nur einen Tag später stellten sich weitere Mitglieder des Clans. Sammy K. und Ben B. Sie betrieben gemeinsam eine Autowerkstatt im Stadtteil Bockenheim. Einer von ihnen kannte den Nachnamen des Bandenchefs. Gesucht wird Mike Jäger. Er ist 28 Jahre alt, etwa 1,80 groß und schlank, hat dunkle Augen und schwarze Haare und trägt einen Man-Bun. Mutmaßlich ist er noch immer im Besitz zweier Wölfe. S. beschreibt Jäger als gefährlichen und manipulativen Psychopathen, der Ayla A. nachts im Wald aussetzte, sie von seinen Wölfen hetzen und fangen ließ. Weitere Details werden in unserem Bericht aus ethischen Gründen nicht genannt. Das gesamte Gebiet des Stadtwaldes wurde mit Spezialeinheiten und Hundestaffeln durchkämmt. Die Wölfe befinden sich nicht mehr im Wald. Durch einen Spaziergänger bestätigten sich Details, die Erik S. beschrieben hatte.

Der Jacobiweiher im Frankfurter Stadtwald war schon immer ein beliebtes Ausflugsziel. Die am Ufer gelegene Gastronomie mit Blick auf den größten See Frankfurts lädt in idyllischer Lage zum Verweilen ein. Doch am 3. September machte ein Fußgänger eine schaurige Entdeckung, als sein Hund einen menschlichen Knochen aus dem Wasser zog. Der pensionierte Arzt glaubte, dass es sich hierbei um einen Unterschenkelknochen handelte. Die herbeigerufene Polizei unter Leitung des Ermittlers der SOKO ‚Frankfurt-Hunters', eine Taucherstaffel und Rechtsmediziner fanden im See verteilt die Knochenstücke eines kompletten weiblichen Skeletts, das vermutlich mit einer Kettensäge zerteilt wurde. Doch damit nicht genug fanden die Taucher im tiefen Schlamm weitere Knochen eines fast vollständigen Torsos und einen davon abgetrennten, vermutlich weiblichen Schädel. Die Extremitäten werden noch gesucht. Vorsichtigen Schätzungen zufolge liegen die Knochen des älteren Skeletts schon mehrere Jahre auf dem Grund des Sees. Bei dem jüngeren Skelett handele es sich um die Knochen der Ayla A.

Jäger habe sie laut Aussage von Ben H. gemeinsam mit Peter L. und ihm im See versenkt. Jäger selbst soll die Knochen des Opfers zersägt haben.

Ayla A. verließ am Montag, den 8. Mai gegen 7:30 Uhr die elterliche Wohnung und wurde noch an diesem Tag zum Entführungsopfer von Jäger.

Das BKA bittet die Bevölkerung um äußerste Wachsamkeit und Mithilfe. Zur Ergreifung des Flüchtigen ist eine hohe Belohnung ausgesetzt. Da sowohl die Wölfe als auch der Täter gefährlich einzustufen sind, wird jedoch um äußerste Vorsicht gebeten. Es ist nicht auszuschließen, dass sich Mike J., der im Besitz eines alten VW-Busses ist, mittlerweile im Ausland befindet.

Reporter Horst Lausitz sprach für unseren Artikel mit dem Psychologen Walter Probst:

„Herr Probst, Sie sind spezialisiert auf Straftäter. Was geht in einem Menschen vor, der derlei unaussprechliche Taten begeht? Ich denke, wir alle blicken fassungslos auf das Geschehene zurück."

„Das ist sicher eine sehr seltene Verhaltensweise, Herr Lausitz. Zum Glück sind auch heutzutage derartige Täter eine große Seltenheit. Wir sprechen bei Psychopathen im Allgemeinen von einer schwierigen Kindheit. Täter, die sich nie geliebt fühlen, Gewalt erlebt haben, neigen im Erwachsenenleben öfter zu auffälligen Verhaltensweisen, als Menschen, die aus behüteten Verhältnissen kommen. Das ist durchaus nicht immer der Fall, aber von Jäger weiß man mittlerweile, dass er in sehr schwierigen Familienverhältnissen aufgewachsen ist, in denen es auch regelmäßig zu körperlichen Züchtigungen gekommen ist. Er kam in frühen Jahren in verschiedene Kinderheime, hat auch dort sehr schlechte Erfahrungen gemacht und muss sich laut unserer Recherche in seiner Kindheit stets überflüssig und ungeliebt gefühlt haben.

Ich glaube kaum, dass er ein gesundes Selbstbewusstsein aufbauen konnte."

„Er soll im Besitz von Wölfen sein?"

„Ganz recht, Herr Lausitz, das wissen wir von den Mitgliedern der Gruppe. Er selbst soll zwar gesagt haben, dass es Wolfshunde waren, aber die Untersuchungen der Veterinärpathologen haben ergeben, dass es sich bei den Tieren um reinrassige Wölfe gehandelt haben muss."

„Haben die Pathologen Spuren an den Knochen im See gefunden?"

„Sie haben laut Kripo Wolfshaare gefunden. Nicht im See, aber im Bereich des Oberforsthauses, in dem sich die Bande aufgehalten hat. Genauere Details kann Ihnen sicher die Polizei nennen. Er soll die Tiere aus dem Ausland nach Deutschland eingeschleust haben."

„Ist es erlaubt Wölfe zu halten?"

„Nun, ich bin kein Wildschützer, und erst recht kein Wolfsexperte, aber geschützte Tiere zu halten, ist selbstverständlich nicht erlaubt. Und natürlich Tierquälerei. Wissen Sie, selbst wenn die Tiere angegriffen haben. Sie waren nur Opfer seiner Willkür. Man kann solchen Tieren keinerlei Schuld zuweisen. Wir wissen von den anderen Mitgliedern, dass er die Tiere oft tagelang hungern ließ."

„Ich bin zwar kein Psychologe, Herr Probst. Aber wenn man sich derart starke Tiere hält, ist das nicht ein deutliches Zeichen von Schwäche?"

„Selbstverständlich. Er hat mit Sicherheit noch immer Minderwertigkeitskomplexe und versucht, diese durch die Wölfe zu kompensieren. Außerdem hat er das Bedürfnis, aufzufallen. Menschen wie er suchen nach einer Möglichkeit, bewundert zu werden."

„Vollidiot!", zischte Mike und zündete sich eine weitere Zigarette an. „Du verdammter Vollidiot!"

„Was uns auch alle beschäftigt, Herr Probst, ist die Frage, wieso er sich für seine konspirativen Treffen ausgerechnet eine Bauruine ausgesucht hat. Da gibt es doch weniger gefahrvolle Orte, oder?"

„Da gebe ich Ihnen recht. Zumindest aus der Sicht normal denkender Menschen. Aber wer solche Straftaten begeht, sucht vermutlich die Gefahr. Und wir dürfen nicht vergessen, dass bei der Bande Drogen im Spiel waren."

„Er soll sich seine Mitglieder mit Drogen gefügig gemacht haben, stimmt das?"

„Das ist richtig, Herr Lausitz. Zwei der Mitglieder gaben offen zu, abhängig gewesen zu sein. So könnte man wohl erklären, warum sie nicht ausgestiegen sind."

„Es scheint, als sei Jäger ein Monster in Menschengestalt?"

„Dass er einen Hass auf Frauen hat, liegt auf der Hand. Wahrscheinlich hat nicht allein seine Mutter zu diesem gestörten Frauenbild beigetragen."

„Gibt es überhaupt vergleichbar brutale Serienkiller, Herr Probst? Oder haben wir es hier mit einem der schlimmsten Serientäter zu tun, die es je gab? Ich glaube, in Frankfurt traut sich mittlerweile kaum noch eine junge Frau allein auf die Straße."

„Monster, wie Sie ihn nennen, gab und gibt es immer. Vielleicht nicht im Zusammenhang mit Wölfen, aber Serientäter, die schwere Verbrechen begehen, werden nicht aussterben. Doch wie ich gerade schon anmerkte, begegnen dennoch die wenigsten Menschen gefährlichen Tätern. Ich erinnere mich dennoch an einen berühmten Fall, wo der Täter seinen Opfern selbst die Kehle durchbiss. Er brauchte dazu nicht einmal Wölfe."

„Diese Art von Verbrechen kennen wir aus den Vereinigten Staaten, aber nicht in unserem beschaulichen Deutschland, oder?"

„Herr Lausitz, auch in der deutschen Kriminalgeschichte stoßen wir auf unvergessliche Verbrechen. Dabei sind der Kreativität kaum Grenzen gesetzt."

„Kreativität klingt in diesem Zusammenhang eher deplatziert."

„Das ist richtig, aber bei geplanten Verbrechen muss ein Täter schon sehr genau und geschickt sein. Viele Täter sind sogar sehr vielseitig. Sie leben ein beschauliches Leben und können ihre dunkle Seite oftmals perfekt kaschieren. Ja, es gehört eine gewisse künstlerische Begabung zu kriminellen Taten. Oft auch Klugheit. Allerdings glaube ich nicht, dass Jäger intelligent ist, sonst wäre die Gruppe nicht so schnell aufgeflogen. Er war sich seiner Unfehlbarkeit offenbar sehr sicher. Das spricht sowohl für seine soziopathischen Züge, als auch für Anzeichen überhöhten Drogenkonsums."

„Steckten sexuelle Motive hinter Jägers Taten?"

„Vordergründig nicht. Frau M. hat er in dieser Hinsicht nicht genötigt. Das heißt jedoch nicht, dass ihn seine Taten nicht auch sexuell erregt haben könnten. Es kann aber auch sein, dass er asexuell oder impotent war und diese Einschränkung mit seinen Taten ausgleichen wollte."

„Impotent, du Vollidiot", knurrte Mike. „Du glaubst, du bist besonders schlau, dämlicher Psychofreak."

„Was glauben Sie wird ein Killer wie er jetzt tun, Herr Probst? Die Gruppe ist zerschlagen und er ist der Einzige, der sich auf freiem Fuß befindet."

„Ich kann mir vorstellen, dass er versucht, sich ins Ausland abzusetzen."

„Wir wollen nicht hoffen, dass er den Fahndern durchs Netz geht. Ein solcher Mensch gehört bis zum Ende seines Lebens hinter Gitter. Unfassbar, wie viel Leid er angerichtet hat, besonders auch bei den Angehörigen."

„Natürlich ist es wichtig, den Mann für seine Taten zur Verantwortung zu ziehen. Denn er wird sein Verhaltensmuster nicht ändern. Man weiß von vielen Straftätern, dass sie den Kick immer wieder suchen. Selbst wenn sie ihr abartiges Verhalten eine Weile zügeln können."

„Anfänglich hielt man Peter L. für den Kopf der Bande, denn er hat Michelle M. entführt. Halten Sie ihn ebenfalls für einen Psychopathen?"

„Er wird psychologisch untersucht. Sollte er schuldunfähig sein, wird er dennoch nicht wieder in Freiheit kommen, nehme ich an. Falls Sie das mit Ihrer Frage andeuten wollten."

„Das heißt, dass sich vermutlich die beiden Richtigen gefunden haben. Oder wollte einer den anderen mit seinen Taten sogar übertrumpfen?"

„Diese Frage kann ich im Moment kaum beantworten, da ich die Hintergründe der Täter nicht kenne. Peter L. allerdings sagte aus, dass er Jäger aus Kindertagen kenne. Möglicherweise teilen die beiden ein dunkles Schicksal."

„Ich danke Ihnen für dieses umfangreiche Gespräch Herr Probst."

„Umfangreiches Gespräch." Mike stand auf, zerknüllte die Zeitung und warf sie auf den Tisch, bevor er zurück zum Bulli ging.

Hunter heulte unheimlich, als Mike sich auf den Fahrersitz setzte, den Motor anließ und vom Parkplatz fuhr. Er war so wütend, dass er sich kaum aufs Fahren konzentrieren konnte. Mehrfach musste er wenden, da er die Auffahrt in die Berge verpasst hatte.

„Dieser verdammte Idiot. Dieser scheiß Lewy, hat's Handy an. Wie bescheuert muss man sein?" Mike hatte sein Handy in den Main geworfen. „Da sagt der Psychofuzzi, dass ich doof bin? Und was ist dann Lewy? Der ist doch beknackt!

Andererseits ham sie ihn dran wegen Michelle. Der kommt nicht mehr raus. Tja Lewy, das war's dann. Haste nicht besser verdient. Hättste mir Sarah nicht weggenommen, wäre das alles nie geschehen. Die wollen mich kriegen? Niemals. Ich verzieh mich in die Berge, bevor die überhaupt in Spanien anfangen nach mir zu suchen. Dann stoß ich den Bulli ab." Er lachte albern. „Klar hatter recht, der Typ. Ich werd's wieder tun."

Dass sie Ayla und auch noch Sarah gefunden hatten, war Pech. Sarah lag schon so lange auf dem Grund des Sees, dass er sich sicher war, dass die Knochen unterm Schlamm für immer begraben waren. Er hatte das immer wieder überprüft, im See herumgestochert, nichts gefunden, nicht das Geringste. Sonst hätte er Ayla erst gar nicht dazu geworfen. Da musste sich doch wahrhaftig ein Knochen im Wurzelwerk verfangen haben. Anders konnte er sich das nicht erklären. Eigentlich war es ihm auch egal. Er würde ohnehin nie wieder nach Deutschland zurückkehren. Die würden die Suche schon irgendwann aufgeben. Er befand sich längst in der Sierra Nevada. Die Straßen wurden enger, je höher er dem Weg Richtung Hoya de la Mora folgte. In der Hoffnung, dass sein Bulli nicht schlappmachte, riskierte er die Steigung. Wenn er die 2500 Höhenmeter erreicht hatte, wollte er dort mit den Tieren irgendwo in der Einsamkeit illegal zelten, um in aller Ruhe neue Pläne zu schmieden. Dass er in Deutschland gescheitert war, hieß nicht, dass er aufgab – ganz im Gegenteil. Er würde aus seinen Fehlern lernen. Zum Glück hatte er sich rechtzeitig aus der Schusslinie gebracht. Er würde beim nächsten Mal bei der Auswahl seiner Mitglieder und seiner Köder sorgfältiger vorgehen. Ja, es hatte eindeutig an vorschnellen Handlungen gelegen, nicht an Dummheit. Er war einfach zu ungeduldig, eine Eigenschaft, die er in den Griff kriegen musste. Dieses Mal wollte er sich Zeit nehmen.

Zumal er zunächst einen Sprachkurs belegen musste. Denn er musste auch die neuen Mitglieder anlernen. Und dann würde er seinen Traum von den Hunters im großen Stil umsetzen. Spanier waren ohnehin temperamentvoller als die dämlichen Deutschen. Sie würden viel Spaß bei der Jagd haben. In der Weite der Sierra Nevada würden die Knochen der Mädchen kaum jemals gefunden werden. Schon gar nicht, wenn man sie in eine Schlucht warf.

Noch etwa fünfzig Höhenmeter, und er hatte sein heutiges Tagesziel erreicht. Hunter heulte schon wieder, er drehte da hinten langsam durch. Mike hatte vor lauter Stress vergessen, die beiden zu füttern. Hunters Speichel tropfte Mike auf die Schulter und er stupste ihn hart mit der Schnauze.

„Lass das gefälligst. Wirst schon nicht verhungern."

Wieder stieß er Mike an.

„Spinnste? Du wirst's noch ein paar Minuten aushalten, lass das jetzt."

Hunter begann tief zu knurren.

„Hör auf, dämliches Vieh." Der Wolf aber hieb Mike jetzt mit seinem großen Maul kräftig in den Nacken. Er hatte offenbar nicht vor, zu gehorchen.

„Aus!" Mit dem Ellbogen stieß Mike Hunters Schnauze hart zurück.

Da biss das Tier zu.

Seine Zähne bohrten sich tief in Mikes Hals. Mike schrie auf und verriss vor Schreck das Lenkrad. Der Wagen geriet ins Schlingern. Hunter ließ von ihm ab.

„Scheiß Vieh", presste Mike hervor und griff sich an die Wunde. Blut quoll durch seine Finger. Aus den Augenwinkeln sah er die Fontäne, die in hohem Bogen auf den Beifahrersitz spritzte. „Der hat meine Schlagader erwischt", stammelte Mike, bevor ihm der Kopf schwer auf die Brust sank. Der Bulli kam von der Fahrbahn ab und schoss auf eine Böschung zu, stieß gegen die Straßenbegrenzung und kippte zur Seite. Durch den Aufprall öffnete sich die Schiebetür. Die Wölfe sprangen aus dem Bulli und stoben in die Wildnis davon.

Epilog

Die Urteile für die Bandenmitglieder waren gesprochen. Peter Lewandowsky musste eine lebenslange Gefängnisstrafe wegen Entführung, versuchten Mordes und Beihilfe zum Mord verbüßen. Sammy und Mike kamen mit einer kürzeren Gefängnisstrafe davon. Lisas Vater hatte sich bereiterklärt, Erik zu vertreten. Ihm kam zugute, dass er Lisas Leben schützen, sich stellen wollte und Michelle M. das Leben gerettet hatte. Deshalb kam er auf Bewährung frei.

Wenige Wochen später war in der Presse zu lesen, dass Interpol Mike Jäger in der Sierra Nevada identifiziert hatte. Er war bei einem Autounfall ums Leben gekommen. Von den Wölfen, die er angeblich bei sich gehabt haben sollte, fehlte jede Spur.

Michelle wurde wegen ihres Traumas psychologisch betreut, arbeitete aber wieder in der Pizzeria. Ihr Vater hatte Luca im alten Kindergarten angemeldet und brachte ihn nun selbst dorthin. Michelle und Sina waren mittlerweile Freundinnen geworden.

Erik hatte sich zwar mit seinem Vater ausgesöhnt, war jedoch aus der Wohnung ausgezogen und arbeitete halbtags in einer Autowerkstatt. Er würde in Kürze eine Schreinerlehre beginnen, während Lisa ein Psychologiestudium begonnen hatte. Auch sie war aus dem Elternhaus ausgezogen. Die Erlebnisse der letzten Monate hatten die beiden zusammengeschweißt und sie planten in einigen Jahren eine gemeinsame Zukunft. Oft dachten sie an ihren guten Freund Heinrich, der nun endlich seinen Frieden gefunden hatte.

Danksagung

Ich möchte mich bei meiner lieben Freundin Jutta Stevens bedanken, die mir beim Aufschlüsseln einer logischen Frage geholfen hat, und die sich seit vielen Jahren hingebungsvoll um Obdachlose kümmert. Außerdem bedanke ich mich bei allen Freundinnen und Freunden, die mir bei diesem Thriller, dessen Figuren mir erst ans Herz wachsen mussten, zugehört und zur Seite gestanden haben.